大 師 名 作 坊

MASTERPIECE 918

爲什麼讀經典

伊塔羅・卡爾維諾◎著
李桂蜜◎譯

[目錄] CONTENTS

英譯者序

　　這本書所收錄的三十六篇評論散文中的十一篇之前便有英譯[1]。重新翻譯這十一篇文章的原因在於，我們想為讀者提供一份完全符合卡爾維諾重要的死後文選《為什麼讀經典》(*Perché leggere i classici*，米蘭：蒙達多利出版社，一九九一年)的完整英譯本。那本文選是一份私人選集，呈現卡爾維諾對於經典所寫的評論散文，這是向作者的遺孀諮詢過後所作出的選擇，根據的是作者先前置於一邊、以為日後出版之用的材料。卡爾維諾的英文讀者如今不但得以閱讀到他重要且連貫的文學批評樣本，而且可以洞悉構成他個人偉大經典的準則。對於卡爾維諾在英美世界的讀者來說，此處第一次出現英譯的文章格外有趣：其中有多達七篇的評論處理的是從事英文文本寫作的重要作家（狄福、狄更斯、康拉德、史蒂文生、吐溫、詹姆斯、海明威），其他文章則包含了對以下作者的重要指涉，包括斯特恩（狄德羅）、莎士比亞（歐特斯）、狄更斯（巴爾扎克）與吉卜齡（海明威）。

---

[1] 它們出現在卡爾維諾，《文學機器。評論散文集》中，由克列（Patrick Creagh）翻譯（倫敦：Secker and Warburg 出版社，1987年），其中包含以下的文章：〈為什麼讀經典？〉、〈《奧德賽》中的奧德賽〉、〈歐維德與宇宙親近性〉、〈人類、天空與大象〉、〈《瘋狂奧蘭多》的結構〉、〈西哈諾在月球〉、〈《憨第德》：關於速度〉、〈巴爾扎克作品中的城市主角〉、〈斯湯達爾的「銀河」知識〉、〈給《巴馬修道院》新讀者的導讀〉、〈蒙塔萊的岩石〉。─原注

　　這本選集提供許多深入的見解,其中之一是卡爾維諾什麼都看的閱讀品味。除了七篇對於英文文本的評論外,義大利文學自然佔有最重要的位置,總共佔了十篇,不過書中有多達九篇的評論討論的是法文作品,有四篇討論的是古代的古典作家,分別有兩篇討論的是俄國及西班牙作家。

　　這本書也讓我們看到,卡爾維諾這位二十世紀最偉大的小說家之一,如何以文學批評家的身分發展,一開始是他在一九五〇年代激進共產主義時期所寫的早期評論(關於康拉德、海明威、狄福、巴斯特納克),接著涵蓋他在一九七〇年代多產與多樣的文學關懷(英國、俄國、法國與希臘羅馬作家),直至他在一九八〇年代最後所寫的一些最好的文章。這些評論展現了一位愈來愈老練的文學批評家之發展,他的文學品味一點也不褊狹:以這些評論文章為證,即使卡爾維諾未曾變成舉世聞名的小說家,他也可能是二十世紀最有趣的雜文作家與批評家之一。

　　《為什麼讀經典》也反映了小說家自身的創作發展,從新寫實到後現代,從康拉德和海明威到格諾與波赫士。從一開始,卡爾維諾就對英國文學特別感興趣:史蒂文生和吉卜齡是他童年時代最喜歡的作者,而在他關於康拉德的大學論文中(完成於他寫作第一部小說的一九四六至一九四七年間),他早熟地研究了《吉姆爺》作者的概念、角色與風格。身為新寫實小說家,卡爾維諾自然受惠海明威良多,因此康拉德與海明威這兩位作家是這本選集中最早的評論之主題,這並不令人驚訝。在一九五〇年代,由於卡爾維諾自己的小說由新寫實主義轉向奇想,使得他遠離了二十世紀的作家:關於《魯賓遜漂流記》的評論幾乎與他最長、最「魯賓遜式」的小說《樹上的子爵》(一九五七年)寫於同時,而且在他關於狄福的評論中,許多他加以強調的插曲,以文本交互指涉的方式,重新浮現在他的

小說中。

　　一九六三年，在他寫作關於加達的評論之時，正值一股新興的前衛文學趨勢在義大利冒現，這股趨勢對於卡爾維諾也有深遠的影響。加達對於世界複雜性的感知非常適合作者的心境，他在那個時候背棄了傳統的寫實小說，開始寫作宇宙滑稽故事，這些故事後來鞏固他身爲重要奇想作家的國際聲譽。他對於宇宙的興趣反映在關於西哈諾與伽利略的評論文章中：卡爾維諾在一九六〇年代一份著名的議論文章中宣稱，伽利略是義大利有史以來最重要的散文作家之一。

　　在這本選集中，許多寫於一九七〇年代的評論，多是一些中篇或較長的短篇小說之介紹，作者包括詹姆斯、吐溫、托爾斯泰、史蒂文生與巴爾扎克。這是卡爾維諾在那幾年中所從事的誘人活動之一，他與埃伊瑙迪（Einaudi）出版社推出了題爲「百頁叢書」（Centopagine）的書系。他對於（不超過一百頁的）短篇文本總是抱持高度的審美評價，這些文本避免了小說的複雜性與長度。他經常表示欣賞十八世紀啓蒙主義的價值，這一點反映在他關於狄德羅、伏爾泰與歐特斯的評論文章中，而他對於十九世紀古典小說的熱中，則是在他所寫的關於斯湯達爾與福樓拜的重要評論中可以清楚看到，此外還有他對於《我們相互的朋友》的詳盡分析，這篇分析顯現卡爾維諾對狄更斯的風格特別敏感，也對這本小說勢均力敵的義大利譯文之相對效率特別敏感。

　　我們還應該指出最後一項明顯的趨勢：在一九七〇及一九八〇年代，卡爾維諾不僅回到義大利的古典作家，例如亞里奧斯托，他也重讀了許多古代文本，像是荷馬、色諾芬、歐維德與蒲林尼的作品。對於古典特質的新嚮往也賦予他在這個階段的創作特徵：例如，在《看不見的城市》的中心段落中，鮑西斯（Baucis）城明顯

地喚起歐維德《變形記》中心的神話,在這本評論集中,卡爾維諾詳細討論了這則神話。同樣地,在卡爾維諾於一九八二年所寫的評論中,他對蒲林尼的重要定義(〔蒲林尼〕欣賞存在的一切事物,而且尊敬所有現象無盡的多樣性……這使得他散文的律動性更為生動),讓他在同一時間的創作顯得有趣:就某種意義來說,《帕洛馬先生》(一九八三年)是個現代或後現代的蒲林尼,書中平順的散文包含了他對所有動植物的興趣。卡爾維諾對法國文學的嗜好也包含了像彭日與格諾這樣的當代作家,他關於格諾的評論反映了這位義大利作家對於混合文學與數學的創新作法感興趣,那是這位法國作家與他在OULIPO(Ouvroir de Littérature Potentielle,潛在文學工場)的友人之特色;而彭日讓日常物品變得陌生的作法,則是呼應了帕洛馬先生想用新奇的目光觀看世界的企圖,不管是海浪、夜空或是草坪上的葉片。這本選集整體上提供了某種後視鏡,照見了一位偉大作家的日常工作室:卡爾維諾所讀的東西,經常會以創造性、文本交互指涉的方式,變形為他所寫的東西。

　　儘管此處所討論的文本具有多樣性,而且暗示了作者的演進,其中還是存在著重要的常數。卡爾維諾不尋常一貫地讚賞那些稱頌人類勞動的實用性與高貴性的作品,他從色諾芬到狄福及伏爾泰畫出這條路線,接著繼續畫到康拉德與海明威。在風格方面,這些評論文章顯示卡爾維諾始終欣賞五項文學特質,他將其視為下一輪太平聖世的重要特點:輕(西哈諾、狄德羅、波赫士)、快(歐維德、伏爾泰)、準(蒲林尼、亞里奧斯托、伽利略、卡達諾、歐特斯、蒙塔萊)、顯(斯湯達爾、巴爾扎克、福樓拜)、繁(波赫士、格諾)。在典雅的標題評論文章〈為什麼讀經典?〉中,作者提出了十四項關於經典的定義,或許我們還可以再加進一條定義:「經典便是意識到自身現代性,卻也一直知覺過去其他經典的作品(就像卡爾維

諾的每一部作品）。」

　　卡爾維諾所引述的非英文原文都經過我的翻譯，而我根據的是「經典」的原始文本，或是卡爾維諾所使用的譯文。鑒於這些評論文章所涵蓋的範圍廣泛，我自然得到多位專家的協助，在此謹向他們表達我誠摯的謝意：Catriona Kelly、Howard Miles、Jonny Patrick、Christopher Robinson、Nicoletta Simborowski、Ron Truman。

　　牛津，基督教堂學院，馬丁・麥克列夫林（Martin Mclaughlin）

前言

　　卡爾維諾在一九六一年九月二十七日寫給卡洛（Niccolò Gallo）的一封信中提到：「若是要將我所寫的零星、不相干的散文集結起來的話，那就得真的等到作者去世，或是至少年紀很大。」

　　儘管如此，卡爾維諾還是真的在一九八○年開始集結他的非小說作品，先是出版了《關門》（*Una pietra sopra*），接著又於一九八四年出版了《沙集》（*Collezione di sabbia*）。之後，他授權讓海外讀者有了一本相當於《關門》的英國、美國、法國版本，不過這本選集與義大利原文並非一模一樣：它收錄了關於荷馬、蒲林尼、亞里奧斯托、巴爾扎克、斯湯達爾與蒙塔萊的評論文章，以及目前這本選集的標題文章。後來，他仍然修改了某些文章的標題——其中，在關於歐維德的文章中，他增添了一頁，他讓這一頁保留手稿的形式——打算在隨後的義大利選集中出版。

　　在這本書中，讀者會看到卡爾維諾對於「他的」經典作家所寫的大部分評論與文章：這些是在他生命的不同階段，對他意義最重大的作家、詩人與科學作家。在二十世紀的作家部分，卡爾維諾將優先權給予了他特別尊敬的作家與詩人。

艾絲特・卡爾維諾（Esther Calvino）

爲什麼讀經典？

我們先提出幾項定義。

1. 經典就是你經常聽到人家說：「我正在重讀……」，而從不是「我正在讀……」的作品。

至少對於那些我們認爲「博覽群書」的人來說是如此；這項定義不適用於年輕人，因爲他們此時與世界的接觸，以及與屬於世界之一部分的經典的接觸，之所以重要，正是因爲這是他們首次進行這樣的接觸。

對於那些羞於承認自己沒有讀過名著的人來說，在動詞「讀」之前的反覆前綴詞「重」代表一小部分的虛僞。若是要安慰這些人，我們只需指出一點，也就是不管一個人在養成的階段讀的書有多廣泛，總是會有大量的基本作品沒有被讀到。

你可以舉出任何讀過希羅多德與修昔底德全部作品的人嗎？聖西門呢？雷斯樞機主教（Cardinal Retz）呢？就連十九世紀的偉大小說系列也經常是提及勝於讀過。在法國，人們在學校就開始讀巴爾扎克的作品，從發行量來看，人們即使離開校園很久，也顯然還在繼續閱讀巴爾扎克。不過若是在義大利進行一項關於巴爾扎克普及化的官方調查的話，我擔心他的排名會很低。義大利的狄更斯迷是一小撮的菁英，他們一見面就會開始回憶狄更斯作品中的人物與情節，彷彿是在談論他們眞正認識的人。法國作家畢托（Michel

Butor）幾年前在美國教書時，非常厭煩人們老是問他有關左拉的問題，他從來也沒讀過他的作品，後來他便下定決心讀完左拉的胡宮‧馬卡爾家族史的整個系列小說。他發現這部作品跟他原本所想的全然不同：它是一部驚人的神話性系譜學與宇宙起源論作品，畢托在一篇出色的文章中描述了這一切。

　　這一點顯示，一個人在成年後第一次閱讀偉大的作品可以帶來非凡的樂趣，這種樂趣與年輕時代讀經典是非常不同的（不過我們無法說哪一種樂趣比較高）。年輕時，我們會賦予所讀的作品獨特的風味與意涵，就像所有的經驗一樣，成年後，我們會欣賞（或者說應該欣賞）更多的細節、層面與意義。因此我們可以試著提出另一項定義：

2. 經典便是，對於那些讀過並喜愛它們的人來說，構成其寶貴經驗的作品；有些人則將這些經典保留到他們可以最佳欣賞它們的時機再閱讀，對他們來說，這些作品仍然提供了豐富的經驗。

　　事實上，年輕時代所作的閱讀經常沒有太大的價值，因爲那時我們沒有耐心、無法專注、缺乏閱讀技巧，或者是欠缺生命經驗。年輕時代的閱讀可能（或許是同時）具有養成作用，因爲它爲我們未來的經驗提供形式或外形，爲這些經驗提供模式、處理方式、比較說法、分類系統、價值等級、美的範例：這一切都在我們身上發生作用，儘管我們對於年輕時所讀的書記憶有限，或是毫無記憶。成年之後再重讀這些作品時，我們會重新發現這些不變的事物，它們如今已經形成我們內在機制的一部分，儘管我們已經忘記它們從何而來。作品中包含一種特殊的力量，它或許會被遺忘，不過卻在我們身上留下種子。我們現在可以下的定義爲：

3. 經典是具有特殊影響力的作品，一方面，它們會在我們的想像中留下痕跡，令人無法忘懷，另一方面，它們會藏在層層的記憶當中，偽裝為個體或集體的潛意識。

因此，我們應該在成年時代撥出一段時間，用來重新發現年輕時代最重要的閱讀。儘管作品依舊（不過在不同的歷史觀點下，這些作品也會改變），我們卻一定有所改變，所以與這些作品後來的相遇是全新的經驗。

因此，使用「讀」或「重讀」的動詞並不真的重要。事實上，我們可以說：

4. 經典是每一次重讀都像首次閱讀時那樣，讓人有初識感覺之作品。

5. 經典是初次閱讀時讓我們有似曾相識的感覺之作品。

第四項定義可以視為是下列定義的必然結果：

6. 經典是從未對讀者窮盡其義的作品。

而第五項定義暗示了更為嚴密的公式化表述，例如：

7. 經典是頭上戴著先前的詮釋所形成的光環、身後拖著它們在所經過的文化（或者只是語言與習俗）中所留下的痕跡、向我們走來的作品。

這一點適用於古代與現代經典。當我閱讀《奧德賽》時，我是在讀荷馬的作品，不過我無法忘記尤里西斯的冒險在各個世紀中所代表的意義，我也會不禁思索，這些意義究竟暗含在原本的文本中，或者是後人添加、變形或加以擴充而成的。當我閱讀卡夫卡的

作品時，我發現自己會贊同或反對「卡夫卡式」這個形容詞的正當性，我們不斷聽到人們使用這個形容詞來指稱幾乎任何事情。閱讀屠格涅夫的《父與子》或是杜斯妥也夫斯基的《惡魔》時，我也會不禁思索，這些書中的人物如何繼續化身轉世，直到我們的時代。

　　閱讀經典時，當我們與先前的印象相較時，也應該有驚奇的感覺。因此我們始終不厭其煩地建議讀者閱讀第一手的作品，儘量避免二手的參考書目、評論與其他詮釋。學校與大學應該反覆灌輸學生一項觀念，也就是一本書的評論並不能透露比原著更多的訊息；然而事實上，他們卻極力要讓學生相信與上述相反的觀念。這裡牽涉到一項非常普遍的價值反轉，亦即介紹文章、參考資料與參考書目被當作是煙幕彈，掩蓋了原著想表達的事物，以及在沒有仲介者的狀況下才能表達出來的事物，而這些仲介者聲稱知道得比文本本身還要多。因此我們可以斷定：

8. 經典是不斷在其四周產生由評論所形成的塵雲，卻總是將粒子甩掉的作品。

　　經典不必然會教導一些我們還不知道的事物；有時我們會在經典中發現我們早已知道的事情（或是我們自以為知道的事情），可是我們並沒有發覺這些事是古代的文本先說出來的（或者說我們不知道這個觀念與那個文本有特殊的關連）。這項發現也是非常令人滿意的驚喜，當我們發現一項概念的源頭，或是這項概念與作品間的關連，抑或是第一位提出這項概念的人時，我們經常會有這種感覺。因此我們可以得出以下的定義：

9. 經典是，我們愈是透過道聽途說而自以為了解它們，當我們實際閱讀時，愈會發現它們是具有原創性、出其不意而且革新的作品。

當然，這發生在經典的文本具有經典的「作用」時，也就是它必須與讀者建立個人的關係。若是沒有火花的話，這樣的練習是沒有意義的：沒有必要出於責任或敬意去閱讀經典，我們只需出於愛去閱讀它們。除了在學校以外：不管我們喜不喜歡，學校都必須教我們認識一定數量的經典，當中有一些將來會成為我們自己的經典，或者我們會將它們拿來當作基準，而找出「自己的」經典。學校有責任提供我們工具，好讓我們自己做出選擇；不過唯一重要的選擇是我們在畢業之後，或是在學校以外所做的選擇。

只有在自願的閱讀過程中，我們才能遇到「自己」的書。我認識一位傑出的藝術史家，他是個非常博學的人，在他所讀過的作品中，他最喜歡的是《匹克威克文稿》，每當他跟人討論時，總會引述狄更斯的句子，也會將他自己生活中的事件與匹克威克中的情節相連結。慢慢地，在完全認同的過程中，他自己、宇宙以及宇宙真正的哲學都以《匹克威克文稿》的形式出現。如果我們朝這個方向走下去的話，我們會得到一個關於經典的非常崇高與嚴苛的概念：

10. 經典是代表整個宇宙的作品，是相當於古代護身符的作品。

這樣的定義會讓我們更貼近全書（total book）的概念，是馬拉美所夢想的那一種。不過經典作品同樣可以建立一種對立或是對比的有力關係，而非認同。盧梭的所有思想與行動對我而言都極為珍貴，不過它們卻也激起我身上無法壓抑的衝動，也就是我想反駁他、批評他、與他爭論。當然，這是因為我發現他跟我意氣不相投，不過如果事實僅止於此的話，我只要避免閱讀他的作品就好了；事實上，我無法不將他視為我的作者之一。在這種情況下，我要說的是：

11.「你的」經典是你無法漠視的書籍，你透過自己與它的關係來定義自己，甚至是以與它對立的關係來定義自己。

　　我想我不需要證明自己使用「經典」這個詞是合理的，這個詞在古代性、風格或是權威方面並沒有作出區別。（關於這個詞所有意義的歷史，在《埃伊瑙迪百科全書》〔*Enciclopedia Einaudi*〕第三冊，佛提尼〔Franco Fortini〕所撰寫的"Classico"一條中有詳盡的介紹。）為了我在此處所提出的論點起見，經典的特徵或許只是一種我們從古代或現代的作品中所感受到的回響，可是這個回響在文化連續體中佔有一席之地。我們可以說：

12. 經典就是比其他經典更早出現的作品；不過那些先讀了其他經典的人，可以立刻在經典作品的系譜中認出經典的位置。

　　提到這一點，我不能再擱置一項關鍵問題，也就是如何將經典與非經典作品的閱讀連結起來。這個問題與以下的問題相關：「為什麼要閱讀經典，而不閱讀那些可以讓我們更深入了解自己所處時代的作品？」以及「當我們被一些關於當代的出版品所淹沒時，我們如何找出時間、心平氣和地閱讀經典？」

　　當然，我們可以假設幸運的讀者是存在的，他或她可以將「閱讀時間」只用來閱讀盧克萊修[1]、盧奇安[2]、蒙田、伊拉斯謨、柯維多[3]、馬婁、笛卡爾的《方法論》、歌德的《威廉·麥斯特》、柯立

---

[1] Lucretius，西元前 99-55年。羅馬詩人，伊比鳩魯著名弟子，和尤里烏斯、凱撒同時代，著有《物性論》。—編注

[2] Lucian，120?-200?年，希臘著名諷刺作家。文筆流暢、思想機敏，被譽為古代的伏爾泰。著有《死者對話》、《真實歷史》、《怎樣寫歷史》。—編注

[3] Francisco de Quevedo，1580-1645年，西班牙黃金世紀的著名詩人，格言派詩歌的創始者和代表人物，不僅詩作膾炙人口，散文作品一樣令人讚歎驚奇。—編注

芝、羅斯金、普魯斯特與梵樂希，偶爾還可以閱讀比較遙遠的紫式部，或是冰島傳奇。我們假設那個人可以閱讀這一切作品，卻不必為經典的最新再版寫評論，無需提交文章以爭取大學教席，也不用在交稿期限迫近時，將文章交給出版社。這樣的閱讀規則若是要不受污染地繼續下去的話，這位幸運兒就得避免讀報，而且絕對不要受到最新出版的小說或是社會學調查所引誘。不過這樣的嚴格執行，在何種程度上是合理或是有用的，仍有待觀察。當代世界或許平庸且徒勞，不過我們總是必須將自己置身在當代的背景中，才能向前或向後看。為了閱讀經典，我們必須確定自己是「從」何處閱讀它們，否則讀者與文本都會在沒有時間性的迷霧中飄移。因此我們可以說，能夠從閱讀經典中獲得最大利益的人，是有技巧地輪流閱讀經典與適量當代資料的人。這不表示那個人必然內心和諧平靜：那也可能是個不耐煩、神經質的人，不斷感到惱怒與不滿。

　　或許理想的作法是把當代的聲音當作是窗外的噪音，向我們警告屋外的交通阻塞與天氣變化，而我們繼續遵守經典的言論，它清晰地在屋內迴響。對大部分的人來說，經典像是屋外遙遠的回聲，他們的屋內則瀰漫著當代，彷彿是一台音量開到最大的電視機，不過這也算是一項成就了。因此，我們應該補充以下的定義：

13. 經典是將當代的噪音貶謫為嗡嗡作響的背景之作品，不過經典也需要這些噪音才能存在。

14. 經典是以背景噪音的形式而持續存在的作品，儘管與它格格不入的當代居主導位置。

　　閱讀經典似乎與我們的生活步調格格不入，我們的生活步調無法容忍我們長時間持續進行一項活動，也無法容忍人本主義的優閒

（otium）空間；閱讀經典也與我們文化的折衷主義格格不入，這樣的折衷主義絕對沒有能力制定一份適合我們時代的經典作品目錄。

不過這卻是萊歐帕迪（Leopardi）的生活情況：他住在父親的城堡裡（他的"paterno ostello"），在他父親蒙那多那間令人驚嘆的藏書室裡，他可以繼續自己對希臘及拉丁古代文物的崇拜，他在藏書室內添加了直到當時為止的所有義大利文學作品，以及所有的法國文學作品，除了小說以及當時新近出版的作品以外，這些書籍被貶謫至藏書室的角落，好讓他的妹妹閱讀（「妳的斯湯達爾」，他如此對寶琳娜提到這位法國小說家）。萊歐帕迪甚至透過閱讀永遠不怎麼「跟得上時代」的作品，來滿足他最熱烈的科學及歷史狂熱，他閱讀布豐（Buffon）所描述的鳥禽習慣，豐特奈爾（Fontenelle）描述魯虛（Frederik Ruysch）製作的木乃伊，以及羅伯遜（Robertson）所描述的哥倫布之旅。

年輕的萊歐帕迪所享有的古典教育在今日是無法想像的，特別是因為他父親蒙那多伯爵的藏書室已經瓦解了。瓦解的意思一方面是古書大量凋零，另一方面則是當代文學及文化方面的新書在激增。我們所能做的，就是各自發明自己理想的經典藏書室；其中一半應該包括我們讀過、對我們有意義的書籍，另一半則應該包含我們打算要讀、而且應該會對我們有意義的書。我們也應該將一部分空間保留給驚喜以及意外發現。

我發現萊歐帕迪是我所引述的唯一一位義大利文學家。這是藏書室瓦解的後果。現在我應該重寫整篇文章，以清楚指出，經典如何幫助我們了解自己，以及了解我們所到達的地步，因此，對我們義大利人來說，義大利文學是不可或缺的，如此我們才可以將它們與外國經典作比較，而外國經典也是同樣必不可少的，這樣我們才能拿它們與義大利經典相較。

　　之後，我眞的必須又再重寫一遍，這樣人們就不會相信經典之所以必讀，是因爲它們有某種用處。我唯一能夠替經典提出的辯護是，閱讀經典總是比不讀好。

　　要是還有人提出反對意見，認爲經典不値一讀的話，那麼我便要引述齊奧朗（Cioran）的話（他不是位經典思想家，至少還不是，而是一位當代思想家，他的作品才剛剛被譯介至義大利）：「人們在準備毒藥時，蘇格拉底正在用笛子學習一首曲子。『這對你有什麼用？』有人問他。『至少，我可以在死去之前學會這首曲子。』」

　　　　　　　　　　　　　　　　　　　　　　一九八一年

《奧德賽》中的奧德賽

　　《奧德賽》中到底包含幾個奧德賽？在史詩一開始，泰拉馬科斯（Telemachia）出發尋父的成長過程，事實上是在追尋一個並不存在的故事，這個故事後來變成了《奧德賽》。伊瑟卡王宮的吟遊詩人菲尼烏斯（Phemius）已經知道其他英雄的《諾斯托伊》（nostoi〔自特洛伊回歸之詩〕）。只有一個他不知道：也就是他自己國王的 nostos[1]；這就是爲什麼潘妮洛普不想再聽他吟唱的原因。泰拉馬科斯出發尋找這個故事，走向參與過特洛伊戰爭的希臘老兵：若是他可以掌握這個故事的話，不管結局是喜是悲，伊瑟卡終可脫離失序、沒有時間性、沒有律法的情況，它已經在這樣的情況中受苦好幾年了。

　　跟所有的老兵一樣，涅斯特（Nestor）跟米奈勞斯（Menelaus）有許多故事可以說；不過卻不是泰拉馬科斯在尋找的那個故事。至少在米奈勞斯說出那個奇特的冒險故事之前是如此：米奈勞斯將自己僞裝成海豹，抓住「海上老人」，也就是千變萬化的普羅特斯（Proteus），逼他告訴自己過去與未來的事情。普羅特斯當然早已非常熟悉《奧德賽》：他從荷馬開始敘述的地方開始敘述尤里西斯的冒險，英雄在卡利普索島（Calypso）上；接著他便打住不說了。荷馬便從那個地方接手過來，提供了接下去的故事。

---

[1] nostos，希臘文，此字的字義爲返鄉、回歸。—編注。

　　尤里西斯來到腓埃敘亞人（Phaeacian）的王宮時，聆聽一位就像荷馬的盲眼吟唱詩人吟唱著尤里西斯的冒險；英雄突然放聲大哭；接著他決定自己敘述。在他自己的敘述中，他遠至冥府去詢問泰瑞西亞斯（Tiresias），泰瑞西亞斯將他故事的其餘部分告訴了他。接著尤里西斯遇到了唱歌的女妖賽倫：她們在唱什麼？再一次，《奧德賽》可能與我們正在讀的史詩一模一樣，也可能非常不同。在歸鄉完成之前，「尤里西斯『歸鄉』的故事」早已存在：這個故事先於它所敘述的真實事件。在泰拉馬科斯出發尋父的過程中，我們便已經看到「想到歸鄉」、「說到歸鄉」的說法。宙斯沒有「想到」阿特柔斯之子阿格曼農與米奈勞斯的「歸鄉」（3. 160）；米奈勞斯要普羅特斯的女兒「告訴〔他〕歸鄉的故事」（4. 379），她便解釋要如何強迫她父親來告訴他（390），所以米奈勞斯便得以抓住普羅特斯，然後問他：「告訴我該如何橫渡滿是游魚的海洋歸鄉？」（470）

　　歸鄉必須被找出來、被想到，而且被記得：危險在於，在歸鄉尚未發生之前，它就被遺忘了。事實上，在尤里西斯敘述的旅程中，他一開始曾停留在食蓮族當中，在那裡，吃下香甜的棗蓮之後，便有失去記憶的危險。遺忘的危險發生在尤里西斯旅途的開端，而非終點，這一點似乎很奇怪。不過若是尤里西斯在經歷這麼多的考驗、承受這麼多的苦難之後，將一切遺忘的話，那麼他的損失會更大：因為這樣一來，他便不能從苦難中獲得任何經驗，不能從他的經歷中汲取任何教訓。

　　不過若是再仔細檢視的話，我們會發現，在九至十二卷中，遺忘的風險好幾次遭到威脅：首先是在食蓮族的邀請中，接著是在瑟喜（Circe）的魔藥中，再來是在賽倫的歌聲中。在每一個情況中，尤里西斯都必須小心，如果他不想在瞬間遺忘的話……遺忘什麼？

特洛伊戰爭？圍城？特洛伊木馬？不是，是他的家，他的歸鄉之
旅，他旅程的重點。在這些情況下，荷馬所使用的說法是「忘記歸
鄉」。

　　尤里西斯不可以忘記他必須旅行的道路，不可以忘記他命運的
形式、走向：簡而言之，他不能忘記《奧德賽》。可是即使是即興編
唱史詩的吟唱詩人，或是憑記憶吟誦其他人已經吟唱過的史詩的吟
誦者，如果他們想要「講述歸鄉的故事」的話，都不能遺忘；對於
沒有書面文字支持的史詩吟唱者來說，「遺忘」是生命中最負面的
動詞；對他們來說，「遺忘歸鄉」意謂遺忘被稱爲《諾斯托伊》的
史詩，這是他們吟唱曲目中的高潮。

　　關於「遺忘未來」的主題，我在幾年前寫下了一些想法（刊登
於一九七五年八月十日的《晚郵報》〔Corriere della sera〕），我在文
章的最後寫道：「尤里西斯從棗蓮的力量、瑟喜的魔藥與賽倫的歌
聲中所拯救出來的，不只是過去或未來。記憶的確很重要──對於
個體、社會、文化來說都是如此──不過它必須將過去的痕跡與未
來的計畫結合在一起，讓一個人可以去行動，卻不忘記他先前想做
什麼，讓他可以成爲，卻不停止保持他現有的存在，讓他可以保持
現有的存在，卻不停止成爲。」

　　我的文章引發了桑圭內提（Edoardo Sanguineti）在《夜之國》
（Paese sera）上的回應（現在收錄在他的《論壇，一九七三至一九
七五年》〔Giornalino 1973-1975〕，都靈：埃伊瑙迪出版社，一九七
六年），接下去我們兩人皆提出了進一步的回應。桑圭內提提出以下
的反對意見：

　　　　我們不該忘記尤里西斯的旅程並不是一趟旅行，而是一趟
　　歸鄉之旅。所以我們必須自問，他所面對的是何種未來？事實

上，尤里西斯所期待的未來，實際上是他的過去。尤里西斯克服了「倒退」（Regression）的誘惑，因為他全力朝「復位」（Restoration）前去。

　　當然，有一天，為了洩恨，真正的尤里西斯、偉大的尤里西斯，變成了他「最後之旅」的尤里西斯，對他來說，未來並不是過去，而是「預言的實現」──甚至是烏托邦的實現。而荷馬的尤里西斯所抵達的目的地，是讓過去恢復為當下：他的智慧就是「重複」，這一點從他的「傷疤」可以認出來，那是他永遠的特徵。

　　我在回應桑圭內提的文章中（刊登於一九七五年十月十四日的《晚郵報》）指出：「在神話的語言中，如同在民間故事與騎士故事的語言中，伸張正義、撥亂反正與濟弱扶傾的行動通常都被呈現為是重整屬於過去的理想秩序；對於我們所失去的過去之記憶，保證了我們必須征服的未來是值得想望的。」

　　如果我們檢視民間故事的話，會發現它們呈現了兩種社會變化的類型，兩者都有幸福的結尾：一種是從富人變成窮人，再變回富人；或是從窮人變成富人。在第一種類型中，王子因為遭遇某種不幸，而變成養豬的，或是其他地位低賤的人，一直到最後才能恢復皇家的地位；在第二種類型中，主角經常是一位出身微寒的年輕人，他或是牧羊人，或是農夫，或許也是個懦夫，不過經由自己的力量或是透過神仙的幫助，而娶到公主，成為國王。

　　同樣的結構也適用於以女性為主角的寓言：在第一種類型中，女孩因為繼母或繼母女兒的嫉妒，而從皇家或是優勢的地位淪為窮人（例如白雪公主與灰姑娘），直到王子愛上她，讓她回復到上層社會；在第二種類型中，牧羊女或鄉下女孩克服貧困出身的所有不利

條件，最後嫁入皇室。

　　我們或許會認爲第二類的民間故事最直接表達了民眾對角色反轉以及個人命運反轉的欲望，而第一類的民間故事則將它們過濾爲較薄弱的形式，例如回復到先前假定的秩序。可是若是再仔細思索的話，我們會發現，牧羊人或牧羊女不凡的命運只不過反映了撫慰人心的奇蹟或夢想，這一點在民間騎士傳奇中廣泛地繼續下去。然而王子或皇后的不幸卻將貧窮的**概念**與**權利遭受踐踏的概念**相連，也就是正義一定要討回的**概念**。換句話說，第二類的故事（在奇想的層次上，在這個層次上，抽象的概念可以以原型形象的方式出現）建立了某種事物，這項事物成爲自法國大革命以降，現代社會意識的基本要點。

　　在集體潛意識中，穿著窮人衣物的王子證明了每個窮人事實上都是王子，他的王位遭到篡奪，他必須收復自己的王國。尤里西斯或桂林‧梅斯齊諾（Guerin Meschino）或羅賓漢都是遭到不幸的國王、國王之子或高貴的爵士，當他們戰勝敵人之後，他們會讓社會重新恢復正義，在其中，人們會認出他們真正的身分。

　　可是他們的身分跟以前還一樣嗎？尤里西斯回到伊瑟卡時，是個沒有人認得出來的老乞丐，他或許跟出發前往特洛伊的尤里西斯不是同一人。他將自己改名爲「無名氏」（Nobody）而救回一命，這一點或許不是偶然。唯一立刻自發地認出他的，是他的狗阿哥斯，這彷彿是在暗示，個體的延續性只有在動物可以辨識的標誌中才明顯。

　　對尤里西斯的老保母來說，可以證明他身分的，是野豬長牙在他身上造成的傷疤，對他的妻子來說，是用橄欖樹根製成的婚床祕密，對他的父親來說，則是一連串的果樹：這一切標記都與國王的地位無關，而是將他與獵人、木匠及園丁的身分連接在一起。在這

些標記的最上端是他的英勇，以及他對敵人的無情攻擊；最重要的
則是眾神偏愛他的證據，這也是說服泰拉馬科斯的證據，儘管只是
透過信念。

　　相反地，讓人認不出來的尤里西斯在伊瑟卡醒來時，認不出他
的家鄉。雅典娜必須介入，向尤里西斯確定伊瑟卡眞的是伊瑟卡。
《奧德賽》的後半部瀰漫一種普遍的身分認同危機。只有故事保證人
物與地點都與先前相同。不過就連故事本身也有改變。尤里西斯首
先告訴牧豬人攸米阿斯（Eumaeus），接著告訴他的敵人安替諾斯
（Antinous）及潘妮洛普的那個故事，是個完全不同的奧德賽：這是
個流浪的故事，裡面有個虛構的人物，尤里西斯聲稱這個人來自克
里特島，要前往伊瑟卡，這個充滿船難與海盜的故事比尤里西斯告
訴腓埃敍亞國王的故事來得可信得多。誰能說這則故事不是眞正的
奧德賽？可是這則新的奧德賽又通向另一則奧德賽：這位克里特島
的流浪者在旅行途中遇到了尤里西斯。我們在這裡看到的是，尤里
西斯在敍述一則關於尤里西斯在各國之間流浪的故事，然而眞正的
《奧德賽》，也就是我們視爲是眞的《奧德賽》，從未提及他在這些國
家流浪。

　　早在《奧德賽》之前，人們便知道尤里西斯是個擅於故弄玄虛
之人。不就是他想出了著名的木馬詭計嗎？在《奧德賽》一開始，
首次提及他的部分是兩則關於特洛伊戰爭的倒敍，先後由海倫及米
奈勞斯所敍述：這是兩則關於詭計的故事。在第一則中，尤里西斯
僞裝潛入圍城，進行屠殺；在第二則中，他與同伴藏身在木馬裡，
設法阻止海倫強迫他們說話，以避免洩露他們的行跡。

　　（在兩段插曲中，尤里西斯都遇到了海倫，在第一段插曲中，海
倫是尤里西斯的同盟，是他僞裝的共謀，可是在第二段插曲中，她
卻是敵人，代表希臘人的妻子，試圖洩露他們的行蹤。海倫的角色

是矛盾的，不過總是牽涉到詭計。同樣地，使用掛毯策略的潘妮洛普也被呈現為欺騙者；潘妮洛普的掛毯策略與特洛伊木馬是對稱的，這兩者都是手藝與偽造的產品：因此尤里西斯的這兩項特點也是他太太的特徵。）

　　如果尤里西斯是個騙子的話，那麼他向腓埃叙亞國王講述的故事就是一篇謊言。事實上，他的海上冒險被包含在《奧德賽》的中心四卷裡，其中包含一連串與奇異人物相遇的緊湊情節（這些人物出現在各個時代、各個國家的民間故事裡：包括獨眼巨人波利菲莫斯〔Polyphemus〕、被抓進酒囊裡的四風、瑟喜的魔法、女妖賽倫與海怪），這個部分與史詩的其餘部分形成對比，在史詩的其餘部分，語調較為嚴肅、充滿心理張力與導向結局的精采高潮，結局便是尤里西斯從追求者的手中收復了他的王國與妻子。即使是在這些部分，我們也可以發現與民間故事相同的主題，例如潘妮洛普的掛毯以及射箭比賽，不過這些段落更接近現代的寫實與逼真標準：超自然力量的介入只限於奧林匹斯山的神祇，即使是祂們也經常偽裝成人類出現。

　　不過我們必須記得，這些冒險情節（特別是與獨眼巨人波利菲莫斯遭逢的部分）也在史詩的其他部分被提及。所以荷馬肯定這些冒險的真實性；不只如此，就連眾神也在奧林匹斯山上加以討論。我們也不該忘記米奈勞斯也在泰拉馬科斯尋父的段落中敘述了一則故事（與海上老人的遭逢），這與尤里西斯所敘述的那些故事屬於同一類型的民間故事。我們只能將這麼多樣的奇想風格歸因於不同起源的傳統之融合，這些傳統由古代的吟唱詩人傳遞下來，最後一起來到荷馬的史詩當中。最古老的敘述層次應該就在尤里西斯以第一人稱敘述的冒險當中。

　　最古老的？修貝克（Alfred Heubeck）認為應該是相反。（參考

Omero，*Odissea*, Libri I-IV, 修貝克引言，史蒂芬妮·韋斯特〔Stephanie West〕的內文與評論，米蘭：羅倫佐·瓦拉基金會／蒙達多利出版社，一九八一年。）

　　尤里西斯始終是位史詩英雄，甚至在《奧德賽》之前便是（也在《伊里亞德》之前），而其他的史詩英雄，例如《伊里亞德》中的的阿基里斯與赫克特，並沒有與怪獸及魔法遭逢的民間故事冒險類型。不過《奧德賽》的作者必須讓尤里西斯離家十年：對於他的家人以及舊時袍澤來說，他已經消失，再也找不到了。為此，作者必須讓他從已知的世界消失，讓他橫渡到另一個地理空間，進入一個人類世界以外的世界，進入彼岸（Beyond，他旅途的高潮是陰間之行，這並不是沒有原因的）。為了這趟超越史詩界限的旅行，《奧德賽》的作者求助於傳統（當然是最古老的傳統），諸如傑森[2]與阿爾戈英雄的事跡。

　　所以《奧德賽》的新意在於擁有一位像尤里西斯這樣的史詩英雄，他對抗「巫師、巨人、怪獸與食人族」，這些情況屬於較為古老形式的傳奇，其根源可以追溯到「古寓言世界，甚至是原始魔法與薩滿的世界」。

　　根據修貝克的說法，《奧德賽》的作者便是以此向我們展示他真正的現代性，這使得他看起來與我們很親近，甚至像是我們的同代人：如果說傳統上的史詩英雄是貴族與軍事美德的典範的話，那麼尤里西斯除了具有這樣的特質之外，他也抵抗了最嚴苛的經驗、勞力、痛苦與孤獨。「當然，他將讀者帶進了夢的神話世界，不過這個夢的世界同時也是真實世界的鏡像，我們都活在這個瀰漫著需要、哀痛、恐懼與痛苦的世界，人們深陷其中，無路可出。」

---

[2] Jason，希臘神話人物，曾率領阿爾戈英雄至海外尋找金羊毛。─譯注

　　在同一本作品中，史蒂芬妮‧韋斯特從完全不同的前提出發，不過她所大膽提出的假設肯定了修貝克的論點：她的假設是，在荷馬（或者不管作者是誰）的《奧德賽》之前，存在著另一部《奧德賽》、另一趟歸鄉之旅。她認爲，荷馬發現這則關於旅行的故事過於單薄且無意義，所以便用驚人的冒險故事取而代之，不過仍保留先前版本的痕跡，也就是僞裝的克里特島人所作的敘述。事實上，在一開始的詩行中，有一行詩應該可以代表整部史詩：「他看到了這座城市，了解了許多人的想法。」什麼城市？什麼想法？這行詩似乎更適用於僞克里特島人的旅行……

　　無論如何，當尤里西斯重新佔有他的臥房，而潘妮洛普在其中認出她丈夫之後，尤里西斯又開始談到獨眼巨人、海上女妖……或許《奧德賽》是所有旅行的神話？或許對尤里西斯／荷馬來說，眞與假的區別並不存在；他只不過是在敘述同一個相同的經驗，有時用現實的語言，有時用神話的語言，就如同我們今日所進行的每趟旅行，或遠或近，仍然是一趟《奧德賽》之旅。

一九八三年

色諾芬[1]的《長征記》

　　今日閱讀色諾芬的《長征記》很像是在觀看電視或錄影帶裡經常重播的舊戰爭紀錄片。當我們讀到下列這樣的段落時，彷彿正在觀看一部黑白的陳年舊片，其中有著相當粗糙的光影對比及加速動作，我們幾乎立刻感到同樣著迷：

　　　　三天當中，他們又走了十五帕勒桑[2]，每一天都行走在深厚的積雪中。第三天的情況特別惡劣，因為他們行進的時候，北風不斷向他們吹襲：北風在整個地區肆虐，摧毀一切、凍僵他們的身體……行進期間，士兵為了保護眼睛不受雪上強光的侵襲，便用黑色的物品擋在前方：為了避免凍傷的危險，最有效的方法便是不斷移動雙腳，絕對不可靜止不動，尤其是不可在夜間脫掉靴子……有一群士兵因為這種種困難而落後，他們看到不遠處，在覆蓋白雪的平原中央的河谷裡，有一個黑色的池子：他們認為那是融化的雪。事實上，雪的確是在那裡融化了，不過那是因為附近有一道天然泉水，所以有蒸氣裊裊升空。

---

[1] Xenophon，西元前434?-355?年。希臘史家、詩人、蘇格拉底弟子、軍事領導人。—譯注
[2] parasang，古波斯長度單位，約爲五、六公里。—譯注

　　然而我們很難引述色諾芬：真正重要的是連續不斷的視覺細節與行動。我們很難找出一個段落可以完全代表這部作品宜人的多樣性。或許以下這一段可以，這是從上述段落之前的兩頁引述出來的：

　　　　一些離開營地的希臘人表示，遠方似乎有一支巨大的軍隊，許多火把在夜間點起。指揮官聽到這一點時，表示在分開的營區紮營是不安全的，因此再次將士兵集合起來。士兵便全在同一個地點紮營，特別是天氣似乎好轉了。不過不幸的是，夜間降下了許多雪，覆蓋了士兵的盔甲及動物，士兵們在地上擠成一團。動物的四肢都凍僵了，以至於站不起來；人們遲遲不站起來，因為肚子上未融化的雪可以給予他們熱量。接著色諾芬勇敢地站起來了，他脫下衣服，拿起斧頭開始砍柴；看到他這麼做，另一個人也站起來，從他手上接過斧頭，繼續砍柴；其他人站起來點火；所有人都在身上擦油膏，他們擦的不是油，而是在當地村莊找到的藥膏，這是用芝麻籽、苦杏仁、松脂及豬油做成的。也有一種用相同材料製成的香油。

　　從一個視覺呈現快速轉至另一個，再從這些呈現轉至軼事，接著再轉進對於異國習俗的描述：在這個背景上，不斷爆發刺激的冒險，以及意想不到的障礙，阻止軍隊前進。通常每一次的障礙都被色諾芬的詭計所克服：必須佔據的每一座設有防禦工事的城市、每一個在露天戰場上與希臘人作戰的敵人、每一道必須橫越的峽灣、每一次惡劣的天候——這一切都需要這位敘事者兼主角兼傭兵領袖的才智、機敏以及周密思考的聰明策略。有時，色諾芬就像是兒童漫畫中的英雄，在每一段插曲中，他都設法在極不利的情況下存

活；事實上，就跟兒童漫畫一樣，每一段插曲通常會出現兩位主角：色諾芬與徹里斯弗斯（Cheirisophus）為敵對的軍官，分別為雅典人與斯巴達人，而色諾芬的解決方法通常是較為精明、寬厚且具決定性的。

《長征記》的題材應該很適合以流浪漢和無賴為題材的故事，或是模仿英雄氣概的故事：經過偽裝的一萬名希臘傭兵受僱於波斯王子小居魯士（Cyrus the Younger），長征至小亞細亞的內陸，其真正目的是要驅逐居魯士的哥哥，阿爾泰薛西斯二世（Artaxerxes II）；不過他們在克納科薩（Cunaxa）的戰場被擊敗了，如今他們群龍無首，而且離鄉背井，必須在充滿敵意的人當中，找到歸鄉的路。他們只想歸鄉，可是他們所做的一切都造成了公共威脅：他們一共是一萬人，全身武裝，可是卻缺乏糧食，所以他們像是蝗蟲過境般地肆虐、摧毀所到之處，並且擄走大批婦女。

不過色諾芬並不受史詩英雄風格所吸引，也不喜歡這類情況殘酷與古怪的面向。他的作品是一位軍事將領所寫的精確記錄，類似航海日誌，包含軍隊走過的所有距離、地理上的參照點以及動植物資源的細節，並且回顧了不同的外交、策略與後勤問題，及其解決之道。

這份報告點綴著統帥部的「官方聲明」，以及色諾芬對軍隊或外國使節所作的演說。以前在學校閱讀這些辭藻華麗的選粹時，我總是感到無聊至極，不過我想我錯了。閱讀《長征記》的祕密就是不要跳過任何段落，要按部就班地讀遍整部作品。每一篇演說都包含一個政治問題，或是關於外交政策（試圖與希臘人必須經過的土地之國王及領袖建立外交關係），或是關於內政（希臘領袖之間的討論，雅典人與斯巴達人之間會出現的預期敵對狀態，諸如此類。）由於色諾芬寫作這部作品是為了與其他將領辯論，探討關於每個人

在處理撤退時的責任，因此這個或隱或顯的辯論之背景只能從這些辭藻華麗的紙頁中被推引出來。

身為動作派作家，色諾芬可以說是個典範。如果我們拿他與最等同於他的現代作家——勞倫斯上校（T. E. Lawrence）——相較的話，我們會發現這位英國作家的技巧，在於用一層由美學甚至是倫理的神奇之物所形成的光暈將事件與影像籠罩，這項神奇之物像是原始文字已被拭去的重寫手稿，表面是鑿鑿有據的散文；然而在這位希臘作家的作品裡，在精確枯乾的敘事之下別無他物：嚴苛的軍事美德除了意謂嚴苛的軍事美德之外，不再意謂其他的了。

《長征記》裡當然包含一種哀戚：士兵歸鄉的焦慮、身處異鄉的不知所措，以及不要分開的努力，因為只要他們還在一起，他們就把自己的國家帶在身上。這支軍隊在一場非由他們所造成的戰爭中敗北，任憑自生自滅，接著掙扎著要歸鄉，這番掙扎只不過是要走出一條歸鄉的路，以遠離以前的盟友與敵人，這一切使得《長征記》類似近代義大利文學的一部分：也就是義大利的阿爾卑斯山地狙擊兵從俄國撤退時所寫的回憶錄。這項類推並不是最近的發現：早在一九五三年，艾利歐‧維多里尼（Elio Vittorini）便推出了一部這類文學的經典作品，利各尼‧史登（Mario Rigoni Stern）的《雪地裡的軍士》（*Il sergente nella neve*），維多里尼將這部作品定義為「用方言寫成的小《長征記》」。事實上，色諾芬的《長征記》裡那些在雪地裡撤退的章節（上述段落引述的來源）所描述的插曲，也有可能是整個從利各尼‧史登的書中摘錄出來的。

利各尼‧史登的作品以及那些描述從俄國前線撤退的最佳義大利作品的特徵之一，是敘事者／主角是位優秀的士兵，就像色諾芬，他有能力與義務討論軍事行動。對他們及對色諾芬來說，在誇大的野心崩潰之後，軍事價值回歸為實用性與團結的價值，人們以

此為標準來測量一個人對自己以及對他人的用處。（此處值得提及兩本書，一本是雷維利〔Nuto Revelli〕的《窮人宣戰》〔*La guerra dei poveri*〕，其中描述了幻滅軍官的激情與狂熱；另一本則是不公平地被遺忘的好書，內格利〔Cristoforo M. Negri〕的《長步槍》〔*I lunghi fucili*〕。）

　　不過類比的關係僅止於此。阿爾卑斯山地狙擊兵的回憶錄來自於一種衝突關係，一邊是如今變得謙卑且恢復理性的義大利，另一邊則是全面戰爭的瘋狂與屠殺。而在西元前五世紀將領的回憶錄中，產生對比的雙方，一邊是被貶為蝗蟲般寄生蟲的希臘傭兵，另一邊則是對於古典價值的行使——哲學、公民、軍事的價值，色諾芬和他的士兵試著讓這些價值順應新環境。結果，這樣的對比並沒有產生利各尼·史登書中那種令人心碎的悲劇：色諾芬似乎確定自己成功協調了兩個極端。人可以被貶低為蝗蟲，可是可以將紀律與禮儀應用在這個蝗蟲的狀況——簡言之便是「風格」——而且感到滿意；人不僅可以討論他成為蝗蟲的事實，而且只能討論成為蝗蟲的最佳方式。在色諾芬的作品裡，我們找到已經畫出輪廓與界限的現代倫理，包括完美的技術效率、「勝任工作」、「把工作做好」，這一切都與以普遍道德的觀點加諸於我們行動的價值無關。我繼續將這樣的倫理稱為現代，因為當我年輕的時候，它很現代，這也是我們從許多美國片以及海明威的小說中所得到的教訓，我感到左右為難，一方面我想要堅持這個完全「技術性的」、「實用性的」倫理，另一方面我也意識到在那之下的虛空。即使到了今日，儘管它看起來與我們時代的精神那麼不同，我還是覺得它具有正面的面向。

　　在道德方面，色諾芬具有一項大優點，就是從不將他自己或他手下的立場加以神祕化或理想化。儘管對於「野蠻人」的習俗，他

經常表現出一種高傲或厭惡的態度，我們也必須指出，「殖民主義」的虛偽在他身上是找不到的。他意識到自己在外國的土地上領導著一群寄生蟲，他們入侵了這些「野蠻人」的土地，不過這些土地並不屬於他的手下。在他告誡士兵時，他從不忘向他們提醒敵人的權利：「你們還必須切記：我們的敵人將來會有時間來搶奪我們，而且他們也會有正當理由來伏擊我們，因為我們侵佔了他們的財產……」。在安納托利亞的山脈與平原間，他試圖給予這些貪婪暴力之徒的寄生蟲行動某種「風格」或是規則，他的尊嚴就存在於這樣的企圖中：不是悲劇性的尊嚴，而是一種有限的尊嚴，基本上中產的尊嚴。我們知道一個人可以輕易成功地賦予最卑劣的行動風格與尊嚴，儘管這些行動並非出於必要。希臘軍隊在高山與峽灣之間匍匐前進，不斷進行伏擊與攻擊，他們已經無法分辨，在何種程度上，他們可以說是受害者或壓迫者，甚至在最令人膽寒的屠殺中，他們也被冷漠或運氣的無上敵意所圍繞，這在讀者身上引發一種幾近象徵性的痛苦，這種痛苦或許只有今日的讀者可以了解。

一九七八年

歐維德與宇宙親近性

　　高空中有一條路，天空無雲的時候，可以看到這條路。它被稱為銀河，因為它的白而聞名。眾神要前往偉大宙斯的王宮時，總會從這裡經過。路的兩旁是較尊貴的神明的門廊，門是開著的，裡面總是門庭若市。地位較低的神祇則四散住在各地。有名有勢的神將祂們的家神安置在這裡，直接面向道路（...a fronte potentes / caelicolae clarique suos posuere penates）。如果作比較不會顯得不敬的話，那麼我會說這個地方是偉大天界中的貴族領地。

　　這是歐維德在《變形記》一開始的文字，向我們介紹了天神的世界。他首先帶我們如此走近那個世界，以至於這個世界顯得跟他當時的羅馬一模一樣，不管是都市地形、階級區分、當地風俗（受貴族保護的平民〔clientes〕每天都來訪），甚至是宗教：眾神在祂們所居住的屋子裡都有家神，這表示天界與地上的支配者依次對他們各自的小家神表示敬意。

　　提供這樣的特寫並不必然意謂貶低或反諷：在這個宇宙裡，空間塞滿了許多不斷變換大小和本質的形體，時間之流則是充滿了不斷增生的故事及系列故事。地上的形體和故事重複天上的形體和故事，不過兩者以雙重螺旋的方式互相糾纏。神與人之間的親近性——人與神息息相關，而且人是神衝動欲望的對象——是《變形記》

的主題之一，不過這只是親近性的一個特定例子，親近性存在於現存世界所有形象與形體之間，不管擬人化與否。動物群、植物群、礦物界與穹蒼在它們共同的物質裡包含了形體的、心理的與道德的特質，這些通常被視爲是人類的特質。

《變形記》這首詩特別扎根在不同世界的模糊界線上，關於這一點，第二卷便已經提供了一個非凡的例子，也就是費阿桑[1]的神話，他竟然膽敢接過太陽神的馬車。在這段插曲中，天界一方面是沒有界線的空間，抽象的幾何，同時卻又是一段人類冒險發生的場景，這場冒險的細節被精確地描述，所以我們從來沒有失去故事的脈絡，它一路將我們的情緒帶到興奮的最高點。

這不只是因爲歐維德在具體的細節上作出精確描述，例如馬車的動作，它因爲載負不尋常的日光而旋轉、跳躍，也不只因爲這位技術不純熟的年輕駕駛的情緒，歐維德也精確地將超自然的形體形象化，例如天界的地圖。我們也應該立刻指出，這種精確性只是一種幻覺：互相矛盾的細節傳遞它們有力的魔法，不管是一一來看，或是當成整體的敘事效果來看，不過這些細節永遠也不能合併起來以形成一致的視野。天空是由上升與下降的道路交叉形成的球體，我們可以從車轍的痕跡認出這些道路，不過這個球體卻又在與太陽馬車相反的方向上令人暈眩地旋轉；它懸掛在陸地及海洋上方令人暈眩的高空裡，人們從地上遠遠便可以看見；在一個點上，它看起來像一個拱形穹窿，星星固定在其最高點上；在另一個點上，它就像是一座橋，支撐著馬車越過虛空，使得費阿桑既害怕繼續前行，

---

[1] Phaethon，爲希臘羅馬神話中的太陽神赫利奧斯（Helios）之子，父親只准許他使用日輪一天，卻因太接近地球，使地球差點著火，後來宙斯發現，便用雷電將他擊斃，避過一劫。—譯注

也害怕回頭（他該怎麼辦？一大片的天空已經在他的後方，可是他的前方還有更大片的天空。他在心裡測量著兩者。〔Quid faciat? Multum caeli post terga relictum / ante oculos plus est. Animo metitur utrumque.〕）；天空既空蕩又荒涼（這並不是第一卷中那個像城市的天空，因此阿波羅問道：「或許你以為這裡有神木、眾神之城以及滿溢珍寶的寺廟？」），這裡只住著野獸，不過它們只不過是假象（simulacra），是星宿的形象，但是同樣具有威脅性；在天空中有一條隱約可見的傾斜道路，在上升的半路上，避開了南北極，不過如果你在路上迷路，在陡峭的懸崖上走失的話，你最後會走在月亮下方，將雲輕微燒焦，並且放火燒了地球。

　　故事最生動的部分是費阿桑駕車橫越懸垂在虛空之上的天空這個段落，接下來是對於燃燒的地球令人嘆為觀止的描寫，沸騰的海水裡都是海豹的屍體，牠們四腳朝天地漂浮在海面上──這是歐維德這位詩人對大災難所作的經典描述之一──這個場景可以說是第一卷中的洪水之續篇。所有的水都聚集在大地（Alma Tellus）周圍。乾涸的泉水想要回去藏在母親黑暗的子宮當中（fontes／qui se considerant in opacae viscera matris...）。大地的頭髮被燒焦，眼睛被灰燼刺穿，乾燥的喉嚨發出虛弱的聲音向朱彼得[2]乞求，警告牠，如果兩極著火的話，那麼眾神的王宮很快就會墜毀。（可是那是地球的兩極或是天空的兩極？也有一種傳聞是阿特拉斯[3]已經不能再背負地球的軸了，因為它熱得通紅。不過在歐維德的時代，兩極是個天文概念，無論如何，接下去的一行非常明確：天空的王宮（regia caeli）。所以眾神的王宮真的在天空中嗎？那麼為什麼阿波羅

---

[2] 即本篇譯注1中希臘天神宙斯在羅馬神話中的名稱。下文的阿波羅亦即希臘天神赫利奧斯的羅馬名。─編注

[3] Atlas，在希臘神話中因背叛宙斯而被罰用肩扛天的巨人。─譯注

要否認這一點，爲什麼費阿桑沒有在旅途上遇到眾神的王宮？無論如何，這些矛盾現象並不只是出現在歐維德的作品中罷了；也出現在維吉爾的作品中，以及古代其他的正典詩人作品中，我們很難確切知道古人如何眞正「看」世界。）

這段插曲的高潮是太陽神的馬車被朱彼得的雷電擊中時，爆炸成碎片：韁繩掉落，車軸從桿子裂開，更遠的地方是碎輪子的輻條（Illic frena iacent, illic temone revulsus / axis, in hac radii fractarum parte rotarum...）。（這並不是《變形記》中唯一的交通意外；另外一位在路上疾駛的駕駛是最後一卷中的希波里特斯[4]，用來描述這樁意外的豐富細節，比較是解剖性的，而不是機械性的，呈現了希波里特斯血淋淋的內臟裂開，肢體四散各處。）

神明、人類與大自然之間的相互滲透並不是階級性的，而是一種複雜的相互關係系統，其中的一個層面會影響其他兩個層面，儘管程度不一。在歐維德的作品裡，神話是張力的場域，這些力量在其中衝撞或互相抵消。一切端賴神話被敘述的語調：有時眾神會敘述他們在其中扮演關鍵角色的神話，以當作道德典範來警告凡人；其他時候，人類也會拿這些神話來與眾神爭論，或對祂們提出挑戰，就像皮厄里德斯[5]或阿拉克尼[6]所做的那樣。或者是有些神話是眾神喜歡聽到人家敘述的，有一些祂們則希望永遠不要聽到。皮厄

---

[4] Hippolytus，希臘神話人物，爲塞修斯（Theseus）之子，因拒絕繼母菲德哈（Phaedra）的求愛，遭其誣告，塞修斯便要求海神波塞頓（Poseidon）殺害希波里修斯，海神派一隻公牛從海上衝出來驚嚇希波里特斯的馬，希波里特斯因而從馬車上摔落，被韁繩纏絞，遭馬匹分屍而亡。─譯注

[5] Pierides，九名名字與繆斯九女神相同的少女，與繆斯的歌唱比賽失敗之後，被變成喜鵲。─譯注

[6] Arachne，與密涅瓦（Minerva，智慧、藝術、工藝女神，相當於希臘神話中的雅典娜）比賽織繡獲勝的少女，後被變爲蜘蛛。─譯注

里斯[7]的女兒們知道一個關於泰坦族[8]攻擊奧林匹斯山的版本，這是從巨人的觀點所作的版本，充滿了被迫逃亡的眾神之恐懼（第五卷）。她們在與繆斯比賽敘事的藝術後，敘述了這則故事，繆斯則以其他重建奧林匹斯眾神權威的系列神話作出回應；接著祂們將皮厄里德斯變成喜鵲以示懲戒。在故事中，對眾神的挑戰暗含了不敬或瀆神的意圖：編織者阿拉克尼向密涅瓦挑戰織布的藝術，她在織毯中描繪了風流眾神的罪惡（第六卷）。

　　歐維德在描述織布競賽時，在技術上非常精確，這或許暗示詩人將他的作品認同爲一幅多彩的錦繡。不過他的文本與哪一幅錦繡認同？雅典娜／密涅瓦的？在祂所織的錦繡四角，細密描繪了向眾神挑戰的凡人所遭受的四種懲罰，周圍框著橄欖葉，中央則繡著偉大的奧林匹斯眾神以及祂們的傳統特徵。或者是阿拉克尼的錦繡？在她的編織中，朱彼得、海神納普敦（Neptune）與阿波羅狡猾的引誘行爲（歐維德已經在某個細節中敘述過這些行爲），像是諷刺的象徵般重現，被繡在花圈與常春藤之中。（其中每一項行爲還加上珍貴的額外細節：例如歐羅芭[9]，當她被公牛馱著過海時，小心地將腳提起來避免沾濕：擔心她的腳被洶湧的海浪濺濕，便抬起她恐懼的腳跟〔...tactumque vereri / adsilientis aquae timidasque reducere plantas〕）。

　　答案是兩者皆非。整部詩是由許多神話所構成的，雅典娜與阿拉克尼的神話似乎在織毯中包含兩個縮小的選項，指著在意識形態

---

[7]　Pierius，希臘神話中的馬其頓國王，爲皮厄里德斯的父親。──譯注

[8]　Titans，由天神烏拉諾斯（Uranus）與地神姬亞（Gaea）所生的巨人子女，後被宙斯投入地獄。─譯注

[9]　Europa，相傳爲地中海沿岸古國的公主，宙斯對她一見鍾情，並化爲公牛將她載往克里特島。─譯注

上相反的方向：一個是要灌輸神聖的恐懼，另一個則是要煽動不敬與道德相對性。不過我們不該由此推論，整部詩必須用第一種方式閱讀——因為阿拉克尼的挑戰受到殘酷的處罰——或是用第二種方式閱讀——因為這首詩支持阿拉克尼這名犯錯的犧牲者。《變形記》的目標是用傳統所能傳遞的意象及意義的力量，描述由文學傳遞下來的所有可敘述性故事，不偏袒任何一種閱讀方式——根據神話特有的曖昧性來看，這是唯一正確的方法。故事背後的含義四處溢流，詩人在他的詩中接受所有的這些故事及其含義，將它們推擠成整齊的六韻步史詩，只有如此，他才能確定自己不是在為一個不公平的計畫服務，而是在呈現活生生的多樣性，不排除任何有名或無名的神明。

　　《變形記》中完整記錄了一位外來的新神，不易被承認，這位行為備受爭議的神與所有美與美德的典範格格不入，祂就是巴克斯／戴奧尼索斯。密涅瓦的虔誠信徒（明雅斯[10]的女兒們）拒絕參加祂的狂歡祭典，在酒神慶典中，她們繼續編織、梳理羊毛，並以講故事來減輕長時間工作的負擔。這便是另一種使用故事的方式，用世俗的用語來說是純粹的享受（打發時間〔quod tempora longa videri / non sinat〕）並且可以幫助生產（我們用各式各樣的故事來減輕雙手有用的勞動之負擔〔utile opus manuum vario sermone levemus〕），不過這還是與密涅瓦有合適的關聯，祂是那些努力工作的女孩的優越女神（melior dea），這些女孩厭惡酒神祭典的狂歡以及過度行為，這些狂歡祭祀在征服東方後，迅速蔓延至希臘。

　　編織者如此喜愛的敘事藝術顯然與對於雅典娜的崇拜相關。我

---

[10] Minyas，傳說為希臘皮奧夏（Boeotia）地區一王國的創建者，他的三名女兒勤於紡織，而拒絕參與酒神慶典的狂歡，因而遭罰，被變為蝙蝠等。─譯注

們可以在阿拉克尼身上看到這一點，她因為輕視女神而被變為蜘蛛；不過我們也在相反的例子看到這一點，也就是對於雅典娜的過度崇拜，造成了對其他神明的忽視。所以明雅斯的女兒們（第四卷）因為在美德方面過於自信而有錯，而且只膜拜不合時宜的密涅瓦（intempestiva Minerva），因此也遭受駭人的懲罰，被那位只承認酒醉、不承認工作的神明變成蝙蝠，這位神明聆聽的並不是故事，而是震懾心靈的晦暗歌聲。為了不讓自己也被點化為蝙蝠，歐維德小心地讓他詩作的每一扇門開向過去、現在與未來的神明、本地與外國的神明以及東方的神明，在希臘以外的世界裡，東方與寓言的世界來往，此外歐維德的詩作門戶也開向奧古斯都對羅馬宗教的恢復，這與他所處時代的政治及智識生活有密切關係。不過詩人並沒有設法說服這位與他最親近且具有執行力的神明──奧古斯都，奧古斯都倒是將這位想要將一切變得無所不在、近在手邊的詩人變成一位永遠的流亡者，變成一位遙遠世界的居民[11]。

　　皮拉慕斯與蒂絲比[12]的浪漫故事（明雅斯的一個女兒從一些來自同一神祕來源的故事中選了這則故事）來自東方（威金遜〔Wilkinson〕表示來自《天方夜譚》的某位祖先），牆洞提供說悄悄話而非接吻的管道，在白色桑樹下，夜晚沉浸在月光中，這則故事的回聲傳至英國伊莉莎白時代的一個仲夏夜裡。

---

[11] 在奧古斯都屬行道德重整運動之時，歐維德出版了愛情教戰手冊《愛的藝術》，因而被流放至黑海海岸的托米斯（今日的羅馬尼亞境內）。─譯注

[12] Pyramus and Thisbe，巴比倫一對青梅竹馬的戀人，因雙方父母反對其交往，只能透過隔開兩家的牆上的一個裂縫來互訴情衷。後來，在他們決定私奔的約會中，皮拉慕斯誤以為蒂絲比被母獅吞食，悲痛之餘，在一棵白桑樹下自殺，鮮血染紅了桑樹的果子，蒂絲比發現其屍體後也自殺身亡。這則神話後來以諷刺模仿的形式出現在莎士比亞《仲夏夜之夢》的戲中戲情節中。─譯注

　　歐維德透過一則亞歷山大文學的傳奇故事，從東方得到在作品中擴充空間的技巧，方法是透過層層相包的故事，這項技巧在此處加強了擁擠、密集、糾纏空間的印象。獵捕野豬的森林便是如此，這座森林將幾位傑出英雄的命運連在一起（第八卷），森林離河神阿基勒斯（Achelous）的漩渦並不遠，它阻擋了這些打獵英雄的回家之路。後來河神在祂的住處招待這些英雄，那既是他們的障礙，也是他們的避難所，是行動的暫停，提供說故事與思索的機會。其中一位獵人是塞修斯[13]，他一如既往地充滿好奇心，事事打破砂鍋問到底，其中也有傲慢的不信者派瑞修昔斯[14]（他蔑視眾神，而且不可一世〔deorum / spretor erat mentisque ferox〕），河神便開始講起不可思議的變形故事，祂的客人也依樣畫葫蘆。一層層的新故事便如此在《變形記》中繼續結合在一起，就像貝殼最後會產出珍珠：在這個例子中，珍珠便是關於博西斯與菲利門[15]故事的那首謙卑田園詩，其中包含了精密的細節與全然不同的節奏。

　　我們也必須指出，歐維德很少利用這些複雜的結構：主導他寫作技巧的熱情並不是系統性的組織，而是累積，而這一點必須與不同的觀點及節奏變化結合。因此，當莫丘里[16]敘述水仙西琳克絲[17]變成一叢蘆葦，好讓一百個眼瞼從不完全閉緊的阿加斯[18]睡著時，

---

[13] Theseus，雅典國王，以殺死牛首人身的怪獸米諾陶（Minotaur）而聞名。—譯注

[14] Pirithous，塞修斯從事冒險時的同伴與助手。—譯注

[15] Baucis and Philemon，一對貧苦的老夫婦，因爲款待喬裝下凡的宙斯與賀密斯（Hermes，諸神使者，商業、技術、旅行、辯論、盜賊等的守護神）而獲得好報—譯注

[16] Mercury，即希臘神話中的賀密斯。—譯注

[17] Syrinx，古希臘森林女神，爲了逃避潘神（Pan）的追求而變成蘆葦，後來潘神用它做成潘神簫（即排簫）。—譯注

[18] Argus，希臘神話中的百眼巨人，睡覺時從不將眼睛完全閉上，後來莫丘里用潘神簫的樂聲與故事引誘阿加斯睡著，然後砍下它的頭。—譯注

祂的敘述一部分會用直接敘述，一部分則簡化爲一個句子，因爲故事的其餘部分被暫時擱置；一當這位神祇看到阿加斯的所有眼睛都闔上睡著時，祂便沉默不語了。

《變形記》是一首迅速之詩：每一段插曲都以緊湊的節奏相隨，爲了在我們的想像力裡留下深刻的印象，每個意象都必須互相重疊，以便在消失之前獲得一種稠密感。這跟攝影是同樣的原則，每一行文字就像是張照片，必須充滿不斷運動的視覺刺激。留白恐懼（horror vacui）主導詩的時空。在一頁接一頁的文字裡，動詞都是以現在式寫成；一切歷歷在目；新的事件很快便緊接上來；所有的距離都被廢除了。當歐維德覺得有必要改變節奏時，他所做的第一件事並不是改變時態，而是動詞的人稱：他從第三人稱變成第二人稱，換言之，他介紹即將出場人物的方法，是用第二人稱單數直接對他說話：納普敦，你也變成了外表兇猛的公牛（Te quoque mutatum torvo, Neptune, iuvenco）。不只動詞的時態是用現在式，人物的出現也是用這種方式被喚起。即使動詞使用過去式，呼格詞也會帶來突然的立即性。當幾個主詞進行類似的行動時，這樣的程序經常被採用，以避免一一列出會落於單調。如果說他用第三人稱談到提吐斯[19]的話，他則是用呼格 "tu" 來對坦塔羅斯[20]和西西弗斯[21]直接說話。他甚至也用第二人稱與植物說話（蔓藤拖曳的常春藤，

[19] Tityus，希臘神話中的巨人，與伊克西翁（Ixion）、坦塔羅斯與西西弗斯同列爲四大罪人，由於生前企圖強暴宙斯的愛人樂托（Leto），死後受到被禿鷹啄肝的處罰，肝臟被啄之後又再長出，如此被罰，永恆不止。—譯注

[20] Tantalus，宙斯之子，因洩露天機而被罰站在深及下巴的水中，口渴想喝水時，水便流失，飢餓時，頭上果樹的果子就會被風吹走。—譯注

[21] Sisyphus，古希臘暴君，死後墜入地獄，被罰推石上山，但是石頭在接近山頂時又會滾落，西西弗斯便得再推石上山，如此徒勞無功、循環不止。—譯注

你也來了〔Vos quoque, flexipedes hederae, venistis...〕），特別是有些
植物會像人一樣移動，而且聽到歐菲斯[22]的琴聲都會聞聲而至，喪
偶的歐菲斯彈奏著七弦琴，他的周遭密密聚集了地中海地區的植物
（第十卷）。有時，當敘事節奏必須慢下來，轉換爲較爲和緩的節奏
時，讀者會有時間暫停的感覺，幾乎是被隱藏在遠方，剛剛提到的
插曲即是其中一例。在這樣的時刻，歐維德怎麼做？爲了讓讀者清
楚知道敘事並不急，他便停下來詳述細節。例如：博西斯與菲利門
在他們簡陋的茅屋裡招待兩名陌生人，也就是兩位神明。
"...Mensae sed erat pes tertius impar: / testa parem fecit; quae postquam
subdita clivum / sustulit, aequatam mentae tersere virentes..."（不過桌
子的三隻腳中有一隻太短了。她便在那隻桌腳下方墊了一塊陶。將
桌子擺平之後，他們便用綠色的薄荷葉清理桌面。接著他們在桌上
放了兩種顏色的橄欖，這是要獻給貞女密涅瓦的，此外還有被保存
在酒渣中的秋季櫻桃，以及萵苣、蘿蔔、一塊乳酪，還有在不太熱
的灰燼裡輕輕翻煮的蛋，所有的食物都被裝在赤陶土做成的盤子中
……）（第八卷）。

　　歐維德不斷爲圖像增添細節，因而獲得稀薄與暫停的效果。他
的本能讓他增添，從來也不是刪除；讓他增添愈來愈多的細節，而
不是讓畫面漸漸模糊──這個程序產生了取決於語調的不同效果，
此處的語調是克制的，而且與謙卑的氣氛一致，不過在他處則是興
奮的，急切地想用對於自然現象的寫實觀察來讓作品充滿令人驚奇
的成分。例如當波塞斯[23]要與背上鑲著貝殼的海怪爭鬥的時候，還

---

[22] Orpheus，善彈七弦琴，據說動植物聽到他的琴聲都會大爲感動，在其愛妻尤里蒂
　　絲（Eurydice）死後，下至冥府，用琴聲感動了地獄之神，准其將愛妻帶回，然而
　　歐非斯在即將抵達陽世之際，卻犯了不准回頭看尤里蒂絲的禁忌，因而永遠失去愛
　　妻。─譯注

有他將梅杜莎那顆萬蛇攢動的頭面朝下地放在一顆岩石上，不過他先鋪上一層海草與水中蘆葦，如此一來這顆頭才不會因爲與沙子堅硬的表面接觸而受苦。水仙們看到蘆葦與梅杜莎接觸而變成石頭之後，便出於好玩地讓其他蘆葦也遭受同樣的命運：這便是珊瑚的由來，珊瑚在水面下時雖然是軟的，一旦與空氣接觸，便會變成化石。所以歐維德便以這個病原學的傳說來總結這段驚人的冒險，而他這麼做是出於對大自然較奇怪面向的喜好。

　　一種最大內在經濟法則主導這首詩，這首詩似乎顯然熱中於無節制的擴張。這是變形特有的經濟，要求新形式盡可能回收舊形式的材料。洪水之後，石頭變形爲人（第一卷），「如果石頭有一部分因爲濕氣而受潮或是變成泥土，這便會變成人體的一部分；一切堅硬以及有彈性的東西會變成骨頭；岩石中的脈仍然是人體的脈[24]，名字不變。」在此處，經濟甚至擴張至名稱（vein）："quae modo vena fuit, sub eodem nomine mansit." 黛芙妮[25]最驚人的特徵（第一卷）是祂隨風飄散的亂髮（以至於阿波羅看到祂時的第一個想法是：「這些頭髮若是好好梳理的話，不知會如何」——祂凝視著環繞在黛芙妮頸部四周那些未經修飾的髮絡，心想：「這些頭髮若是好好梳理的話，不知會如何？」（Spectat inornatos collo pendere capillos / et 'Quid si comantur?' ait... ）而黛芙妮早已準備循著蜿蜒的路線潰逃，變形爲植物：祂的頭髮變成葉子，祂的手臂變成樹枝；祂曾經敏捷的雙腳現在變成不能動的樹根，黏附在地上（in

---

[23] Perseus，宙斯與達娜（Danae）之子，以斬殺蛇魔女梅杜莎（Medusa）而著名。梅杜莎爲三名蛇髮女妖（Gorgons）之一，她的目光可將所見之物變爲石頭。—譯注

[24] 岩石中的脈指岩石紋理，人體的脈指血管，脈的英文字同樣是vein這個字。—編注

[25] Daphne，河神之女，阿波羅對祂一見鍾情，黛芙妮執意不肯接受阿波羅的求愛而求助於河神，後來被化身爲月桂樹。—譯注

frondem crines, in ramos bracchia crescunt; / pes modo tam velox pigris radicibus haeret）。席安[26]（第五卷）自身溶化爲淚水，這只不過是符合邏輯的結論（祂完全被自己的淚水所吞噬〔lacrimisque absumitur omnis〕），直到祂蒸發進入自己曾經身爲水仙的池子裡。四處流浪的拉托娜[27]想要取水給祂新生的雙胞胎喝時，利西亞的農夫（第六卷）惡言相向，並且攪動泥漿，污染湖水，不久之後，他們就受到天譴而變成青蛙：他們的脖子消失，肩膀與頭連在一起，背部變成綠色，肚子則變成米色。

　　辛葛洛夫（Sceglov）已經在一篇極爲易解且具說服力的論文中研究過這種變形的技巧。「所有這些變形，」辛葛洛夫表示，「關係著獨特的身體與空間特徵，即使是在一些不容易發生變形的元素上，歐維德也會經常強調這些特徵（「硬岩石」、「長身體」、「彎曲的背」）……多虧詩人對於事物特徵的了解，才能爲變形提供捷徑，因爲他事先便知道人類與海豚有哪些共同點，以及兩者相較時，人類少了什麼，或是海豚少了什麼。重點是，他將整個世界描繪成一個由基本元素所組成的系統，變形的過程——最不可能也最神奇的現象——被簡約爲一系列相當簡單的過程。這個事件已經不再被呈現爲神話故事，而是一系列日常生活的眞實事實（成長、變小、變硬、變軟、彎曲、變直、連接、分開等等。）」

　　如同辛葛洛夫所描述的，歐維德的作品似乎包含了最冷最嚴謹時期的霍格里耶[28]眼中的典範，或者至少是計畫。當然，這樣的描

---

[26] Cyane，西西里島的水仙，爲了阻止冥王誘拐波絲楓（Persphone，宙斯與農事女神黛米特之女），便擋住祂們的去路，冥王則用權杖在水中深處開啓一條通往冥府的通路，悲傷不已的席安不斷哭泣，直到自身完全溶化在水中。—譯注

[27] Latona，與宙斯生下了阿波羅與阿特蜜絲（Artemis）這對雙胞胎。—譯注

[28] Robbe-Grillet，1922-。法國新小說教皇，著有《妒》、《窺視者》。並和阿雷·雷奈合作拍攝電影《去年在馬倫巴》。—編注

述並不能詳盡闡述我們可以在歐維德的作品中找到的所有事物。不過重點是這種**客觀**描述（有生命或無生命）物品的方式，「如同少數基本、極簡元素的不同組合」，這種方式精確概述了詩中唯一不容置疑的哲學，也就是「世上一切事物的統一與相互關連，包括事物與生物。」

　　歐維德在第一卷中陳述他的宇宙起源論，在最後一卷中陳述他對畢達哥拉斯的忠誠表白，他顯然想要為這個自然哲學提供理論基礎，或許是要與現在離我們很遠的盧克萊修較勁。人們曾經大量討論究竟要賦予這些忠誠表白多少重要性，不過唯一重要的，或許是歐維德描繪與敘述他的世界的那種詩意一貫性：亦即這些互相交纏的眾多事件，它們經常很類似，卻又總是不一樣，在其中，所有事物的連續性與流動性都受到稱頌。

　　歐維德在結束關於世界起源及早期大災難的章節之前，便已經開始著手描寫眾神與水仙或凡間女子的戀愛故事系列。在這些戀愛故事中，存在著許多不變的事物（它們通常佔據詩中最生動的部分，即前十一卷）：如同柏納迪尼（Bernardini）所指出的，乍看之下，它們牽涉的是愛情、壓倒性的欲望、沒有錯綜複雜的心理因素、而且必須當機立斷。由於被欲望的對象經常會拒絕，而且會逃奔，所以在樹林中追逐的母題便不斷發生；變形會發生在不同的時候，或是在（追求者偽裝）之前，或是在（被追求的少女逃奔）期間，或是在（另一位嫉妒的神祇在被誘惑的少女身上施以懲罰）之後。

　　跟男性欲望所形成的持續壓力相較，女性在愛情中採取主動的例子顯得罕見；不過為了彌補這一點，女性的欲望通常較為複雜，並不是一時的心血來潮，而是真正的激情，包含了更多心理上的豐富性（維納斯愛上美男子阿多尼斯），經常也包含較為病態的情慾元

素（水仙薩馬西絲[29]與赫馬佛洛狄特斯性交後，結合爲一個雙性的生物），在某些例子裡則是完全不合法、亂倫的激情（如同悲劇性人物米拉[30]與畢布里絲[31]：畢布里絲在一個具有啓示性卻令人心神不寧的夢境中，發現自己對弟弟的欲望，這是歐維德最出色的心理描寫段落之一），此外還有同性戀故事（依菲斯）[32]，以及邪惡的嫉妒故事（米蒂亞[33]）。傑森與米蒂亞的故事在詩的正中間（第七卷）開啓了一個眞正傳奇故事的空間，其中混合了冒險、森然逼壓的激情、以及靈丹妙藥的古怪「黑色」場景，這一切在《馬克白》中幾乎一模一樣地重現。

　　一個故事毫無間隔地移到下一個故事，這一點由下列的事實所強調出來——如同威金遜所指出的——「一個故事的結尾很少與一卷的結尾一致。他甚至會在最後幾行中開始一個新的故事。這有一

---

[29] Salmacis，祂對進入祂池中游泳的赫馬佛洛狄特斯（Hermaphroditus）一見鍾情，便熱情加以擁抱，並祈求眾神讓祂們永遠結合，祂的禱告應驗了，兩人便結合爲雌雄同體。—譯注

[30] Myrrha，因愛戀其父辛拉斯（Cinyras）而欲上吊自殺，保母爲了救她便誘騙其父與她上床，辛拉斯發現後欲殺死米拉，已懷有身孕的米拉便悲傷地四處流浪，最後祈求眾神將她變形，眾神便將她變爲沒藥樹（myrrh），而她的兒子阿多尼斯也在註生女神的幫助下，從樹幹中產出。—譯注

[31] Byblis，與可奴斯（Caunus）爲雙胞胎姊弟，可奴斯拒絕其姊的求愛而出走，畢布里絲在四處尋找弟弟未果之後，不斷流淚，後被水仙變爲永不枯竭的泉水。—譯注

[32] Iphys，依菲斯的父親一心想要個男孩，所以依菲斯出生時，其母隱藏其眞正性別，將她當成男孩養大，後來依菲斯愛上一位女孩並論及婚嫁，焦慮的母親只好向生育及繁殖女神依西絲（Isis）求助，女神便將依菲斯變爲男孩，兩人因而得以結合。—譯注

[33] 米蒂亞爲希臘古國科吉斯（Colchis）的公主，爲了報復其夫傑森（Jason）的背叛，手刃兩名稚子，這則神話後來成爲一些劇作家的創作題材，包括古希臘悲劇家尤里皮底斯的《米蒂亞》，及法國近代劇作家阿努伊（Jean Anouilh, 1910-1987）的《米蒂亞》。—譯注

部分是這位連載作家行之有年的手法，以增進讀者對下一篇連載的
胃口，不過這也顯示作品的連續性，若不是因爲作品的長度需要好
幾卷的篇幅的話，它是不該被分成各卷的。歐維德的作法讓我們獲
得一個眞實且連貫的世界之印象，在這個世界中，那些經常被孤立
思考的事件彼此交互作用。」

　　故事經常很相似，卻從不相同。最令人悲傷的故事是艾可
（Echo）不幸的愛情（第三卷），這並非偶然，祂注定要爲年輕的納
西塞斯重複自己的聲音，而納西塞斯則是注定在水面上欣賞自己重
複的倒影。歐維德跑過這座充滿愛情故事的森林，這些故事既相同
又不同，他被艾可的聲音所追逐，艾可的聲音在岩石間迴響著：讓
我們在一起！讓我們在一起！讓我們在一起！（'Coëamus!'
'Coëamus!' 'Coëamus!'）

一九七九年

天空、人類、大象

　　爲了純粹的閱讀樂趣，我會建議任何拿起老蒲林尼[1]《博物誌》來看的人，將重點放在以下三卷上：包含他的哲學基本原則的兩卷，也就是第二卷（關於宇宙起源學）與第七卷（關於人類），以及第八卷（關於陸上動物）——在這一卷中，我們可以看到他的博學與奇想獨特的混合。當然，我們可以在各處發現驚人的段落：關於地理（三至六卷）、水生動物、昆蟲學與比較解剖學（九至十一卷），關於植物學、農學與藥理學（十二至三十二卷），或是關於金屬、寶石與美術（三十三至三十七卷）。

　　我相信人們是不閱讀蒲林尼的，他們看蒲林尼的作品是爲了向他請教，一方面找出古人對某個特定主題所知的事，或自以爲知道的事，另一方面是爲了設法找出奇怪的事實與稀奇的東西。就後面這一點來看，我們不能錯過第一卷，這是整部作品的索引，它的魅力來自不可預測的並置元素：「腦子裡有塊小石子的魚；在冬天躲起來的魚；受星宿影響的魚；賣到好價錢的魚」；或是「玫瑰：十二個品種，三十二種藥物；百合花：三個品種，二十一種藥物；從滲出液長出的植物；水仙花：三個品種，十六種藥物；種子可以染色以長出有色花朵的植物；番紅花：二十種藥物；最優秀的花朵生長的地方；特洛伊戰爭時代所知的花朵；衣物中的花卉圖形。」或

---

[1] Gais Pliny the Elder，23-79年，古羅馬博物學者。—編注

是「金屬的性質；金子；古人所擁有的金子數量；騎士團與戴金戒
指的權利；騎士團換了幾次名字」。不過蒲林尼這位作者也值得我們
延伸閱讀，因為他欣賞存在的一切事物，而且尊敬所有現象無盡的
多樣性，這使得他散文的律動性更為生動。

　　我們可以區分兩種蒲林尼，一個是詩人兼哲學家，他意識到宇
宙，支持知識及神祕事物，另外一個則是神經質的資料搜集者，強
迫性的事實編纂者，他唯一關心的事，似乎是不要浪費他那龐大索
引卡中的任何筆記。（他在使用書面資料上，是既不挑食又兼容並
蓄的，不過卻並非不帶批評精神：有些事實他將其記錄為真實，另
外一些他在沒有相反證據之前，給予肯定的判斷，還有一些他則是
將其當作明顯的胡扯而加以排拒。唯一的問題是，他的評價方法似
乎極不連貫，而且無法預測。）無論如何，一旦我們接受蒲林尼具
有這兩面之後，我們便必須承認蒲林尼只是一位作家，如同他想要
描述的世界只是一個世界罷了，儘管它包含了非常多樣的形式。為
了達到他的目標，他不怕去嘗試採納世上無數的現存形式，而無數
關於這些形式的報告又讓這些形式增加，因為形式與報告都有權成
為博物誌的一部分，並且接受這個人的檢驗，他在這些形式與報告
中尋找他確信包含在其中的高等理性符徵。

　　對蒲林尼來說，世界是永恆的天空，不是由任何人所創造的，
而它的球形、旋轉穹蒼覆蓋了世間的一切（2.2）。可是世界與上帝
很難區分，對蒲林尼以及他所接受的斯多噶文化來說，上帝是唯一
的神祇，不能等同於任何單一的部分或面向，甚至也不能等同於奧
林匹斯山上的眾神（或許除了太陽神以外，祂是天界的靈魂、心靈
或精神〔2.13〕）。不過天空卻是由和上帝一樣永恆的星星所組成的
（星星編織著天空，同時它們也被編進天上的織物裡：〝aeterna
caelestibus est natura intexentibus mundum intextuque concretis〞,

2.30），同時也是空氣（在月亮之上與之下），它看起來似乎是空的，而且將不可或缺的精神發散下來，產生雲、雹、雷、閃電與暴風雨（2. 102）。

談到蒲林尼時，我們從來不知道他所提出的概念有多少可以直接歸因於他。他非常審慎地盡量不將自己的意見寫下來，緊緊堅持他的資料來源的說法：這一點符合他對知識的非個人化觀點，這個觀點排除個人的原創性。若是要了解他對自然的真正看法，以及深奧的原則與元素的物質存在在自然中扮演了什麼角色，我們便必須限定在純然是他自己發現的事物上，以及他的散文所傳遞的要旨上。例如，他對於月亮的討論混合了兩種元素：首先是對這顆「最大的星星，地球上的人最熟悉的星星、人類用來對抗黑暗的藥方」表達深深的感激（novissimum sidus, terris familiarissimum et in tenebrarum remedium），也感謝它變化的位相與蝕缺所教導我們的事物；其次則是他的措辭所具有的敏捷實際性，兩者聯合以一種透明的清晰度來傳達月亮的功能。蒲林尼在第二卷的天文學段落中證明，他不只是我們通常以爲的那個品味奇怪的資料編纂者。他在此處顯示他擁有未來偉大科學作家的主要力量：也就是用明智清晰的態度傳達最複雜論點的能力，並從中汲取和諧與美感。

這一切並沒有轉向抽象的思考。蒲林尼總是堅守事實（也就是他或他的資料來源認爲是事實的事物）：他並不相信無數個世界的存在，因爲單是這個世界就已經令人難以理解了，無限的世界並不能簡化問題（2.4）。他不相信天體會產生聲音，不管那是大到令人聽不見的轟鳴，或是難以言喻的和聲，因爲「對我們這些位在世界當中的人來說，世界日夜默默轉動著」（2.6）。

蒲林尼剝去了上帝身上擬人的裝飾，這些是神話賦予奧林巴斯眾神的裝飾，蒲林尼的邏輯迫使他將上帝與人類的距離再度拉近，

因爲這種邏輯需要限制了祂的力量（事實上，就一方面來說，上帝比人類還不自由，因爲即使祂想自殺也不能）。上帝不能讓死者復活，也不能讓已經活著的人從來不曾活過；對於過去、對於時間的不能逆轉，祂無能爲力（2.27）。就像康德的上帝一樣，祂不能與自主的理性產生衝突（祂不能阻止十加十變成二十），不過如此劃定上帝的界限會讓我們遠離蒲林尼的泛神概念，他認爲上帝在大自然中是無所不在的（這些事實毫無疑問地證明了大自然的力量，也就是我們所謂的上帝〔per quae declaratur haut dubie naturae potentia idque esse quod deum vocamus〕，2.27）。

主導第二卷前幾章的抒情主義（或者說是哲學與抒情主義的混合），反映了一種宇宙和諧的視野，這樣的和諧很快就粉碎了：這一卷中的一個重要部分在討論天界的徵兆。蒲林尼的科學方法徘徊在於大自然中找出秩序的欲望，以及記錄非凡與獨特的事物之間，而最後總是後面這項趨勢成功。大自然是永恆、神聖與和諧的，不過它保留了很大的空間給不可思議、無法解釋的現象。我們應該從這一切得出何種概括的結論？大自然的秩序事實上是畸形的秩序，全由例外所組成？或是大自然的規則是如此複雜，以至於我們無法理解？不管是哪一種情形，每個事件必定有一個解釋，儘管目前對我們來說，它仍是未知：「這一切都是沒有獲得確切解釋的事物，而且隱藏在大自然的權威之中」（2.101），或是稍後，這一定有原因（Adeo causa non deest）（2.115）：並非沒有原因，我們總是可以找出某種解釋。蒲林尼的理性主義支持因果邏輯，不過同時卻將它減至最低：儘管你爲這些事實找到解釋，這些事實也不會因此便不顯得不可思議。

最後的這句格言就像關於風的神祕起源的章節之結論：或許風在山坳、河谷像回音般地彈回，在達爾馬提亞（Dalmatia）的岩

洞，即使丟進最輕的物品，也會引起海上的風暴，在昔蘭尼加（Cyrenaica），只消用手碰一塊岩石，就會激起沙暴。蒲林尼給了我們很多這一類奇怪、不連貫的事實之目錄：雷電對人的影響之目錄，雷電導致令人戰慄的傷害（唯一不受雷電攻擊的植物是月桂樹，唯一不受雷電攻擊的鳥類是老鷹，2. 146），從天空落下來的奇怪物品之名單（牛奶、血液、肉、鐵或鐵綿、羊毛、磚塊，2. 147）。

然而蒲林尼摒棄許多異想天開的想法，例如彗星會預言未來的說法：舉例來說，他排斥以下的想法，也就是彗星出現在星群的外陰之間——古人在天空中可真是什麼都看到了！——預示道德敗壞的時期即將到來（'obscenis autem moribus in verendis partibus signorum'，2. 93）。然而，每一樁奇怪的事件對他來說都是大自然的問題，因爲那代表正規的變異。蒲林尼拒斥迷信，不過他自己並不總是可以認出迷信的事物，在第七卷中尤其是如此，他在其中討論人性：即使是關於非常容易檢驗的事實，他也會引述玄之又玄的信仰。關於月經的章節是很典型的（7.63-66），不過我們也必須指出，蒲林尼的敘述與關於經血最古老的宗教禁忌是相似的。一整個網絡的類比與傳統價值和蒲林尼的理性觀點並不衝突，彷彿蒲林尼的理性觀點是建立在相同的基礎上。因此，他有時會傾向於建立奠基於詩意或心理類比的解釋：「男人的屍體會面朝上漂浮，女人的屍體則是面朝下，彷彿大自然想要尊重女人的謙卑，即便是在她們死後亦然。」（7.77）

蒲林尼難得會引述他自己直接目擊的事實：「夜裡，當哨兵在壕溝前站崗時，我看到星狀的燈光照射在士兵的長矛上」（2.101）；「當克勞狄（Claudius）當皇帝時，我們看到他從埃及訂購了一頭半人半馬的怪物，保存在蜂蜜裡」（7.35）；「我自己在非

洲的時候，看到一個西斯德里坦（Thysdritum）的女市民在婚禮上變成男的」（7.36）。

　　就某方面來說，蒲林尼可以說是經驗主義科學的首位烈士，因為維蘇威火山爆發時，他被煙嗆死，不過對他這樣的研究者來說，直接觀察在他的作品中佔了最少的位置，不比他在書中得到的資料更重要或較不重要，他所閱讀的書愈是古老，對他來說便愈具有權威性。他頂多會承認他的不確定，他會說：「無論如何，對於大部分的事實，我不敢作出保證，我比較喜歡依賴資料來源，若是讀者有任何疑問，請您去參考這些資料來源：我從不厭倦引述希臘的資料來源，因為它們不只是最古老的，而且也是觀察最精確的」（7.8）。

　　在這樣的開場白之後，蒲林尼覺得他現在已經可以開始談及著名的名單，其中都是一些陌生種族「神奇與不可思議」的特徵，這份名單在中世紀及之後的時期變得非常受歡迎，而且將地理變成某種活生生的畸形動物展。（這份名單的回聲甚至會在一些真實旅行的敘述中繼續，像是馬可波羅的敘述。）地球邊緣的未知土地上住著接近人類的生物，這一點應該不會讓我們感到驚訝：亞里麥斯皮安人（Arimaspian）只有一隻長在額頭中央的眼睛，他們與獅身鷹首獸爭奪金礦；亞拜里門（Abarymon）的森林居民腳向後轉地疾速奔跑；那薩摩那（Nasamona）陰陽同體的居民在交媾時會變換性別；西比安人（Thybian）的一隻眼睛裡有兩個瞳人，另一隻眼睛裡則有馬的形狀。但是這個大馬戲團將它最壯觀的絕技保留給印度，我們看到一個山地的獵人部落成員具有狗的頭；另外一個跳躍舞者的部落居民都只有一隻腳，當他們想要在陰影下乘涼時，便躺下來將他們唯一的一隻腿舉高，當作陽傘；還有另外一個游牧民族，他們的腿具有蛇的形狀；亞斯托密人（Astomi）則沒有嘴巴，他們靠

著嗅味道維生。在這一切當中，也有一些敘述是真的，像是對於印度苦行者的描述（蒲林尼稱他們為裸體苦行派哲學家），也有一些敘述繼續為我們在報紙上讀到的神祕報導補充資料（蒲林尼所提到的巨大腳印可能是喜瑪拉雅山的雪人），還有一些傳說會傳遞到未來好幾個世紀，像是關於國王治療能力的傳說（皮魯斯〔Pyrrhus〕國王用他的大腳趾撫頂祝福，而治癒了脾的疾病）。

　　這一切產生一個關於人性的戲劇化觀點，人性被視為是不可靠且不穩定的：人的外形與命運處於千鈞一髮的狀態。好幾頁的篇幅被用來描寫分娩的不可預測性：包括分娩的困難、危險與異常的例子。這也是個邊界地帶：每個存在的人也可能不存在，或是以不同的形式存在，而分娩是一切被決定下來的時刻：

　　　　孕婦的一舉一動都會影響小孩的出生，就連她們走路的方式也是：如果她們吃太鹹的食物的話，小孩出生時會沒有指甲；如果她們不知道如何屏息的話，分娩的過程會比較困難；即使是在分娩的過程中打呵欠也會是致命的；同樣的，性交的時候打噴嚏可能造成流產。每個認為最驕傲的生物的出生過程是最不穩定的人，都只能感到憐憫與惋惜：有時，剛熄滅的油燈味道也可能造成流產。而如此虛弱的血源居然可以製造出孔武有力的暴君或謀殺犯。你依恃身體的力氣，享受命運女神的眷顧，認為自己不是祂暫時的被監護人，而是祂的兒子，小有成就你便志得意滿，認為自己是神，想想看，要毀掉你是多麼輕而易舉！（7.42-44）

　　我們不難了解，為什麼蒲林尼在基督教盛行的中古世紀會大受歡迎，他說出了像以下這樣的格言：「為了對生命做出合適的估

量，我們必須時時提醒自己人類的脆弱。」

　　人類形成一個活生生的世界，我們必須小心畫出這個世界的界線：因此蒲林尼記錄了人類在每個領域所達到的極限，第七卷有點像是今日的《金氏紀錄》。尤其是數量上的紀錄，包括舉重紀錄、賽跑紀錄、聽力紀錄、記憶力紀錄，甚至是被征服的土地紀錄。不過也有純粹道德的紀錄，美德、慷慨與善行的紀錄。此外還有極為奇怪的紀錄：古羅馬將領德魯蘇斯（Drusus）的太太安東妮雅從不吐痰；詩人龐彭尼烏斯（Pomponius）從不抱怨（7.80）；或是付給奴隸的最高工資（文法教師達夫尼斯〔Daphnis〕價值七十萬塞斯特斯[2]，7.128）。

　　蒲林尼只有在人類生活的一個面向上不想引述紀錄，也不試著作出測量與比較：那就是幸福。我們無法決定誰幸福，誰不幸福，因為這取決於主觀且值得商榷的標準（'Felicitas cui praecipua fuerit homini, non est humani iudicii, cum prosperitatem ipsam alius alio modo et suopte ingenio quisque determinet'，7.130）。如果我們想要不心存幻想地面對真相的話，那麼沒有人可以說是幸福的：蒲林尼的人類學調查在此處列出命運顯赫的例子（大部分取自羅馬歷史），以證明最受命運之神眷顧的人，必須忍受相當程度的不快樂與不幸。

　　我們無法硬將命運這項變數塞進人類的自然史中：這是蒲林尼書中一些段落的意思，他在這些篇幅中討論命運的變遷、生命長度的不可預測、占星術的無意義、疾病與死亡。占星術將兩種形式的知識結合起來──也就是可計算、可預測的現象之客觀本質，以及個人存在的感覺及其不確定的未來──這兩種知識的分離是現代科學的前提，我們可以說這一點已經存在於這些篇章中，不過是以問

---

[2]　sesterces，古羅馬貨幣。──譯注

題的形式出現，這個問題還沒有被完全解決，而且我們必須搜集徹底的資料才能解決這個問題。蒲林尼在這個領域舉出例證時，似乎支吾其詞：所有發生的事件、所有自傳、所有軼聞都可以用來證明以下這一點，也就是從生命擁有者的觀點來看，生命不能以質或量來評估，也不能與其他生命作比較。它的價值就在它本身；以至於期待或恐懼來生都是妄想：蒲林尼認同以下的觀點，也就是隨著死亡而來的是不存在，這種不存在與出生前的不存在是等同且對稱的。

這就是爲什麼蒲林尼將注意力集中在世上的事物、天體、地球，以及動物、植物與石頭上的原因。靈魂在死後並不存在，如果它與世隔絕的話，只能在當下存活。如果活著很甜美的話，誰會覺得結束生存很甜美呢？然而依靠自己、根據自己出生前的經驗來形塑心靈的平靜卻是輕易、安全多了！（Etenim si dulce vivere est, cui potest esse vixisse? At quanto facilius certiusque sibi quemque credere, specimen securitas antegenitali sumere experimento!）（7. 190）。「根據自己出生前的經驗來形塑心靈的平靜」；換句話說，就是設想自己在欣賞自己的不在，在我們來到世上之前，以及在我們死後，我們的不在是唯一確定的眞實。基於同樣的理由，我們也應該高興認出蒲林尼的《博物誌》展示在我們眼前的那些無限多樣的事物，它們與我們都不同。

可是如果說人是由他的侷限所定義的話，那麼我們不也可以說人是由他的卓越所定義？蒲林尼覺得自己有責任在第七卷中囊括他對人類美德的稱頌，以及對於人類功績的讚揚：他求助於羅馬歷史，彷彿其中記載了所有的美德：他也試著投入對皇室的讚揚，以得出誇大的結論，在他的稱頌中，他視奧古斯都大帝爲人類完美的極致。不過我必須指出，這並不是蒲林尼在處理資料時的主調：反

而是嘗試性的、限制性的、幾近尖刻的語氣最適合他的性情。

　　我們可以在此處看出一些問題，隨著人類學被設定為一門科學，這些問題也隨之而來。不過人類學一定得避免「人本主義」的觀點，以獲得自然科學的客觀性嗎？第七卷中的人愈是與我們不同，愈是與我們「有異」，愈是不再是人或尚未是人，如此他們便愈重要嗎？可是人是否可能逃離他的主觀性，以至於讓自己成為一門科學的對象？蒲林尼的三令五申引起我們的注意與警惕：任何的科學都不能向我們啓蒙關於幸福（felicitas）、幸運（fortuna）、生命中善惡的混合、存在的價值等命題；每個個體都會死去，並且將他的祕密帶到墳墓裡。

　　蒲林尼可以用這種鬱鬱寡歡的語氣結束這個段落，不過他比較喜歡添加一串發現與發明的名單，它們既真實又具有傳奇性。現代人類學家聲稱，從舊石器時代的工具到電子學，生物演進與科技發展之間存在著一種連續性，蒲林尼則是先這些人類學家一步，他默默承認，人類添加在大自然之上的事物也變成大自然整體的一部分。這幾乎就等於在宣稱，人類真正的本質是文化。不過蒲林尼不知如何作出概括，他在那些被視為具有普遍性的發明與習俗中，尋找人類成就的特性。根據蒲林尼（或他的資料來源）的說法，人類一項心照不宣的協定取決於三項文化因素（'gentium consensus tacitus'，7. 210）：採用（希臘和羅馬）字母；由理髮師來刮鬍子；以及在日晷上標示時間。

　　這三個物項突兀地組合在一起實在是再奇怪、再值得商榷不過的了：字母、理髮師、日晷。事實上，並非所有人都有類似的寫作系統，也不見得都刮鬍子，至於時間的話，蒲林尼自己用了幾頁的篇幅，簡介各式各樣分割時間的系統之歷史。我並非想要強調「歐洲中心」的觀點，事實上，那並非蒲林尼或他所處時代的典型特

徵，而是他行進的方向：他想要確立那些不斷在不同文化中重複的元素，以為專屬人類的特徵下定義，這樣的意圖後來成為現代人種學的方法原則。而當他建立起關於 "gentium consensus tacitus" 的觀點後，便結束對於人性的討論，轉而探討 "ad reliqua animalia"，其他的生物。

　　第八卷檢視地球上的生物，以大象開始，並以最長的章節加以討論。為什麼大象被賦予如此的優先權？顯然是因為牠是體型最大的動物（蒲林尼所賦予動物的重要性與牠們的體型有很大的關係）；不過這也特別是因為在精神上，這是「最接近人類」的動物！ "Maximum est elephas proximumque humainis sensibus"，第八卷一開始如此寫道。事實上，大象——如同蒲林尼隨後立刻解釋的——認得故鄉的語言、服從命令、記得牠學過的東西、可以體驗愛的激情與追求榮耀的野心、牠們會實踐一些「即使在人類當中也很罕見」的美德，諸如正直、謹慎、公平，牠們甚至會對日月星辰表達宗教的敬意。蒲林尼絲毫不浪費筆墨來形容這個動物（除了最高級的字眼maximum以外），他只引述在書上找到的古怪傳說：大象的儀式和習俗被呈現的方式，彷彿牠們是另一個文化的居民，不過仍然值得我們尊敬與了解。

　　在《博物誌》中，人類迷失在多樣的宇宙裡，他受制於自身的不完美，不過一方面，他有一項安慰就是知道上帝本身的力量也是有限的（ "Inperfectae vero in homine naturae praecipua solacia, ne deum quidem posse omnia"，2.27），另一方面，他的近鄰大象可以作為他的精神模範。人類夾在這兩種威嚴卻良善的權威當中，必然顯得渺小，不過卻沒有被壓服。

　　關於陸上動物的調查繼續——就像兒童參觀動物園——從大象到獅子、豹、老虎、駱駝、長頸鹿、犀牛和鱷魚。隨著體型的縮

減，我們接著來到了鬣狗、變色蜥蜴、豪豬、有獸窩的動物，如此一直往下來到蝸牛和蜥蜴；寵物被集中在這一卷的最後。

此處的主要資料來源是亞里斯多德的《動物史》（*Historia Animalium*），不過蒲林尼從一些更輕信或更具想像力的作者身上收集到傳說，而亞里斯多德要不就排斥這些傳說，要不就引述它們，以便加以駁斥。不管是在敘述我們較為熟悉的動物，或是描述怪誕的生物時，皆是如此：兩者的名單混合在一起。因此蒲林尼在討論大象之餘，卻會離題提到牠們的天敵，龍；而討論狼的時候，又會記錄關於狼人的傳說，儘管他批評希臘人的輕信。這一類的動物學包含了雙頭蛇、蛇怪、大頭獸 [3]、狗狼 [4]、鬣狗獅 [5]、闊嘴獸 [6]、leontophon、人面獅身龍尾怪獸（mantichore），牠們會從這些紙頁中移出，然後移居在中古世紀的動物寓言集裡。

在整個第八卷中，人類的自然史繼續轉進動物的自然史，這不只是因為書中引述的概念大量處理的是飼養寵物與獵捕野生動物，以及人類從這兩項活動所獲取的用途；此外也是因為蒲林尼帶領我們進行的旅行也是一趟人類想像力之旅。不管是真實或想像的動物，在奇想的領域裡都佔有優勢地位：動物一被命名之後，便具有幻影的力量，牠變成了寓言、象徵與標記。

因此，我建議讀者不要只是深思最具哲學性的第二卷與第七卷，也應該瀏覽第八卷，因為它最能代表作者對於大自然的概念，

---

[3] catoblepas：一種頭部很重的牛形有蹄怪獸，其目光與毒氣可致人於死地。——譯注

[4] crocotas：狗與狼的混種怪獸，其尖銳的牙齒可以咬破一切，可一口將獵物吞下，然後在腹部咀嚼。——譯注

[5] corocottas：衣索匹亞母獅與鬣狗交配後的混種。——譯注

[6] leucocrotas：動作最敏捷的有蹄野獸，體型略與驢同，具有雄鹿的腰、獅子的脖子、尾巴與胸部、獾的頭，嘴巴開至耳部，沒有牙齒，卻長有銳利的骨脊。會發出人類的聲音以誘捕他們。——譯注

這個概念在整部作品的三十七卷中不斷被清晰表達出來：大自然是外在於人性的東西，不過它跟人類心靈的最深處也是不能區分的，其中存在著人類的夢想字典及奇想目錄，若是沒有它們的話，我們不會有理性，也不會有思想。

一九八二年

納扎米的七公主

　　一個人若是屬於一夫多妻的文化，而非一夫一妻的文化，當然會讓事情變得不同。至少在敘事結構上（這是我覺得自己唯一有能力發表意見的領域），這一點開啓了對西方來說很陌生的無數可能性。

　　例如，西方民間故事一個最常見的主題是──主角看到一張美女圖之後，便立刻愛上畫中人物──這個主題在東方也看得到，不過數量增加了。在一首十二世紀的波斯詩歌中，巴赫芮（Bahram）皇帝看到七位公主的七張畫像，便立刻同時愛上她們七位。這七位公主分別是七大洲統治者的女兒；巴赫芮一一向她們七位求婚，並和她們成親。接著他下令建造七棟亭閣，每一棟的顏色都不一樣，而且「反映七顆行星的本質」。每一位公主都擁有對應的亭閣、顏色、行星與一星期中的一天；皇帝一星期中輪流臨幸他的七位新娘，聽她們講故事。皇帝穿的衣物是當天的行星色彩，而新娘所說的故事也必須配合顏色，以及對應行星的特殊力量。

　　這七則故事充滿了令人驚奇的事件，就像《天方夜譚》一樣，不過每一則故事都有一個道德性的結論（儘管在它象徵性的掩飾之下，我們並不總是認得出來），因此新婚皇帝的每周循環便是在演練這些美德，這些人性美德等同於宇宙的特性。（唯一的男性皇帝在他的多位妻妾身上實踐肉體及精神的一夫多妻制；在這個傳統中，性別角色是不可逆轉的，所以要在此處期待驚喜是沒有意義的。）

這七則故事依次包含了愛情故事，跟西方模式相較，這些故事以倍增的方式呈現。

　　舉例來說，啓蒙故事的典型結構要求主角必須經歷多次考驗，以獲得他的愛人與王位。在西方，這樣的結構要求婚禮必須被保留到最後，若是婚禮早一點舉行的話，便成爲進一步變遷、迫害或魔法的序曲，在其中，新娘（或新郎）先是失蹤了，接著又被尋獲。不過我們在此處看到的是，主角每克服一次難關，便贏得一位新娘，而每一位新娘又比前一位更爲尊貴；這幾位接連被贏得的新娘並不會將彼此抵消，而是具有累積作用，就像人的一生所儲藏的智慧與經驗。

　　我正在討論的作品是中世紀波斯文學的經典作品，如今我們可以在李佐利（Rizzoli）出版社的李佐利世界圖書叢書（Biblioteca Universale Rizzoli）找到薄薄的一冊，其中有值得推薦的專家所做的介紹：納扎米，《七公主》（*Le sette principesse*），由包烏薩尼（Alessandro Bausani）及卡拉索（Giovanna Calasso）導讀及翻譯。對於我們這些沒有受過啓蒙的人來說，處理東方文學的傑作通常是令人覺得不滿意的經驗，因爲透過翻譯及改編，我們就連原著遙遠的微光也很難瞥見；將一部作品置於我們並不熟悉的背景中，這總是一件艱鉅的工作。尤其是這首詩當然是極爲複雜的文本，就風格化的組成及精神上的意涵來看皆是如此。可是包烏薩尼的翻譯——似乎謹愼地忠於緊密的隱喻性文本，而且涉及雙關語的時候也不退縮（波斯文被寫在括號中）——包含豐富的注解及介紹（以及重要的插圖），我相信這份譯文不只是帶給我們一種幻覺，也就是我們了解書的主題，並且可以品味詩的魅力，它還帶給我們其他的事物，至少就散文譯文可以做到的程度而言是如此。

　　因此，我們有這個難得的好運，可以在我們的世界文學經典圖

書館中，加進一部既具實質內容、又具高度閱讀趣味的作品。我之所以說難得的好運，是因為在西方讀者中，只有義大利人享有這份特權，如果書中的參考書目無誤的話。一九二四年出版的唯一完整英文版是不精確的，德文版則是不完整，而且是自由改編，法文版則不存在。（有一點在參考書目中並沒有指出來，不過我們必須在這裡提出，那便是包烏薩尼的同一譯本幾年前在巴里[1]由「達文西」出版社出版，儘管其中的注釋較少。）

納扎米（Nezami，1141-1204）是一位遜尼派的回教徒（在那個時代，什葉派在伊朗還沒有佔上風），生於干傑（Ganje），也卒於此，這個城市位於現在的亞塞拜然，所以他住在一塊伊朗人、庫德人與土耳其人混居的領土上。在《七公主》中（*Haft Peikar*的字面意思是「七肖像」，寫於一二〇〇年左右，是他所寫的五部詩的其中一部），他講述了五世紀一位統治者的故事，也就是薩桑王朝（Sassanid）的巴赫芮五世。納扎米在回教神祕主義的氛圍中召喚出波斯屬於祆教的過去。他的詩一方面讚頌人類所必須完全臣服的神明意志，一方面讚頌塵世的不同可能性，包括異教徒及諾斯替教的迴響（以及基督教的迴響：詩中提到偉大的奇蹟施行者Isu，亦即耶穌）。

在七棟亭閣中所敘述的七段故事前後，詩中描繪了皇帝的生活、教養、對於狩獵的喜愛（他會獵捕獅子、野驢、龍）、與大汗的中國軍隊對抗之戰爭、建造宮殿、宴飲，甚至較不重要的戀情。因此這首詩是對於這位理想統治者首次也是最重要的呈現，如同包烏薩尼所說的，在這首詩中，古伊朗傳統的神聖皇帝混合了回教傳統完全服從神聖律法的蘇丹。

---

[1] Bari，義大利東南海港。——編注

　　一位理想的統治者——我們認爲——應該擁有國泰民安的統治。一點也不！這是我們對於君主統治的基本觀念之偏見。即使皇帝十全十美，他的統治還是可能被貪婪的奸臣最殘忍的不義行爲所破壞。可是由於皇帝享有上天的恩寵，終有一天，他王國的殘酷現實會揭露在他的眼前。接著他會懲罰奸臣，並且補償那些來向他投訴遭到不公的人：所以我們便看到「受害者故事」，也是七則，不過不似另外七則故事那般吸引人。

　　巴赫芮在他的王國重新恢復公義之後，便重組軍隊，擊敗中國的大汗。如此完成他的命運之後，除了消失之外，他無事可做：事實上，他也眞的消失了，爲了追捕一頭野驢，他騎馬進入一個洞穴。用包烏薩尼的話來說，皇帝簡言之就是「完人」：重要的是宇宙的和諧，而他即是其化身，在某種程度上，這樣的和諧反映在他的統治和臣民上，不過更是存在於他的人本身。（無論如何，即使今天還是有一些政權宣稱自身值得讚揚，儘管他們的臣民過著水深火熱的生活。）

　　《七公主》混合了兩類的東方神奇故事：菲爾多西（Firdusi）（納扎米所追隨的第十世紀詩人）在《王者之書》中的歌功頌德史詩敘述，以及源自古印度文集的小說傳統，這樣的傳統最後導向了《天方夜譚》。當然，後面這一類的敘述帶給讀者更大的樂趣（所以我建議各位先閱讀那七則故事，然後再閱讀主架構的故事），不過主架構也充滿了怪誕、神奇與情色的細膩描述（例如，腳部愛撫是非常稀奇的：「皇上的腳」插入美女的綾羅綢緞之間，一直伸到她的臀部）。就像在神話故事中一樣，宇宙與宗教的情感達到新的頂峰。例如，在兩個旅人的故事中，其中一人順從上帝的意志，另外一人則希望對一切得出合理的解釋，這兩個人的心理特徵是如此具有說服力，以至於我們不可能不更注意第一個人：他從來不會忽略一切

事物的複雜性，第二個人則是充滿惡意、心胸狹隘、自以為無所不知。我們從這個故事所得到的教訓是，真正重要的與其說是一個人的哲學立場，不如說是如何與他所相信的真理和諧相處。

　　無論如何，我們無法將匯集在《七公主》中的不同傳統分開來，因為納扎米豐富的比喻性語言，將它們全都混合在他那具有想像力的熔爐裡，他在每一頁塗上鍍金的光澤，上面點綴著比喻，這些比喻彼此鑲嵌，像是一條光彩奪目項鍊上的珍貴寶石。結果是這本書的風格一致性似乎遍及各處，甚至延伸至那些介紹智慧與神祕主義的段落。（有關神祕主義的部分，我想要提到穆罕默德的視像，他由有翼的天使搭載至天堂，直到一個三度空間都消失的地方，「先知看到上帝，不過看不到空間，他聽到的話並非來自任何的嘴唇，而且也沒有聲音」。）

　　這塊文字織毯的裝飾是如此繁複，以至於我們在西方文學中（在中世紀的題組研究類比及文藝復興時期莎士比亞與亞里奧斯托作品中豐富的奇想之外）所找到的任何類似例子，自然會是最具巴洛克風格的作品；跟納扎米故事中所鑲嵌的繁複隱喻相較，就連馬里諾（Marino）的《阿多尼斯》和巴席勒（Basile）的《五日談》也顯得簡潔嚴肅，納扎米故事中的隱喻在每一個意象中形成敘事的線索。

　　隱喻的世界擁有自身的特徵和常數。如果讀者曾經在百科全書中見過伊朗高原的野驢，或是如果我記得沒錯的話，在動物園中所看到的中亞野驢只不過是中等體型的驢子，可是在納扎米的詩句中，牠卻具有高貴的紋章生物之威嚴，而且幾乎出現在每一頁中。在巴赫芮王子的狩獵中，野驢是最搶手也最難獵到的，而且幾乎跟獅子相提並論，都是獵人用來測量自身力量和技巧的仇敵。涉及到隱喻時，野驢呈現的是力量的意象，甚至是雄性性能力，不過牠也

代表愛情的獵物（野驢被獅子所追捕）、女性美以及一般意義上的青春。由於牠的肉極為美味，我們會發現「有著野驢眼睛的少女，在火上烤著野驢的大腿」。

另一個具有多價值的隱喻是柏樹：柏樹通常令人連想到雄性力量，同時也是陽具象徵，我們也發現它被用來當作女性美的典範（高度總是特別被珍視），而且與女性的頭髮、流水，甚至是朝陽連想在一起。幾乎柏樹的所有隱喻功能一度也適用在點燃的蠟燭上，此外它還擁有其他好幾項功能。事實上，此處明喻被瘋狂使用，以至於幾乎任何事物都可以意謂任何其他事物。

在一些高難度的段落中，一連串的隱喻接連出現：例如，在一段關於冬天的描述中，一系列凍寒影像的使用（「寒流來襲將劍化成水，水化成劍」：注釋的解釋是，太陽光所形成的劍變成雨水，雨水又變成劍一般的閃電；這個解釋雖然不準確，仍是個很美的意象），接下去則是對於火的頌揚，以及對於春天的相應描述，其中充滿了擬人化的植物，例如「微風便被典當，以換來羅勒的芬芳」。

隱喻的另一項催化劑是分別主導每一則故事的七個色彩。我們如何用一個顏色來敘述一個故事？最簡單的系統就是讓人物全都穿著那個色系的服裝，就像黑色的故事講述一個總是身穿黑衣的女人，她曾經是一位國王的女僕，這位國王也總是一襲黑衣，因為他曾經遇見一位身著黑衣的陌生人，這位陌生人告訴他，在中國的某個地方，所有居民都身穿黑衣⋯⋯

在其他部分，關連都只是象徵性的，以每個顏色的意義為根據：黃色是太陽的顏色，因此是國王的顏色；所以黃色的故事講述的是一個國王的故事，並以誘惑作結束，這個故事被比喻為強行打開裝滿金子的箱子。

令人驚訝的是，白色故事是最具情慾色彩的，故事沉浸在牛奶

般的光線中，我們看到女孩在當中走動，她們「有著風信子般的胸部，以及銀子般的雙腿」。不過這也是則關於貞潔的故事，我會試著解釋這一點，儘管摘要會讓所有的趣味都喪失。一位年輕人有許多對於完美的要求，其中一項便是要求貞潔，他看到一群漂亮的年輕女孩闖進他的花園，並在當中跳舞。其中兩個人將他當成賊，並且加以鞭打（此處不排除某種受虐成分），後來她們發現他是花園的主人，便親吻他的手腳，並且邀請他選出最喜歡的女孩。他窺視女孩沐浴，作出決定（這一切都是在兩位警衛或「警察」的幫助下進行的，在故事中，他們引導男子的每一項行動），最後他單獨與他最心儀的女孩見面。可是在這一次以及接下去的會面中，總是有某件事在關鍵時刻發生，使得他們無法發生關係：房間的地板下陷，或是一隻想要抓小鳥的貓落在這一對正在擁吻的戀人身上，或是一隻老鼠啃咬棚架上的南瓜莖，南瓜砰的一聲掉下來，妨礙了年輕人，如此一直來到具有說教意味的結尾：年輕人了解他必須先與女孩成親，因為阿拉不希望他犯罪。

　　不停中斷性交的主題在西方的民間故事中也很常見，不過在西方總是被古怪地處理：在巴席勒的一個故事（cunti）中，意外的中斷極為類似納扎米故事中的情節，不過從中浮現關於人性惡劣、淫穢與性恐懼的可怕圖像。然而納扎米卻描繪出一個幻象的世界，其中充滿情慾張力與惶恐，這個世界被昇華而且充滿豐富的心理對比，在一夫多妻制所夢想的天堂中充滿了天界美女，這樣的夢想與一對情侶私密的現實交替，而狂放不羈的比喻性語言，對於涉世未深的年輕人所面臨的劇變來說是合適的風格。

一九八二年

白騎士悌朗德

　　最早的西班牙騎士傳奇中的主角白騎士悌朗德第一次出現時是睡在馬上。馬兒停下來喝溪水，悌朗德醒來，看到溪邊坐著一位正在看書的白髯隱士。悌朗德告訴隱士，他想進入騎士團，隱士從前也是位騎士，便教導這位年輕人騎士團的規則：

Hijo mío,'dijo el ermitaño,
'toda la orden está escrita en ese
libro, que algunas veces leo para
recordar la gracia que Nuestro Señor
me ha hecho en este mundo, puesto
que honraba y mantenía la orden de
caballería con todo mi poder.
（「年輕人，」隱士說，「騎士團所有的規則都寫在那本書，我有時會閱讀，以記起我在這世上所得到的恩惠，全都歸於主，因為我曾經全力以赴，為騎士團增光並加以維護。」）

　　這本西班牙首部騎士傳奇從一開始似乎就想要警告我們，每一個這樣的文本都假設有一本以前就存在的騎士之書，主角必須加以閱讀，才能成為騎士："Tot l'ordre és en aques llibre escrit."從這樣的陳述可以得出許多結論，其中一個結論是，或許騎士精神從未存在

於騎士之書之前，或是，事實上，它只存在於書本之中。

　　因此我們不難看到騎士美德的最後寶庫，唐吉訶德，如何只透過書籍建立他自己的存在及他自己的世界。一當教士、理髮師、姪女和管家放火燒了他的書房之後，騎士精神就消失了：唐吉訶德是一個後繼無人的物種之最後典範。

　　在鄉間那場焚燒無用之物的大火中，牧師仍然設法救出主要的原始文本，包括《高盧的阿馬狄斯》（*Amadís de Gaula*）與《白騎士悌朗德傳》，以及博亞多[1]與亞里奧斯托[2]的詩歌傳奇（是用義大利原文寫的，而不是譯文，在譯文中，它們失去了自然價值[3]〔su natural valor〕）。這些書不像其他那些被視爲符合道德而逃過一劫的書（例如《英格蘭之帕爾梅林》〔*Palmerín de Inglaterra*〕），而它們之所以被救出似乎主要是因爲它們的美學價值：可是是哪些美學價值？我們會看到塞萬提斯所珍視的優點（不過在何種程度上，我們可以確定塞萬提斯的看法與牧師及理髮師的意見一致，而不是和唐吉訶德一致？）是文學原創性（《高盧的阿馬狄斯》被定義爲"unico en su arte"）以及人性眞理（《白騎士悌朗德傳》之所以受到讚揚是因爲：在這裡，騎士吃飯、睡覺、在床上死去，在死去之前立下遺囑，還有其他一些事情在其他這類書籍中找不到一席之地〔aquí comen los caballeros, y duermen y mueren en sus camas, y hacen testamento antes de sua muerte, con otras cosas de que los demás libros

---

[1] Matteo Maria Boiardo，1441-1494年。義大利詩人，出身貴族。著有《歌集》和《熱戀的奧蘭多》。後者爲英雄史詩和騎士傳奇的結合。—編注

[2] Ludovico Ariosto，1474-1533年，義大利詩人。著有被公認是義大利文藝復興時期的不朽巨著《憤怒奧蘭多》以及七篇《諷刺詩》。—編注

[3] 當時的自然和今天所講的「大自然」意義不同。中世紀時，自然，是上帝所創，人類的所做所爲都是在尋求跟自然間協調一致，以成爲一個全人。—編注

deste género carecen〕）。因此騎士文學作品愈是違抗一類文體的規則，塞萬提斯（或者說至少是一致的那部分塞萬提斯等等）愈是尊敬它們：重要的已經不再是騎士精神的神話，而是書籍身為文本的價值。這與唐吉訶德的標準相反（也與塞萬提斯與他書中主角認同的部分相反），唐吉訶德拒絕區分文學與生活，而且想要在書本以外找到神話。

　　一旦分析精神介入，並且在不可思議的領域、道德價值的領域、真實與逼真的領域之間畫下清楚的界線之後，騎士傳奇世界的命運會變得如何？在拉‧曼卻（La Mancha）烈日當空的道路上，騎士精神的神話消散在大災難中，這樁突然卻壯觀的災難是普遍相關的事件，不過這樣的事件在其他文學中並沒有對等物。在義大利，或者更精確地說是在義大利北部的宮廷中，同樣的過程在前一個世紀便已經發生了，儘管是以較不戲劇化的形式出現，它以那個傳統的文學性昇華之形式出現。蒲爾契（Pulci）、博亞多與亞里奧斯托在文藝復興節慶的氣氛中，頌揚騎士精神的式微，或多或少帶著明顯的嘲諷模仿語氣，不過也帶著對民間說唱（cantastorie）這種簡單民間故事的懷舊情緒：騎士想像的空幻剩餘物如今只被當成傳統主題的演出目錄而被尊重，不過至少詩的天空打開來歡迎騎士想像的精神。

　　有一件事或許值得提醒讀者，也就是在塞萬提斯（1547-1616）之前好幾年，在一五二六年，我們已經發現一個騎士文學的柴堆，或者更精確地說，是一項抉擇，選擇哪些書該燒，哪些書該留下來。我指的是一本幾乎不為人知的極不重要書籍：《奧蘭迪諾》（*Orlandino*），這是由佛冷構（Teofilo Folengo）用義大利文寫成的簡短史詩（佛冷構更為人熟知的筆名是柯凱伊〔Merlin Cocai〕，他是《巴杜斯》〔*Baldus*〕的作者，這是一首用本國語與拉丁文的混合

語及義大利北部的曼圖亞方言所寫成的詩。）在《奧蘭迪諾》的第
一篇中，佛冷構敘述他被一名騎在公羊背上的巫婆載到阿爾卑斯山
的一個洞穴裡，圖班（Turpin）大主教的眞正編年史被保存在那
裡：圖班是整個卡洛林王朝記事的傳奇性資料來源。當他將這些編
年史與這個資料來源相較時，發現博亞多、亞里奧斯托、蒲爾契與
齊耶克·達·菲拉拉（Cieco da Ferrara）的詩都是眞實的，儘管他們
添加了相當獨斷的段落。

> Ma *Trebisunda*, *Ancroja*, *Spagna* e *Bovo*
>
> coll'altro resto al foco sian donate ;
>
> apocrife son tutte, e le riprovo
>
> come nemiche d'ogni veritate ;
>
> Bojardo, l'Ariosto, Pulci e 'l Cieco
>
> autentici sono, ed io con seco.
>
> （可是《特雷比蘇達》〔*Trebisunda*〕、《安可羅亞》〔*Ancroja*〕、
> 《西班牙》〔*Spagna*〕、《柏佛》〔*Bovo*〕與其他作品都該放火燒
> 了：它們都是可疑的，我指控它們是真實的敵人：不過博亞
> 多、亞里奧斯托、蒲爾契與齊耶克都是可信的，我也是。）

　　塞萬提斯也提到過實事求是的史學家圖班（El verdadero
historiador Turpin），這是義大利文藝復興時期騎士詩歌裡經常提到
的頑皮參考資料。就連亞里奧斯托發現自己太過誇張時，也會躲在
圖班的權威之後：

> Il buon Turpin, che sa che dice il vero,
>
> e lascia creder poi quel ch'a l'uom piace,

narra mirabil cose di Ruggiero,

ch'udendolo, il direste voi mendace.

（可是好圖班知道自己説的是真相，儘管他任憑人們去自由想
像，不過聽他講述魯傑洛的神奇事項，你也會説他跟騙子沒兩
樣。）（《瘋狂奧蘭多》26.23）

　　塞萬提斯在他的作品中，將圖班的傳奇性角色指派給神祕的熙
德·哈梅特·貝南黑利（Cide Hamete Benengeli），他聲稱正在翻譯
貝南黑利的阿拉伯文手稿。不過塞萬提斯當時活動的世界與現代是
極不相同的：對他來說，真理必須可以與日常經驗、常識及反宗教
改革的規誡相比。對十五及十六世紀的詩人來說（直到塔索
〔Tasso〕，但不包括塔索，在他的情況中，這個問題真的變得非常複
雜），真相仍然忠實於神話，就像對拉·曼卻騎士來說也是如此。

　　我們甚至可以在後來佛冷構的作品中看到這一點，他的作品介
於通俗詩歌與博學詩歌之間：從遠古時代就被傳遞下來的神話精
神，由一本書所象徵，也就是圖班的書，它是一切書籍的源頭，是
一本假設的書，只有透過魔法才能一窺堂奧（博亞多也說佛冷構是
巫婆的朋友），這是一本魔法書，也是一本講述魔法故事的書。

　　騎士文學傳統首先在它的發源地消失，也就是法國與英國：在
英國，騎士文學於一四七〇年在馬洛禮（Malory）的傳奇中最後一
次定型，儘管它也在史賓塞（Spenser）的伊麗莎白時代神話故事中
復活；在法國，騎士文學最早是在克雷帝安·德·特魯瓦（Chrétien
de Troyes）的十二世紀詩歌傑作中得到祝聖，之後便慢慢式微。騎
士文學在十六世紀的復活主要發生在義大利和西班牙。當卡斯提洛
（Bernal Díaz del Castillo）看到像蒙提祖馬[4]的墨西哥那樣完全無法
想像的世界時，試著傳達西班牙征服者的驚訝，他寫道：　我們可以

說那就像是阿馬狄斯的書中所敘述的著魔事物（Decíamos que parecía a las cosas de encantamiento que cuentan en el libro de Amadís）。此處我們覺得他只能將這項奇怪的新現實與古文本的傳統相較。可是如果我們檢視日期的話，我們會發現卡斯提洛所敘述的事件發生於一五一九年，當時《高盧的阿馬狄斯》[5]幾乎還是剛出版的新書……我們便可以了解，在集體的想像中，發現新世界及諾曼第人征服英國，與當時書市大量提供的巨人及魔法的故事是密切相關的，就像在幾個世紀之前，法國故事在歐洲第一次流通時，伴隨著動員十字軍東征的文宣。

　　即將結束的這個千禧年是個小說的千禧年（小說是騎士傳奇的繼承者）。在十一、十二、十三世紀時，騎士傳奇是首批世俗書籍，它們的流通對一般人的生活產生深刻影響，而不只是對博學之士有影響。但丁自己就提供了這樣的證據，他筆下的芙蘭切斯卡・達・里米妮[6]是世界文學中第一位因為閱讀騎士傳奇而改變其生命的角色，早在唐吉訶德之前，早在包法利夫人之前。在法國騎士傳奇《蘭斯洛》中，加勒哈德騎士勸說格溫娜維爾親吻蘭斯洛；在《神曲》中，《蘭斯洛》這本書承繼了加勒哈德在騎士傳奇中所扮演的角色，它說服芙蘭切斯卡接受保羅的親吻。但丁看到書中影響其他角色的角色，與影響讀者的書兩者間的一致性（這本書與它的作者對我們來說就像是加勒哈德〔Galeotto fu il libro e chi lo scrisse〕），因

---

[4] Montezuma，1466 ？-1520年，墨西哥阿茲特克皇帝，與西班牙佔領者進行抗爭，後被阿茲特克叛亂者或西班牙人所殺，卡斯提洛為當時西班牙入侵者的書記官。—譯注

[5] *Amadis de Gaul*，十四世紀的傳奇故事，勞伯理（V Loberia）寫於1405年。—編注

[6] Francesca da Rimini，？-1284 ？年義大利大公之女，富文才，因愛上夫弟保羅，雙雙被丈夫殺死，其愛情悲劇被但丁寫入《神曲》的〈煉獄篇〉。—譯注

而進行了令人無所適從的首次後設文學寫作。在這些緊密、沉著的韻文中，我們追隨著保羅與芙蘭切斯卡，他們毫不提防（senza alcun sospetto），陶醉在閱讀所引發的情緒中，不時四眼相望，臉色發白，當他們讀到蘭斯洛吻在格溫娜維爾唇上的段落時（她令人想望的微笑〔il desiato riso〕），書中所描寫的欲望讓眞實生活中的欲望變得明顯，這時，眞實生活呈現書中所敘述的形式：（他全身顫抖地吻著我的唇〔la bocca mi bacio tutto tremante〕）。

一九八五年

《瘋狂奧蘭多》的結構

　　《瘋狂奧蘭多》是一部拒絕開始、也拒絕結束的史詩。之所以說它拒絕開始是因為它是另一部詩的續篇，也就是馬泰奧・馬利亞・博亞多的《熱戀的奧蘭多》，這部作品是作者的未竟之作。它之所以拒絕結束，是因為亞里奧斯托從未停止繼續創作這部詩。這部詩在一五一六年首次出版時，包含了四十個篇章，之後他還不斷尋求加以擴張，首先他試著寫續篇，這個續篇也是不完整（就是所謂的《五歌》〔*Cinque canti*〕，是在他死後出版的），接著又在中間的篇章中加進新的插曲，所以在一五三二年出版的第三及最後版本中，篇章的數目增至四十六。這期間，一五二一年出版了第二版本，這個版本也帶有詩未完成本質的符徵，因為它只是第一版本潤色過的版本，包含亞里奧斯托繼續致力的精練語言及韻律。我們可以說，他畢生專注於此，因為他花了十二年的苦心才出版了一五一六年的第一版本，之後又花了十六年的功夫才出版了一五三二年的版本：隔年，他便去世了。作品從內在擴張，從其他插曲中增生出其他插曲，如此產生新的對稱及對比，我覺得這似乎充分體現了亞里奧斯托的創作方法：對他來說，要延續這部具有多中心、同步結構的詩作，這是唯一真實的方法，詩中的插曲朝各個方向螺旋行進，不斷彼此交叉及分岔。

　　為了追隨如此眾多的主次要人物的變遷，這部詩需要電影的剪

輯技巧，這使得作者可以放棄一個角色或行動場景，而轉向其他的。如此的變換產生時，有時並不會讓敘事失去連貫性，例如當兩個角色相遇時，原本追隨第一個角色的敘事線會從他身上移開，而去追隨第二個角色。在其他的情況中則會出現清楚的斷裂，而情節會在篇章的正中間中斷。通常是八行詩體的最後對句會暗示情節的中斷或耽擱，例如下列的押韻對句：

> Segue Rinaldo, e d'ira si distrugge：
>
> ma seguitiamo Angelica che fugge.
>
> （怒火中燒的雷納多緊追在後；不過讓我們跟隨在逃奔的安潔莉卡後頭。）

或是：

> Lasciànlo andar, che farà buon camino,
>
> e torniamo a Rinaldo paladino.
>
> （我們現在可以離開他了，因為他會大有進展，且讓我們朝雷納多騎士回返。）

或是：

> Ma tempo è ormai di ritrovar Ruggiero
>
> che scorre il ciel su l'animal leggiero.
>
> （可是現在我們該回去找魯傑洛，他正騎著飛馬在天空疾馳而過。）

當篇章當中的情節發生這樣的轉變時，每一個篇章的結尾都會保證故事會在下一個篇章中繼續。此處的解釋功能通常也是交給最後八行詩的結尾押韻對句：

Come a Parigi appropinquosse, e quanto

Carlo aiutò, vi dirà l'altro canto.

（關於他如何來到巴黎，以及如何協助查理曼大帝，請你繼續往
下一章讀下去。）

為了替一個章節作結論，亞里奧斯托經常會再次宣稱他是個吟
唱詩人，在皇室的觀眾前吟唱他的詩句：

Non piú, Signor, non piú di questo canto ;

ch'io son già rauco, e vo' posarmi alquanto.

（不了，皇上，我不再往下話，因為我的喉嚨已沙啞，我想要休
息一下。）

或者是——儘管這個情況較少發生——他聲稱自己在進行寫作：

Poi che da tutti i lati ho pieno il foglio,

finire il canto, e riposar mi voglio.

（既然紙頁文字已滿溢，我想結束這個篇章稍事休息。）

　　所以我們無法為《瘋狂奧蘭多》的結構給出一個單一的定義，
因為這首詩並沒有呆板的幾何結構。我們可以援用能量力場的意
象，這個場域不斷從自身產出其他的力場。無論我們如何加以定
義，這個運動總是離心的；從一開始，我們就立刻位在行動的中
心，不管就整體詩作來看，或是就各個篇章與插曲來看，皆是如
此。

　　要介紹《瘋狂奧蘭多》會碰到的問題是，一旦我們開始說：
「這部詩事實上是另一首詩的延續，而另外這首詩又延續了由其他無

數首詩所組成的成套詩歌……」，讀者就會立刻失去興趣：如果說在
閱讀這部詩之前，讀者必須知道在它之前所有的詩中發生了什麼
事，以及在這些詩之前的詩中又發生了什麼事，那麼什麼時候才可
能開始閱讀亞里奧斯托的詩呢？可是事實上，每一篇介紹文章最後
都是多餘的：《瘋狂奧蘭多》是一本獨一無二的書，而且可以，或
許應該說，應該在不參考其他在它之前或之後的文本下被閱讀。它
是一個獨立自足的世界，讀者可以在其中漫步、進出、迷路。

　　亞里奧斯托讓我們相信，這個世界的結構只不過是對於其他人
作品的延續，是附加物，或是如他自己所說的是"gionta"或添加
物，這可以解釋為亞里奧斯托非凡審慎的符徵，是英國人所謂的
「輕描淡寫」的例子，也就是說，這種特殊的自我解嘲形式，引領我
們對一些極為重要的事實加以輕描淡寫。不過它也可以被視為是一
種時空概念的符徵，這項概念拒絕托勒密宇宙的封閉範例，而且朝
無限的過去與未來開放，也朝向無限多樣的世界開放。

　　《瘋狂奧蘭多》一開始的文字即顯示它是運動之詩，或者說它呈
現一種特殊形式的運動，這個運動貫穿整部詩：鋸齒形運動。我們
可以循著歐洲及非洲地圖上不斷交叉及分歧的線條，描繪出這部詩
的大概輪廓，不過光是第一篇就可以讓我們領略它的風味：三位武
士在樹林間追逐安潔莉卡，這場迴旋形的舞蹈是由迷路、不期而
遇、走錯路以及改變計畫所構成。

　　這個由疾駛的馬兒及猶豫不決的人心所畫出的之字形運動，帶
領我們進入詩的精神。從迅速的動作所獲致的樂趣，立即與時空的
廣闊感混合在一起。這種毫無目標的流浪不只是騎士與生俱來的，
也是亞里奧斯托與生俱來的：彷彿詩人在開始敘述時，尚不知道故
事的情節該採取何種方向，儘管後來情節像是精心策劃過似地引導
他。不過他心裡清楚明白一件事：也就是他將敘述的衝勁與不拘形

式混合在一起，若是我們用一個意涵深遠的形容詞來加以定義的話，或許可以稱之爲亞里奧斯托之詩的「漂泊」運動。

亞里奧斯托詩中的「空間」特徵可以放在整部詩的格局來看，也可以在個別的篇章中觀察得到，甚至是更爲細小的範圍，例如每一節或是每一行。若是以八行詩爲單位來看的話，我們最容易看出亞里奧斯托的獨特之處：亞里奧斯托在寫作八行詩時顯得輕鬆、自在，他詩作的奇蹟主要便是存在於這種漫不經心的態度中。

這一點主要是基於兩個原因。一個原因是八行詩本身具有的本質，因爲八行詩既可以處理長篇大論，也可以用較爲散文式的幽默語氣處理莊嚴、抒情的調子。另一個原因來自亞里奧斯托的寫詩方式，他的方法不受任何限制：不像但丁，他並沒有爲自己設定嚴格的主題劃分，或是對稱規則，所以他不需要寫下固定數目的篇章，也不需要在每一篇章中，寫下固定數目的詩節。在《瘋狂奧蘭多》中，最短的篇章包含七十二個詩節，最長的則包含一百九十九個詩節。詩人可以隨心所欲地放鬆，他可以用好幾個詩節來表達其他人用一句詩行就表達出來的事物，也可以將一個需要長篇大論的主題濃縮成一行。

亞里奧斯托八行詩的祕密在於他會遵循口語的不同節奏，他的詩作中充滿批評家桑克蒂斯（De Sanctis, 1817-1883）所謂的「語言不必要的配件」，也充滿了敏捷的反諷旁白。不過口語只不過是他所使用的許多語域之一，這些語域從抒情到悲哀到說教都有，它們可以在同一個詩節中共存。亞里奧斯托可以極爲簡潔，他的許多詩節變得像是諺語一般：人算不如天算！（Ecco il giudicio uman come spesso erra！）或是喔，任俠好義的古騎士啊！（Oh gran bontà de' cavallieri antiqui!）不過他並不只是用這樣的旁白來執行速度的改變。我們必須指出，八行詩的結構正建立在節奏的不連貫上：前六

行詩句只由兩個交替的韻腳所連接，接著是一組押韻的對句，如此產生一個我們今日稱為反高潮的效果，這種唐突移轉不只是在節奏上，也在心理及智性的氛圍上，從錯綜複雜到通俗，從具有連想性到充滿喜感。

當然，亞里奧斯托非常熟練地玩弄八行詩的結構，詩人靈巧地賦予詩行運動性，在不同的地方引進暫停與完全停止，採取不同的韻律造句結構，長短句交替，將詩節一分為二，或是有時會將一個詩節加到另一個詩節上，不斷改變敘事時態，從遙遠的過去式轉換到未完成過去式、現在式，接著是未來式，簡而言之，他創造了一整個敘事面與敘事觀點，如此讓他的手法避免落於單調。

我們在他的詩中所注意到的自由與自在的運動，甚至更強烈主導了敘事結構及情節的構成。我們都記得詩中的兩大主題：第一個主題敘述奧蘭多原本只是安潔莉卡不幸的愛人，後來卻發瘋，群龍無首的基督徒軍隊，差點讓法國落於回教徒手中，騎士阿斯托弗（Astolfo）在月球上找到了奧蘭多的理智，將它強行放回合法主人身上，恢復了這位狂人的理性，讓他得以恢復在軍中的位階。第二個情節與此平行，也就是回教徒戰士魯傑洛對基督徒女戰士布拉達曼緹（Bradamante）事先注定卻好事多磨的愛，以及橫阻在他們之間及他們注定的婚姻中的障礙，直到魯傑洛設法投向對方陣營，受洗，並且贏得戰士愛人的芳心。魯傑洛—布拉達曼緹的情節並不比奧蘭多—安潔莉卡的情節來得不重要，因為亞里奧斯托（就像在他之前的博亞多）宣稱埃斯特（Este）家族是魯傑洛與布拉達曼緹的後裔，如此不僅可以在他的贊助人眼中證明他詩作的合理性，更重要的是將騎士的神話時期與菲拉拉城（Ferrara）及義大利的當代歷史連在一起。這兩個情節以及無數的枝節如此糾纏，不過它們也依次繞著這部詩較為嚴謹的史詩枝幹發展，也就是查理曼大帝與非洲

國王阿格拉曼特（Agramante）之間的戰事。這項史詩性的競爭主要
集中在一組詩篇中，這些詩篇處理了巴黎遭到摩爾人的圍攻、基督
徒的反攻，以及阿格拉曼特陣營的失和。就某種意義上來說，巴黎
遭圍攻是這部詩的重心，就像巴黎是以地理上的「肚臍」形象出
現：

Siede Parigi in una gran pianura

ne l'ombelico a Francia, anzi nel cuore ;

gli passa la riviera entro le mura

e corre et esce in altra parte fuore：

ma fa un'isola prima, e v'assecura

de la città una parte, e la migliore ;

l'altre due（ch'in tre parti è la gran terra）

di fuor la fossa, e dentro il fiume serra.

Alla città che molte miglia gira

da molte parti si può dar battaglia ;

ma perché sol da un canto assalir mira,

né volentier l'esercito sbarraglia,

oltre il fiume Agramante si ritira

verso ponente, acciò che quindi assaglia ;

però che né cittade né campagna

ha dietro（se non sua）fino alla Spagna.（14. 104-105）

（巴黎位在廣闊的平原上，位在法國的肚臍，或者說是心臟上。
河流流經它的城牆，然後從另一邊流出；不過在流出之前，它
形成了一座島嶼，並且庇護了城市的一部分，而且是最好的部

分。至於其他兩個部分〔這個大城市被分為三部分〕，它們被城外的護城河及城內的河流所圍住。

這座綿延好幾里的城市可以從好幾個面被攻擊；不過阿格拉曼特只想將他的攻擊集中在一面，不想讓他的軍隊遭受危險，他撤退到河流朝西那一邊，準備從那裡進行攻擊，因為一路到西班牙的路上，他沒有城市或國家作為後盾〔除了支持他的城市和國家以外〕。）

從我先前的敘述，讀者或許會認為這些主要人物的所有旅程最後都匯聚在巴黎。不過事情並非如此：大部分最有名的戰士都沒有出現在這個集體的史詩插曲中。只有羅多蒙特（Rodomonte）的龐大軍隊聳立在混戰之上。其他人究竟到哪裡去了？

我們必須指出，這部詩的空間也包含了另一個重心，不過是負面的中心，是個陷阱，是一種漩渦，──吞噬了主要人物：那就是巫師亞特藍特（Atlante）的魔堡，亞特藍特的魔法喜歡製造建築上的幻覺：在第四篇中，它便已經在庇里牛斯山的山坡上建造一座完全由鋼所構成的城堡，然後又讓它化為烏有；在第十二及二十二篇之間，我們看到在離英吉利海峽不遠的地方，出現了一座城堡，而它只不過是空的漩渦，詩中所有的影像都是從中折射出來的。

奧蘭多自己在追逐安潔莉卡時，剛好變成魔法的受害者，這個模式以幾乎一模一樣的方式在每位英勇的騎士身上重複著：騎士看見愛人被劫走，便追蹤劫持者，然後進入神祕的宮殿，漫無目標地在大廳及無人的走道中遊走。換句話說，王宮裡並沒有他們所尋找的人，只有那些在進行追蹤的人。

在涼廊及走廊間漫遊，在地毯及床的罩蓋下方搜尋，這些都是基督教與摩爾騎士最有名的作為：他們全都被誘入城堡，或是因為

看到愛人的幻像，或是因為無法接近的敵人，或是馬兒被偷，或是物品遺失。如今他們已經無法離開這些城牆：如果有人想離開的話，他會聽到有人叫他回去，轉過身時，他會看到自己徒然尋找的人兒就在那裡，他必須拯救的那位憂傷少女出現在窗口，懇求他的幫助。亞特藍特創造了這個幻象的王國；如果說生命總是千變萬化、無法預測的話，那麼幻覺則是千篇一律，不斷重複同樣的執念。欲望是朝向虛空的賽跑，亞特藍特的魔法將所有不滿足的欲望集中在迷宮之內，不過他的魔法並沒有改變在詩與世界的開放空間中，支配人的運動之規則。

阿斯托弗最後也在王宮裡追逐——或者自以為在追逐——一名年輕農夫，這名農夫偷了他的馬兒羅賓肯諾。不過魔法並不能在阿斯托弗身上起作用。他有一本魔法書，其中解釋了關於那一類城堡的一切。他直接走到門口的大理石前：他只消舉起大理石，城堡便會化為雲煙。不過就在那一刻，一群騎士來到他的身邊：他們幾乎都是他的朋友，不過他們不但沒有歡迎他，反而站在他的面前，彷彿想要拿劍刺穿他。這是怎麼一回事？原來巫師亞特藍特在絕境中為了自保，使出最後一招：他讓阿斯托弗變成這些受困在王宮中的騎士在進入王宮時所追逐的目標。不過阿斯托弗只需吹響他的號角就可以驅散魔法師和他的魔法，也可以破解受害者身上的魔法。這座由夢想、欲望及嫉妒所編織而成的城堡便消失無蹤：也就是說，它不再是外在於我們的空間，有大門、階梯和牆壁，反之，它退到我們的心靈當中，退進我們思想的迷宮裡。亞特藍特透過詩，還給那些他所劫持的人物自由之身。亞特藍特或是亞里奧斯托？事實上，城堡是敘事者狡獪的結構性設計，由於他無法同時發展數量眾多的平行情節，便覺得必須在某些篇章中將某些人物移除，將一些牌放到一邊，好讓牌局繼續，然後在合適的時機再將它們亮出來。

詩人戰術家或是增加或是減少他在戰場上布署的人物之脈絡，有時將他們聚集起來，有時則將他們驅散，想要延遲命運實現的魔法師與詩人戰術家互相混合，難分難解。

　　在最後一篇，亦即第四十六篇的一開始，亞里奧斯托列出一群人的名單，他認為這部詩是為這群人而寫的。這是《瘋狂奧蘭多》真正的題獻，勝過他在第一篇的開始，對他的贊助者埃斯特（Ippolito d'Este）大主教所作的必要招呼，海克利斯[1]高貴的後裔（generosa erculea prole），這部詩是要寫給他的。這艘詩船如今已經進港，在碼頭上等待它的是義大利各城市最美麗、最高貴的女子，此外還有騎士、詩人和知識分子。亞里奧斯托此處給予我們的，可以說是在為他的友人及當代人點名，並且向讀者簡單地介紹了他們：這是他對於理想的文學讀者的定義，也是模範社會的形象。這部詩透過結構上的反轉，走出它自身，並且透過讀者的眼睛在檢驗自己，透過對它的對象的點名，來定義自己。這部詩也反過來成為現在與未來讀者所處社會的定義或象徵，對於所有會參與詩中遊戲、並在其中認出自己的人來說，皆是如此。

　　　　　　　　　　　　　　　　　　　　　　　　　一九七四年

---

[1] Hercules，宙斯之子，力大無窮的英雄，以完成十二項功績而聞名。—譯注

亞里奧斯托八行詩選

　　適逢亞里奧斯托五百誕辰之際，有人問我《瘋狂奧蘭多》對我的意義為何。若是要我說出我對這部詩的喜愛在何處，以及我對它的喜愛如何並在何種程度上在我的寫作裡留下痕跡的話，那麼我便必須回到已經完成的作品上，然而，對我來說，亞里奧斯托的精神總是意謂著向前衝，而不是向後看。無論如何，我覺得我對他的喜愛是如此明顯，所以毋需我多作解釋，讀者應該便可以找到我喜愛亞里奧斯托的證據。我比較想利用這個機會，再將這部詩仔細讀過一次，也試著選出我個人偏好的八行詩，而我所憑藉的是記憶與隨機閱讀。

　　對我而言，亞里奧斯托精神的精髓在於那些引出新冒險的詩行上。在好幾個狀況中，這個情況由一艘駛近河岸的船所點出，而主角剛好就在河岸上（9.9）：

Con gli occhi cerca or questo lato or quello

lungo le ripe il paladin, se vede

（quando né pesce egli non è, né augello）

come abbia a por ne l'altra ripa il piede：

et ecco a sé venir vede un battello,

su le cui poppe una donzella siede,

che di voler a lui venir fa segno;

né lascia poi ch'arrivi a terra il legno.

（騎士用目光搜尋整座河岸，想要找出到對岸的方法〔因為他既非魚也非鳥〕，就在這時，他忽然看到一艘船向他駛來，船尾坐著一名女子，比手畫腳地表示想到他的身旁，可是卻又不讓船兒靠岸。）

　　我很想進行的一項研究便與這個情況有關，而且即使我沒有做到的話，別人也可以替我做：一個海岸或河岸，一個人在岸上，稍遠處有一艘船，這艘船會帶來消息或是邂逅，而這場邂逅會帶來新的冒險。（有時情況會反轉：主角坐在船上，而邂逅是與陸地上的人發生。）我們若是檢視這些包含類似狀況的段落的話，最後會發現具有純粹文字抽象性的八行詩，幾乎相當於五行打油詩（30.10）：

Quindi partito venne ad una terra
Zizera detta, che siede allo stretto
di Zibeltarro, o vuoi Zibelterra,
che l'uno o l'altro nome le vien detto;
ove una barca che sciogliea da terra
vide piena di gente da diletto
che solazzando all'aura mattutina,
gía per la tranquillissima marina.

（離開這個地方之後，他來到一塊名叫亞爾覺西拉斯的土地，它位在直布羅陀海峽，或者也可以說是直巴泰海峽，因為兩個地名都有人講；在那裡，他看到一艘船出航，船上人兒一派放鬆模樣，他們正在享受早晨的微風飄揚，橫越平靜的海洋。）

　　這引領我到另一個我很想研究的主題，不過已經有人研究過了，也就是《瘋狂奧蘭多》中的地名，這些地名總是帶有荒謬的暗示。亞里奧斯托尤其喜歡玩弄英文地名，因此贏得了義大利文學中最早的哈英族稱號。我們尤其可以舉例說明，具有異國情調的聲響如何啓動具有異國情調影像的機制。例如，在第十篇的紋章般拼圖中，我們可以發現類似胡塞勒[1]風格的幻象（10.81）：

Il falcon che sul nido i vanni inchina,

porta Raimondo, il conte di Devonia.

Il giallo e il negro ha quel di Vigorina;

il can quel d'Erba; un orso quel d'Osonia.

La croce che là vedi cristallina,

è del ricco prelato di Battonia.

Vedi nel bigio una spezzata sedia：

è del duca Ariman di Sormosedia.

（在鳥巢上方降低羽翼的鷹，乃由得文郡公爵雷蒙所豢養。金色與黃褐色相間的飾章屬於溫徹斯特伯爵；狗屬於戴比伯爵；熊屬於牛津伯爵。你們所看到的透明十字架，是有錢的貝斯大主教所有。而靠在灰色地面上的破椅子，屬於薩默塞特郡的哈里曼伯爵所有。）

　　講到不尋常的節奏時，我便不能忽略第三十二篇的第六十三詩節，在這一節中，布拉達曼緹從充滿非洲地名的世界進入襲捲冰島

---

[1] Raymond Roussel，1877-1933年，法國超現實派作家，著有《*Locus Solus*》、《非洲印象》。—編注

皇后城堡的多季風暴。在《瘋狂奧蘭多》這樣氣候通常很穩定的詩中，這段插曲多雨的氣氛讓它顯得突出——在單一的八行詩篇幅中，這節詩一開始便描寫了最戲劇化的氣溫下降：

Leva al fin gli occhi, e vede il sol che 'l tergo

avea mostrato alle città di Bocco,

e poi s'era attuffato, come il mergo,

in grembo alla nutrice oltr'a Marocco：

e se disegna che la frasca albergo

le dia ne' campi, fa pensier di sciocco;

che soffia un vento freddo, e l'aria grieve

pioggia la notte le minaccia o nieve.

（最後，她抬頭向上看，發現太陽已經走到波柯斯國王的毛利塔尼亞城市後方，然後像是潛水鳥一般，潛進摩洛哥那邊那個滋養萬物的海洋的懷抱中；不過她若是以爲可以在露天的灌木叢中找到過夜處的話，那她可就錯了：因為寒風正在吹襲，空氣很陰沉，夜幕降臨時很可能下雨或下雪。）

　　我認爲，最複雜的隱喻屬於佩脫拉克的愛情抒情詩，不過亞里奧斯托在隱喻中注入了他對動力的全部需要，所以我覺得這段八行詩在描述人物的感覺時，似乎表達了最大的空間錯位：

Ma di che debbo lamentarmi, ahi lassa,

fuor che del mio desire irrazionale?

ch'alto mi leva, e sí nell'aria passa,

ch'arriva in parte ove s'abbrucia l'ale;

poi non potendo sostener, mi lassa

dal ciel cader: né qui finisce il male;

che le rimette, e di nuovo arde: ond'io

non ho mai fine al percipizio mio.

（可是天啊，除了怪我自己不理性的欲望之外，我還能怪誰？欲
望讓我飄飄欲仙，直入雲霄，結果讓火球燒毀了它的雙翼；它
已經無法背負我，使得我從天上掉落。不過我的磨難並未就此
結束，因為它會長出新翼，然後又被燒毀，所以我便得永無止
盡地飛升與下跌。）

　　我尚未舉例說明充滿情色描寫的八行詩，不過那些最突出的例
子早已為人所熟知；如果我想要選擇比較讓人意想不到的詩行的
話，那我最後一定會選擇相當沉重的詩節。事實上，在最具性欲色
彩的段落中，亞里奧斯托這位波河谷的真正居民並沒有展現他的特
長，文章因此失去張力。即使是在最具微妙情欲效果的段落，也就
是關於費歐迪絲皮娜（Fiordispina）與李庫亞德托（Ricciardetto）的
篇章中（第二十五篇），巧妙的手法也比較是存在於故事本身及其全
面的戰慄上，而不是在任何獨立的詩節中。我頂多只能引述一個段
落，其中充滿大量肢體交纏的描寫，有點像是日本版畫：

Non con piú nodi i flessuosi acanti

le colonne circondano e le travi,

di quelli con che noi legammo stretti

e colli e fianchi e braccia e gambe e petti.

（捲繞的莨苕圍繞樑柱與屋簷時所形成的結，也不會多過我們緊
緊交纏的頸子、身側、手臂、雙腿與胸部所形成的結。）

　　對亞里奧斯托來說，真正的情慾時刻，與其說是完成時，不如說是預期、一開始的顫抖、前戲。那是他達到高潮的時候。亞欣娜褪去衣衫的段落很有名，可是卻仍然會讓讀者喘不過氣來（7.28）：

> ben che né gonna né faldiglia avesse;
>
> che venne avvolta in un leggier zendado
>
> che sopra una camicia ella si messe,
>
> bianca e suttil nel piú escellente grado.
>
> Come Ruggier abbracciò lei, gli cesse
>
> il manto; e restò il vel suttile e rado,
>
> che non copria dinanzi né di dietro,
>
> piú che le rose o i gigli un chiaro vetro.
>
> （可是她既沒有穿裙子，也沒有穿襯裙；相反地，她穿了一件很薄的絲質外衣，裡面穿著一件透明的白色襯衣，是最好的質料做成的。魯傑洛一將她擁入懷裡，外衣便落地，她便只穿著透明薄襯衣，襯衣前後都不能遮蔽她的軀體，就像玫瑰或百合不會被清澈的玻璃遮蔽。）

　　亞里奧斯托所偏愛的女性裸體並不是文藝復興時期所喜好的豐腴類型：他所喜好的女性裸體很像現代人所喜歡的少女身體，帶著冷冷的白皙。我覺得這首八行詩描繪女性裸體的動作，就像是在仔細觀看細密畫的鏡片，鏡片接著又移開，讓一切顯得模糊。我們繼續來研究一些最明顯的例子，在奧林匹雅的插曲中混合了風景與裸體研究，在其中，風景勝過了裸體（11.68）：

Vinceano di candor le nievi intatte,

et eran piú ch'avorio a toccar molli：

le poppe ritondette parean latte

che fuor di giunchi allora allora tolli.

Spazio fra lor tal discendea, qual fatte

esser veggiàn fra piccolini colli

l'ombrose valli, in sua stagione amene,

che 'l verno abbia di nieve allora piene.

（她白皙的肌膚勝過純白的雪花，摸起來比象牙還要光滑：她渾
圓的小乳房清新無瑕。雙峰當中的空間，就像初春的蔭涼谷
地，其中還有冬季的雪跡。）

　　這些朦朧的描述手法並不會讓我們對一件事實視而不見，也就
是精確性是亞里奧斯托的敘事詩所經營的主要詩歌價值之一。爲了
證明一首八行詩可以包含許多豐富的細節及技巧上的精確性，我們
只需要選擇決鬥的場景。我只選了最後一篇的詩節來做說明（46.126）：

Quel gli urta il destrier contra, ma Ruggiero

lo cansa accortamente, e si ritira,

e nel passare, al fren piglia il destriero

con la man manca, e intorno lo raggira;

e con la destra intanto il cavalliero

ferire al fianco o il ventre o il petto mira;

e di due punte fé sentirgli angoscia,

l'una nel fianco, e l'altra ne la coscia.

（羅多蒙特命令他的馬向他衝去，可是徒步的魯傑洛聰明地躲

避，他閃到一邊，左手抓住馬的韁繩，將牠轉過去。與此同
時，他右手的劍瞄準敵人的身側、腹部或胸膛；事實上，對方
感受到兩次痛苦的猛擊，一次在胸脅，一次在大腿。）

不過我們不該忽略另一類的精確性：也就是推理的精確性，他
用最詳盡的方式明確表達在韻文的範圍內展開的論據，對每一個意
涵都非常注意。他最機敏的部分，我會將其定義為幾近法庭的，我
們可以在雷納多所作的答辯中找到這個部分，雷納多像個經驗老到
的律師，替被指控犯了情殺罪的吉涅芙拉進行辯護，當時他並不知
道她是有罪或是無辜（4.65）：

Non vo' già dir ch'ella non l'abbia fatto;

che nol sappendo, il falso dir potrei：

dirò ben che non de' per simil atto

punizïon cader alcuna in lei;

e dirò che fu ingiusto o che fu matto

chi fece prima li statuti rei;

e come iniqui rivocar si denno,

e nuova legge far con miglior senno.

（我的意思並不是她沒有犯下這樁罪行，因為我並不確知實情，
或許會口說無憑；不過有句話請務必聽，她不該因為這樣的行
為而受刑，這些惡法的始作俑者，如果不是瘋了就是失之偏
頗，這些不公平的法律必須被裁撤，新的法律應該在獲得更睿
智的建議後被通過。）

最後我應該舉例說明的是暴力的八行詩，其中包含了最多的屠

殺。此處的例子多得不勝枚舉：有時是同樣的公式，甚至是同樣的韻文，它們不斷被重複，甚至只是重新排列。快速瀏覽過後，我認爲《五歌》（4.7）在單一的詩節中包含最多比例的暴力紀錄：

Due ne partí fra la cintura e l'anche：
restâr le gambe in sella e cadde il busto;
da la cima del capo un divise anche
fin su l'arcion, ch'andò in pezzi giusto;
tre ferí su le spalle o destre o manche;
e tre volte uscí il colpo acre e robusto
sotto la poppa dal contrario lato：
dieci passò da l'uno a l'altro lato.

（他將其中兩人從腰部到臀部之間的地方一斬為二：他們的腿還在馬鞍上，可是他們的上半身早已跌落；他將另一個人從頭頂到臀部一剖為二，身體俐落地被分為兩半；他從背後攻擊另外三個人，攻擊他們左邊或右邊的肩膀，有力、痛苦的矛從他們的乳頭下方穿過；他又從左到右刺穿其他十個。）

我們立刻便注意到，這種殺人的狂怒導致了作者沒有預見到的損害：也就是韻尾lato經常重複，卻沒有其他的意涵，這顯然是作者沒有時間修改的疏失。事實上，如果我們仔細看的話，會發現在充斥整個詩節的殺傷背景中，整個最後一行都在重複，因爲用矛刺穿這個行動已經被例舉過了。除非作者暗示了以下這個細膩的區分：前三名受害者是由背後刺到前面，而後面十位受害者是較不尋常地從側邊被刺穿，矛從身體的一側穿到另一側，而不是從背後刺到前方。在最後一行中使用側邊（lato）似乎比較合適，如果它的意

思是臀部（fianco）的話。相反地，倒數第二行的lato應該可以輕易用另一個字尾是ato的字來替代，例如costato（胸腔）："sotto la poppa al mezzo del costato"（在乳頭下方，穿過胸腔），如果亞里奧斯托繼續寫作我們現在所知道的《五歌》的話，那麼他是不會不作出這項修正的。

　　僅以這篇研究亞里奧斯托作品的拙文，向這位詩人致敬。

一九七五年

傑洛拉莫・卡達諾[1]

　　哈姆雷特在第二幕出場時，正在讀什麼書？波羅尼厄斯問了他這個問題，哈姆雷特的回答是：「字、字、字，」而我們的好奇心仍然不得滿足。無論如何，如果說這位丹麥王子下一次出場的時候，那段「存在或不存在」的獨白為他最近所讀的書提供任何線索的話，那麼他所讀的應該是一本討論死亡的書，死亡就像睡眠，不管會不會作夢。

　　在《論慰藉》（De Consolatione）中，卡達諾在一個段落裡詳細討論了這個主題，這本書在一五七三年被翻譯為英文，獻給牛津公爵，因此莎士比亞來往的圈子很熟悉這部作品。書中提到：「最甜美的睡眠當然是最深沉的睡眠，那時我們就像死人一般，不會作夢；而最惱人的睡眠是那種容易醒來、輾轉反側、不斷驚醒、惡夢連連的睡眠，就像病人的睡眠那般。」

　　如果我們由此便推論哈姆雷特所讀的書必定是卡達諾的作品，就像某些莎學專家所聲稱的那樣，那麼這一點或許是站不住腳的。當然，那本道德小論文並不足以代表卡達諾的才華，因此也不能證明莎士比亞曾經讀過他的作品。不過那個段落的確是在探討夢，而這並非偶然：卡達諾不斷回到夢的主題上，而且特別是他自己所作

---

[1] Gerolamo Cardano，1501-76年。義大利醫生、數學家、占星家。他對三次方程式求解公式進行證明，後人稱為卡達諾公式。他被譽為十六世紀文藝復興時期人文主義的代表人物和百科全書式的學者。—編注

的夢，他在書中的好幾個段落描述、詮釋與評論這些夢。這並不只是因爲在卡達諾的作品中，這位科學家對於事實的觀察，以及這位數學家的推理，可以說是來自於由預感、星象、魔法與妖術所主導的生活，也是因爲他拒絕將任何現象從客觀調查中排除，尤其是那些從主觀性的深井中浮現的現象。

在卡達諾用蹩腳的拉丁文寫成的作品的英譯本中，讀者可能會看到他的浮躁不安。在這種情況下，如果是卡達諾在歐洲的聲名使得他和莎士比亞產生連繫的話，那麼這是意味深長的，卡達諾以醫生身分而聞名，不過他的作品囊括各個知識領域，而且在他死後廣受歡迎。在他的科學關懷外圍地帶的確是如此，這塊模糊的區域後來被心理學、內省與存在焦慮的先鋒專家徹底探勘。卡達諾所探索的這些知識領域，在他的時代尚未被命名；他的調查也沒有清楚的目標，只不過是被一股模糊卻持續的內在需要所驅動。

在卡達諾逝世四個世紀後的今天，這是讓我們覺得卡達諾與我們很親近的因素。不過這不會削減他的發現、發明與直覺的重要性，那讓他在科學史上留名，被視爲不同領域的奠基者之一。這也不會貶損他身爲巫師的聲名，他被視爲是個具有神祕力量的人，這樣的聲名追隨著他，他自己也廣泛予以耕耘，有時會加以吹噓，有時自己顯然也感到驚訝。

卡達諾的自傳《我的一生》（De Propria Vita）是他於死前不久在羅馬所寫，這部自傳使得他以作家及名人的身分留名後世。他是一位壯志未酬的作家，至少就義大利文學來看是如此，因爲如果他曾經試著用本國語來表達（而且一定是像達文西那樣不文雅且笨拙的義大利文），而不是不懈地用拉丁文來寫作他所有作品的話（他覺得只有拉丁文能永恆不朽），十六世紀的義大利文學或許不會出現另一位經典作家，而是另一位古怪的作家，儘管在他所處的時代，古

怪的作家更具有代表性。相反地,他雖然漂浮在文藝復興拉丁文的公海上,如今卻只有學者閱讀他的作品:這並不是因為他的拉丁文如同他的批評家所宣稱的那樣笨拙(事實上,他的風格愈是晦澀獨特,讀來便愈是宜人),而是由於它迫使我們透過鏡片,模糊地來讀它。(我想最近的譯本出現在一九四五年的埃伊瑙迪世界叢書裡)。

卡達諾之所以寫作,並不只是因為他是位科學家,必須將研究成果發表出來,或是因為他是一位多產作家,一心一意投稿給全世界的百科全書,也不只是因為他是一位強迫性的塗鴉者,不由自主地寫滿一頁接一頁的文字,還因為他是一位才華洋溢的作家,試著用文字捕捉無法用文字記載的事物。以下這個關於童年回憶的段落在將來任何一本關於「普魯斯特先驅」的文集中,都值得佔有一席之地:這一段描寫的是在他身上經常出現的幻象、白日夢、異想天開、幻覺──這是在他四歲到七歲期間──當他早晨躺在床上的時候。卡達諾盡可能精確記錄這個無法解釋的現象,以及他觀看這場「有趣表演」的心境。

　　我看到夢幻般的影像,它們似乎是由小環所組成的,就像鎧甲(lorica)上的環,儘管我在那個年紀時從未見過它們。它們從床的右手邊升起,慢慢從底部上升,形成一個半圓形,接著又下降至左手邊的角落,然後便消失了:城堡、房舍、動物、馬上的騎士、葉片、樹木、樂器、劇院、身穿不同服飾的人,特別是正在吹喇叭的喇叭手,儘管我聽不到聲音,此外還有士兵、群眾、田野、我從未見過的形體、樹林,一連串的東西從我眼前飄過,它們並沒有互相融合,相反地卻好像在相互推擠。透明的形象,不過卻不像空的、不存在的形體:它們既透明又不透明,若是再加上色彩,這些形象就盡善盡美了,不

　　過它們並不只是由空氣所構成而已。我喜歡凝視這些景觀，有
　　一次我阿姨甚至問我：「你在看什麼？」我拒絕回答，因為我
　　擔心若是說出來，這些景觀的源頭或許會感到苦惱，而這項娛
　　樂便會停止。

　　這個段落出自於自傳中的一個章節，其中討論的是夢以及他所
遺傳的其他不尋常生理特徵：他一出生便一頭長髮，他的雙腿在夜
間會發冷、他在早晨會冒熱汗、他不斷夢見一隻小公雞，牠似乎一
直想要發出可怕的警告。每當他解決一道難題，抬起頭來時，總會
看到月亮在他面前閃耀。他會散發硫磺或薰香的味道，還有就是他
每次打仗都不會受傷，也不會傷到其他人，甚至也不會看到其他人
受傷，所以一當他發現自己具有這項天賦（不過它有好幾次都失
效），他便毫不畏懼地投入每一場爭吵與暴動。

　　他的自傳充滿了他對自身的憂慮，他對自身獨特人格與命運的
憂慮，這本自傳完全符合他對占星術的信仰，也就是形成個體的不
同細部之總和，可以在出生時的星象中找到其源頭及存在理由。

　　卡達諾體弱多病，因此加倍關心自己的健康：他是醫生、占星
師、疑心病者，或者是我們今日所說的，身心失調的病人。因此他
所遺留給我們的臨床圖表極為詳細，從有生命危險的慢性病到臉上
的小斑點都有。

　　這是《我的一生》前幾章的主題，這部自傳圍繞在幾個主題
上：有幾個章節是關於他的父母（我母親是個性情暴躁的婦女，記
憶力強，智力超人，個子矮小、肥胖，虔誠〔mater fuit iracunda,
memoria et ingenio pollens, parvae staturae, pinguis, pia〕）、他的出生
與星座、對於自身外表的描述（他的描述鉅細靡遺、冷酷無情、得
意自滿，可以說是一種倒置的自戀）、他的飲食及生理習慣、他的美

德與缺點、他偏愛的事物、他對賭博的狂熱（骰子、牌戲、棋子）、他的穿著、步伐、他的宗教與其他虔誠的信仰、他住的房子、窮困潦倒及破產的經驗、他所冒的風險與意外、他所寫的書、他的行醫生涯中最成功的診斷與治療等等。

關於他生平的編年記載只佔了一章，就他充滿意外的一生來說，這樣的篇幅並不算多。不過許多插曲在書中其他章節又以更長的篇幅被敘述，包括他在少年及成年時的賭徒歷險經驗，年輕時，他曾設法持劍逃出一位威尼斯貴族老千的家中，成年時，當時下棋是賭錢的遊戲，而他是一位所向無敵的棋手，他甚至想要放棄行醫，以賭博為生，此外還有他驚人的旅行，他曾經橫越歐洲，遠赴蘇格蘭，那裡有一位患氣喘的大主教正等著他去醫治（經過幾次失敗的嘗試之後，卡達諾禁止大主教使用羽毛枕與床墊，因而改善他的狀況），以及他兒子因為殺妻而被砍頭的悲劇。

卡達諾寫作超過二百部關於醫學、數學、物理、哲學、宗教與音樂的作品。（他只避開具象藝術，彷彿達文西的陰影已足以覆蓋那個領域，而達文西的精神與他自己的精神在許多方面都相像。）他也寫了一份關於尼祿皇帝的頌文、對於痛風的頌辭，以及一份關於拼字的論文，還有一份關於賭博的論文（*De Ludo Aleae*）。最後這部作品也很重要，因為這是第一份關於或然率的文字：因此有一本美國書籍注意到這部作品，撇開較為技術性的章節不談，這本書提供極為豐富的資源，而且很有趣，我想它仍然是關於卡達諾的最新專論（歐爾〔Oystein Ore〕，《卡達諾，賭徒學者》，普林斯頓，一九五三年）。

「賭徒學者」：難道這就是卡達諾的祕密？他的生平與作品看來當然像是一連串帶有風險的賭博，輸贏的可能性是一樣的。對卡達諾來說，文藝復興的科學不再是大宇宙與小宇宙的和諧統一，而是

「機會與需要」不斷交互作用，折射在無窮無盡的事物上，也折射在個體與現象不能削減的獨特性上。人類知識的新方向現在開始了，目標在於一點一點地解構這個世界，而不是讓它不散開。

　　「這個可觀的架構，地球，」哈姆雷特手上拿著書這麼說，「在我看來就像是貧瘠的岬角；這個無與倫比的華蓋，空氣，你們看，這壯觀的懸垂穹蒼，這裝飾著金色火燄迴紋的壯麗屋頂，爲什麼我只覺得它是一堆惡臭與致命的蒸汽……」

一九七六年

伽利略[1]的自然之書

　　伽利略作品中最著名的隱喻——而且其中包含了新哲學的核心
——便是以數學語言所寫成的自然之書。

　　　哲學被寫在這本不斷在我們眼前開展的書中（我指的是宇
　　宙），不過我們必須先了解它的語言並且認得它的文字，才能了
　　解它。它以數學的語言寫成，它的文字則是三角形、圓形與其
　　他幾何圖形。若是不知道這項媒介，便一個字也看不懂；若是
　　沒有這項知識，那就好像無望地在黑暗的迷宮中漫遊一般。
　　（《試金者》（*Il saggiatore*），6）

　　早在伽利略之前，世界之書的形象早有一段很長的歷史，從中
世紀哲學家到庫薩的尼古拉[2]與蒙田，而且被伽利略的同代人所使
用，像是培根與康帕內拉[3]。康帕內拉的詩集出版在伽利略的《試
金者》的前一年，其中有一首十四行詩一開始是這麼寫的：永恆的

---

[1] Galileo Galilei，1564-1642年，義大利天文學家、數學家、物理學家。在天文、力
　　學實驗及理論上，都有重要貢獻。他發現物體的慣性定律、拋體運動規律、擺振性
　　的等時性，以及自製望遠鏡觀察天體……，被視為科學之父。—編注

[2] Nicolas Cusanus，1401-1464年，文藝復興時期德國哲學家、樞機主教、泛神論。著
　　有《有學識的無知》。—編注

[3] Tommaso Campanella，1568-8-1639年，義大利思想家和空想社會主義者。著有
　　《太陽城》、《論最好的國家》、《論基督王國》。—編注

智慧將它的理念寫在世界這本書中（Il mondo e il libro dove senno eterno, scrive i propri concetti）。

　　早在伽利略的《太陽黑子的歷史與證據》（*Istoria e dimostrazioni intorno alle macchie solari*）中（一六一三年），也就是說在《試金者》出版前十年，伽利略便已經將直接閱讀（世界之書）與間接閱讀（亞里斯多德之書）互相對照。這個段落極爲有趣，因爲伽利略在其中描述了阿欽波爾多[4]的繪畫，他所提供的批評判斷仍然適用於一般的繪畫（此外這也證明他跟佛羅倫斯畫派的藝術家有所連繫，像是奇果立[5]），尤其是提供關於組合體系的思考，這些體系可以與稍後會提到的體系相提並論。

　　　　反對這個觀點的，是少數護衛哲學微小細節的古板人士。就我所看到的，這些人從一開始受教育便培養了這樣的觀點，也就是哲學是，而且只能是不斷研讀諸如亞里斯多德的文本，人們可以從不同的資料來源搜集到大量的亞里斯多德文本，並且將它們連接在一起，以解決任何問題。除了這些文本，他們不想閱讀別的東西，彷彿這本由自然所寫成的偉大世界之書只是要讓亞里斯多德閱讀，彷彿他的眼睛可以替後人看到一切。這些為自己強加這些嚴格法則的人，讓我想到那些異想天開的畫家，他們遊戲般地為自己強加了一些限制，將農具或是不同季節的水果與花卉並置，以呈現人的臉或是其他形象。這些奇怪的藝術都很細緻，而且只要是出於好玩的心態，它們看起來

---

[4] Giuseppe Arcimboldo，1527-1593年。義大利米蘭畫家。他以具有寓意的構圖聞名；以花朵、水果、動物、書籍、武器或其他物品來構成人物肖像。—編注

[5] Ludovico Cigoli，1559-1613年。義大利畫家、建築師、詩人。作品反映當時自米開朗基羅以降至巴洛克初期之間在義大利盛行的種種風貌。—編注

都很有趣，而一位畫家是否比另一位畫家更具感受力，取決於他能否做出合適的選擇，為他所描繪的身體部位選擇合適的水果。不過若是一個人將其所有的訓練都花在這一類的繪畫上，而認為其他形式的繪畫較為低下且不完美，那麼奇果立以及其他出色的畫家當然都會嘲笑他。

伽利略使用書來隱喻世界，其最具創意的貢獻在於強調這本書的特殊字母，強調「用來寫成這本書的文字」。更精確地說，真正的隱喻關係並不在於世界與書之間，而比較是在於世界與字母之間。以下的段落選自他的《關於兩大世界體系之對話》的第二天，其中世界就是字母：

> 我有一本小書，它比亞里斯多德與歐維德的作品都要短得多，其中包含了所有的科學，我們只要稍加研究，便可以對它獲得完整的概念。這本書便是字母，知道如何將這個母音或那個母音，與那些子音或其他子音連接與並置的人，無疑可以得到關於所有疑問最精確的解答，也會得到關於所有科學與藝術的教訓。就像畫家可以挑選調色盤上的不同原色，加以並置，然後便可以描繪人、植物、建物、鳥、魚；簡而言之，他可以呈現所有可見物品，儘管調色盤上沒有眼睛、羽毛、鱗片、樹葉或石子。事實上，如果說我們想要用這些色彩來描繪各式各樣的事物的話，有一點是很重要的，那就是我們所呈現出來的事物，或是它們身上的任何一部分，都不能存在於色彩之中，因為，舉例來說，如果調色盤上有羽毛的話，那麼它們就只能被用來描繪小鳥或羽毛。

　　因此當伽利略談到字母時,他指的是一個可以呈現宇宙中所有事物的組合體系。此處我們也看到他引進與繪畫的比較:字母的組合等同於調色盤上的顏色混合。顯然,這樣的組合體系與我們先前引述的阿欽波爾多的繪畫所使用的組合體系是不同的:阿欽波爾多所組合的物品早已具有意涵(一幅阿欽波爾多的畫、一份羽毛拼貼或搜集來的羽毛、一份模仿亞里斯多德的引言),這樣的組合並不能呈現所有的現實;若是要呈現所有現實的話,我們便必須求助於由微小元素所構成的組合體系,例如原色或是字母。

　　在《關於兩大世界體系之對話》的另一個段落中(在第一天結尾),有一段對於人類精神偉大發明的頌辭,而最高的地位保留給字母:

　　　　可是在所有奇妙的發明中,第一位想出辦法,將他內心深處的想法,傳達給不管在時空上隔得多遠的人的那個人,他的心靈是多麼卓越呢?和那些在東印度群島的人交流,和那些尚未出生的人交流,或是和那些在一千年或一萬年後才出生的人交流?想想看這是多麼簡單:二十個小字母在一頁上的不同組合。這一定是最奇妙的人類發明。

　　如果我們根據這個段落,再來重讀我在一開始所引述的《試金者》的那個段落的話,我們便可以更清楚了解,對伽利略來說,數學,特別是幾何學,如何扮演字母的功能。這一點在他於一六四一年一月(他死前一年)寫給李切提(Fortunio Liceti)的信中表達得相當清楚:

　　　　可是我真的相信哲學之書是一本不斷在我們面前開展的

書；不過由於它是用不同於我們所使用的字所寫成的，所以並非每個人都看得懂：這本書的字是三角形、四方形、圓形、球形、圓錐形、角錐形與其他數學圖形，它們非常適合這樣的閱讀。

我們注意到伽利略在他所列出的圖形中，並沒有提到橢圓形，儘管他曾經讀過克卜勒[6]的學說。這是因為在他的組合體系中，他必須從最簡單的形式開始講起嗎？或者是他與托勒密[7]模式的戰鬥，仍然是在一個關於平衡與完美的古典概念中進行的，在其中，圓形與球形是至高無上的形像？

自然之書的字母問題與形式的「高貴性」有所關聯，如同我們在以下這個段落可以看到的，這是《關於兩大世界體系之對話》中給托斯坎尼大公的獻詞：

目標較遠大的人會顯得較為突出；求助於偉大的自然之書，可以提升我們的目光，這本書是哲學的專有目標。儘管我們在書中所讀到的一切都是由全能的造物主所創造的，因此是最均衡的，可是那些更能讓我們感受到苦心與巧思的事物，甚至更為完美且有價值。在那些可以被察覺的有形物體中，我認為宇宙的組成可以被賦予首要地位：因為它無所不包，在規模上超過一切，而且它主導且維護其他的一切，它一定比其他一切都來得高貴。因此若是有人在智性上注定高於其他人的話，

6 Johames Kepler，1571-1630年，德國天文學家。發現行星運動三定律。其一為行星延著以太陽為焦點的橢圓軌道運行。—編注

7 Ptolemy，90-168年，古希臘天文學家、數學家、地理學家。提出完整的「地心說」（地球是宇宙中心的理論），直到哥白尼才出現反對此說的論調。—編注

那麼那就是托勒密與哥白尼，因爲他們閱讀且觀察世界的組成，並加以思索。

　　伽利略經常自問一個問題，以嘲弄舊有的思考方式，那個問題便是：規則的幾何圖形必須被視爲比自然的、經驗的、不規則的形式等等更爲「高貴」，更爲「完美」。這個問題特別討論月亮的圓缺。伽利略在寫給卡蘭佐尼（Gallanzone Gallanzoni）的一封信中，完全用來討論這個主題，不過以下這段取自《試金者》的段落同樣可以傳達這個概念：

> 　　至於我的話，我從未讀過關於形體的編年史與其特有的系譜，所以我不知道何種形體較爲高貴，或是較爲完美。不過我相信，在某種意義上，它們都很古老且高貴，或者更精確地說，它們既不高貴也不完美，既不下等，亦非不完美，只不過我想，若是要砌牆的話，方形比球形好，若是要滾動或駕駛馬車的話，圓形比三角形好。不過再回來談薩爾斯（Lothario Sarsi），他說我爲他提供充分的論點，來證明天空凹面的粗糙，因爲我自己宣稱月亮與其他星球（它們也是物體，儘管是天體，甚至比天空還要高貴）的表面是多山、粗糙與不規則的；如果這是真的，那麼我們爲什麼不能說天空也是不規則的？若是有人想要向薩爾斯證明，海裡充滿了骨頭與鱗片，因爲鯨魚、鮪魚與其他魚類身上都是這種東西，那麼他便可以如此回答。

　　我們以爲伽利略這位熱情的幾何學者會護衛幾何圖形，不過身爲自然的觀察者，他拒絕接受抽象完美的概念，而且將「多山、粗

糙與不規則」的意象與亞里斯多德及托勒密宇宙論中天空的純淨相對照。

　　爲什麼球體（或是角錐）會比自然的形體來得完美？例如馬或蝗蟲的形體？這個問題在整部《關於兩大世界體系之對話》中一再出現。在第二天的段落中，我們看到一個與藝術家的比較，此處被例舉的是雕塑家：

　　　這就是爲什麼我很想知道，要立體地呈現其他形體是否也同樣困難，也就是說，要將一塊大理石塑成完美的球形、完美的角錐比較難，或是塑成完美的馬或是完美的蝗蟲會比較難？

　　《關於兩大世界體系之對話》中最細緻也最重要的段落之一出現在第一天，在其中我們看到作者頌揚地球容易發生更替、變動與生成。伽利略戒愼恐懼地提到一個不會腐敗的地球形象，這個地球是由堅固的碧玉或水晶所構成的，彷彿它已被蛇魔女梅杜莎變成化石了：

　　　人們賦予構成宇宙的自然物體偉大的高貴性與完美性，他們宣稱這是因爲這些物體沒有感情、恆常不變、不可更動等等，聽到這一點，我感到非常驚奇，事實上，我的智性很厭惡這個概念，這些人認爲任何事物若是會改變、成長、變動等等的話，便是很大的缺陷。就我來說，我認爲正是因爲地球不斷以各種方式變化、更動與演進，所以它是最高貴也最令人欣賞的。因爲如果地球不會禁受任何變化，而且是由廣闊的沙漠或是一大片的碧玉所組成的話，或者是在洪水期間，覆蓋地球表面的水結凍，而地球只是一塊巨大的水晶球體，其中沒有東西

生成、變動或發展的話，那麼我會認為地球是宇宙中一塊大而無當的物體，遲鈍癱瘓，簡而言之就是多餘且不自然：對我來說，這就好像活生物與死生物之間的差別。關於月亮、木星與宇宙中的其他星球，我的看法也是一樣的……我認為，那些如此讚揚不可腐敗性、不可變動性等等的人，之所以會說這樣的話，一方面是出於他們想長生的無節制欲望，另一方面則是出於他們對死亡的恐懼；他們並不了解一點，那就是人若是可以不死的話，那他們就不會誕生在這個世上了。我們應該讓這些人暴露在蛇髮女妖的凝視之下，這樣他們就會變成碧玉或鑽石的雕像，因此可以變得更為完美。

如果我們把伽利略這段關於自然之書字母的段落，與他對於地球的小變化及變動的頌詞一起看的話，我們可以看出真正的對立在於可動性與不可動性之間，伽利略喚起蛇髮女妖的夢魘，以反對大自然不可變動的形象。（這個形象與這個主題已經出現在伽利略的第一部天文作品《太陽黑子的歷史與證據》中）。自然之書的幾何或數學字母是項武器——因為它有能力被分解成極小的元素，而且可以呈現各種形式的運動與變化——這項武器可以消除不變的天空與地球元素兩者之間的對立。

這項操作的哲學要點在《關於兩大世界體系之對話》中得到很好的闡釋，那是托勒密的支持者辛普利丘（Simplicio）與作者的代言人薩維亞提（Salviati）之間的對話，其中「高貴性」的主題又再一次浮現：

　　辛普利丘：這種思索方式傾向於顛覆整個自然哲學，而且也會破壞天空、地球與整個宇宙的秩序。不過我相信亞里斯多

德學派的基本原則相當堅固，所以摧毀他們的原則，並不能建立新的科學。

　　薩維亞提：別擔心天空、地球，或是它們可能被摧毀的事實，甚至也毋需擔心哲學本身，因為就天空來說，為那些你認為不可變動且無感情的事物擔心是沒有意義的；至於地球的話，我們試著將它視為與天體相似的物體，甚至將它置於天空，那是你們亞里斯多德學派哲學家將它逐出的地方，我們希望藉此提高地球的高貴性與完美。

　　　　　　　　　　　　　　　　　　　　　　　一九八五年

西哈諾[1]在月球

　　正當伽利略與天主教會發生衝突之際，他的一位巴黎追隨者提出一個太陽中心說體系耐人尋味的版本：對他來說，宇宙就像是洋蔥，「受到周遭數以百計的外皮所保護，保存了珍貴的芽，數以百萬計的其他洋蔥從這個芽中汲取自己的菁華……這顆洋蔥內部的胚芽是這個小世界的小太陽，爲整體植物鹽加熱、滋養。」

　　帶著那些數以百萬計的洋蔥，我們從太陽系轉到布魯諾[2]所提出的宇宙無限體系：事實上，所有的天體，「可見或不可見，懸垂在藍色穹蒼中，只不過是不同恆星自我淨化時所產生的渣滓。因爲這些大火球若不是受到某種物質的滋養的話，怎麼能夠存在呢？」這項「渣滓生成」（scumogenous）的理論與今日的專家所提出的解釋並無太大不同，包括行星是從原始的星雲一起形成的，以及星團擴張與收縮的方式：「每天，太陽都會將供應它火焰的剩餘物質釋放、排出。可是當它消耗所有的構成物質時，它又會往各個方向擴張，以尋求其他的養料，它會擴散到它在過去所建立的所有世界，

---

[1] Cyrane de Bergerac，1619-1655年，法國劇作家、科幻小說家。電影《大鼻子情聖》所本的人物。—編注

[2] Giordano Bruno，1548-1600年，義大利哲學家、天文學家、數學家。原爲道明會修士，認同哥白尼的行星運行觀點，主張「無限宇宙論」，太陽是眾多的恆星之一，地球亦是行星之一。人類在宇宙中不是唯一的。這些主張與《聖經》嚴重衝突，1600年被判火刑，在羅馬當眾焚死。—編注

特別是那些最靠近它的世界。接著那顆大火球會將所有的星球熔在
一起，然後像從前那般，將它們重新發送到各處，當它逐漸排除所
有的缺陷之後，它又會成爲其他星球的太陽，它從自身球體將這些
星球噴出，使得它們得以成形。」

　　至於地球的運動則是由太陽光所引起的，「這些呈圓周運動的
光線照射到地球時，使得地球旋轉，就像我們用手轉動陀螺一
樣」；或者地球的運轉是由地球自身的蒸汽所引起的，這些蒸汽首
先受到太陽加熱，「接著受到極地寒冷的襲擊，又落回地球，只能
斜斜地落在地球上，因此讓它得以旋轉。」

　　提出這些理論的那位充滿想像力的宇宙學家是西哈諾（Savinien
de Cyrano）──不過我們較爲熟知他的另一個名字 Cyrano de
Bergerac──我們此處所引述的作品是他的《月球之旅》（《另一個
世界，或說月亮的狀態與影響》〔*L'autre Monde, ou les États et
Empires de la Lune*〕）。

　　西哈諾是科幻小說的先驅，他的想像來自於他所處時代的科學
知識，以及文藝復興時期的魔法傳統。他所提出的預言式概念，只
有三個世紀後的我們才得以欣賞到：太空人的動作不受地心引力的
拉扯（太空人可以抵達太空，首先要歸功於露水罐，這些露水罐被
太陽向上吸）、多段式火箭、「聲音之書」（將這個機制轉緊，一根
針放在指定的章節上，接著我們便可以聽到從類似嘴巴的東西所發
出的聲音）。

　　不過他的詩意想像源自於眞正的宇宙感知，這使得他複製盧克
萊修原子論哲學的情緒性斷言。他稱頌所有事物的統一性，不管有
生命或無生命，甚至恩培多克勒[3]的四元素也只變成單一元素，其

───────────

[3] Empedocles，約西元前492-432年。他認爲萬物是由火土風水四元素以不同比例構
　　成。──編注

中的原子有時較爲稀薄，有時較爲濃密。「我們會驚訝地發現，這個純粹隨意混合而成的物質，只由機率所支配，居然可以製造出人類，畢竟要製造一個人，必須有許多必要的組成成分，不過我們不會意識到一件事，也就是有無數次，這同樣的物質就要製造出人類的時候，卻停了下來，然後形成了石子、鉛、珊瑚、花或是彗星，這全都是因爲要設計出一個人類，需要更少或更多的模式。」這些基本模式的組合系統決定了生物的多樣性，也將伊比鳩魯科學與DNA遺傳學連結在一起。

登陸月球的不同方式讓我們充分見識到西哈諾的創意：《舊約聖經裡》的大家長以諾（Enoch）在他的腋窩下方綁了兩個花瓶，裡面瀰漫祭品的煙，因爲這些煙必須上升至天堂；先知以利亞（Elijah）也進行了同樣的旅行，他坐進一艘小鐵船中，然後將一顆磁球扔到空中；至於西哈諾自己的話，他則是將公牛骨髓做成的油膏，塗在他前幾次試飛時所造成的瘀傷上，如此一來，他覺得自己朝地球的衛星上升，因爲月亮通常會吸吮動物的骨髓。

月亮包含的事物還包括所謂的人間（不過應該是月上）樂園，而西哈諾就降落在生命樹上，他的臉被樹上著名的蘋果給砸到。至於蛇的話，原罪之後，上帝將牠關在人體內，以腸子的形式出現，這是一條自我盤繞的蛇，是一隻貪得無厭的動物，支配著人類，要人類逐其所願，用牠無形的牙齒折磨著人類。

上述關於蛇的故事，是以利亞先知給西哈諾的解釋，西哈諾卻忍不住將這個主題作個淫穢的變形：蛇也是從男人的肚子裡突出來，然後伸向女人的東西，以便向她吐毒液，使得她的身體腫脹九個月。不過以利亞一點也不喜歡西哈諾的這些玩笑，有一次他在大發雷霆之際，將西哈諾逐出伊甸園。這只證明了一點，也就是在這部全然滑稽的作品裡，有些玩笑必須被當眞，有些則不過是好玩而

已，儘管兩者並不容易區分。

　　西哈諾被逐出伊甸園之後，便造訪月球上的城市：有些城市是完全流動式的，房屋裝有輪子，所以每個季節都可以變換環境；其他城市則較為固定，被釘到土地裡，所以冬季的時候，他們便可以鑽到地底下去避寒。他的導遊在不同的世紀中，到過地球好幾次，他就是蘇格拉底的靈（daimon），普魯塔克[4]寫過一本相關的簡短作品。這位睿智的神靈解釋為什麼月球上的居民不只戒絕吃肉，而且對於他們所吃的蔬菜也非常挑剔：他們只吃自然死亡的甘藍菜，因為對他們來說，將甘藍割下相當於謀殺。自從亞當犯了罪之後，對上帝來說，人類並不比甘藍珍貴，也不見得具有更高的敏感性與美感，或是比甘藍更像上帝。「因此如果我們的靈魂不再是以上帝的形象出現的話，那麼跟甘藍的葉子、花朵、莖幹、根部與外皮比起來，我們的手、腳、嘴巴、額頭與耳朵並不會比較像上帝。」至於智慧的話，雖然甘藍或許沒有不朽的靈魂，它們卻或許是宇宙智慧的一部分；如果說我們從來沒有弄清楚關於它們的神祕知識的話，這或許只是因為我們沒有能力接收它們傳遞給我們的訊息。

　　智性與詩意的優點匯聚在西哈諾的身上，使得他不只是十七世紀法國的傑出作家，也是所有時代的傑出作家。在智性上，他屬於「自由思想」（libertine）的傳統，是位涉入關於摧毀舊世界觀念的大變動之辯論家。他支持伽桑狄[5]的感覺論（sensism）以及哥白尼的天文學，不過他尤其是受到十六世紀義大利「自然哲學家」的激勵：包括卡達諾、布魯諾、康帕內拉。（至於笛卡爾的話，西哈諾會在《太陽之旅》〔*Voyage aux États du Soleil*〕中與他碰面，這是

---

[4] Lucius Mertrius Plutarch，約46-120年。羅馬時期的希臘哲學家。著有《道德論叢》、《希臘羅馬名人傳》。─編注

[5] Pierre Gassendi，1592-1655年，法國唯物主義哲學家、物理學家、天文學家。─編注

《月球之旅》的續集,在書中,康帕內拉會過去擁抱他,將他迎進最高天。)

　　用文學的術語來說,西哈諾是一位「巴洛克」作家——他的「文字」包含了技巧高操的段落,例如《柏樹的描繪》(*Descrizione di un cipresso*),在其中,風格與被描述的物體彷彿合而為一。不過他到底是一位徹徹底底的作家,與其說他想要闡述一項理論或護衛一項論點,不如說他想要啟動由創造物的所構成的旋轉木馬,這些創造物之於想像力及語言,就相當於開始運轉的新科學與新哲學所啟動的事物之於思想。在《月球之旅》中,重要的並不是他的觀念要連貫,而是他在控制腦海裡的智性刺激時的樂趣與自由。這是「哲學寓言」(conte philosophique)的開端:這並不意謂故事中有論點需要證明,而是故事中的觀念被拿來討論、擱置、彼此嘲弄,這一切都是為了作者的樂趣,他是如此熟悉這些觀念,所以在嚴肅處理之餘,他也可以加以玩弄。

　　我們可以說西哈諾月球之旅的某些段落提早出現了格列弗遊記中的場景:在月球上就像在大人國中一般,訪客發現自己被身形比他大的人所圍繞,這些人把他當成寵物來展示。同樣地,災難性的冒險情節,以及與一些具有矛盾智慧的人物之相遇,也是伏爾泰的憨第德曲折遭遇的先驅。不過西哈諾身為作家的聲名出現得較晚:他的這部作品是在他死後出版的,而且受到擔心他聲名的友人無情的審查,在二十世紀才得以完整出版。西哈諾被重新發現是在浪漫主義時期:第一個重新發現他的作家是諾帝葉[6],接著是戈蒂葉[7],

---

[6] Charles Nodier,1780-1844年,法國作家。1833年被選為法蘭西學院院士。著有《莎士比亞的思想及其作品片斷》、《吸血鬼》等。—編注

[7] Theophile Gautier,1811-1872年,法國詩人、作家、戲劇評論家,提倡為藝術而藝術。—編注

他根據一、兩則軼事爲詩人形塑了滑稽、決鬥的形象，才華洋溢的
劇作家羅斯丹[8]則將這個形象轉化爲受歡迎的詩劇之主角。

不過，西哈諾事實上既非貴族，亦非法國加斯科涅（Guascon）
地方人氏，而是巴黎的中產階級。（他自己在名字上添加貝爵哈
克，這個名字取自他的律師父親所擁有的農場名稱。）他或許眞的
有個著名的鼻子，尤其是我們在這本書中發現「對於大鼻子的稱
頌」，這樣的稱頌雖然屬於巴洛克文學中非常廣泛流傳的類型，卻不
可能是由一個有著小鼻子或獅子鼻的人所寫出來的。（月球上的居
民想要知道時間時，會使用天然的日晷，也就是他們的鼻子，他們
的鼻子會將影子投射在牙齒上，如此便具有日晷的功能。）

不過他們炫耀的不只是鼻子：月球上的貴族光著身子四處走，
彷彿這樣還不夠，他們還在腰間懸掛陽具造型的銅飾：「『我覺得這
個習俗眞是奇特』，我對年輕的導遊說，『因爲在我們的世界中，貴
族的標幟是佩劍。』不過他對此並不感到驚異，只是簡單地大聲
說：『我的小人兒，貴世界的大人物眞是偏激，居然想要展示象徵
劊子手的武器，這項武器只是設計來消滅我們，簡單說，是所有生
命不共戴天的仇敵，而他們卻想將那個器官藏起來，若是沒有那個
器官，我們全都不會活著，那是所有生命的普羅米修斯[9]，不懈地
治療自然的所有弱點！你們的國土眞是不幸，繁殖的象徵居然是羞
恥的來源，而毀滅的象徵卻受到尊敬！你們還把那個部位稱爲『恥
骨』，彷彿還有什麼比賦予生命來得光榮，比奪走生命來得無恥似

---

[8] Edmond Rostand，1868-1918年。法國詩人、劇作家。著有《浪漫情侶》、《遠方公
主》、《雛鷹》等，《西哈諾‧德‧貝熱拉克》（1897）爲其代表作。—編注

[9] Prometheus，希臘神話中的巨人，宙斯派其到地球上製造人類（不過不包括女人與
小孩），並教導人類必須知道的一切，後來普羅米修斯因爲盜火種給人類，而觸怒
宙斯，從此被鎖在高加索山上，並忍受禿鷹不斷啄食其肝臟的酷刑。—譯注

的！』」

　　這段摘錄證明羅斯丹筆下這位愛爭論的劍客事實上是位「做愛、不要做戰」的專家，儘管他所熱中的繁殖修辭，在我們這個節育的時代只能被視爲落伍。

　　　　　　　　　　　　　　　　　　　　　一九八二年

《魯賓遜漂流記》，商業美德日記

這是約克水手魯賓遜的生活及驚人的奇怪冒險故事：他獨自在
美洲海岸的一座無人島上住了二十八年，在靠近歐羅諾克
（Oroonoque）大河的河口處；他因為船難而漂流至海岸，而船
上的人除了他之外，全都滅頂了。他在這本日記中敘述他最後
如何奇怪地被海盜所釋放。這是他親手所寫的日記。

這便是《魯賓遜漂流記》初版的首頁，在一七一九年由倫敦的
暢銷書商 W・泰勒所經營的「船上（位於主禱文街〔Pater Noster
Row〕）」出版社所印行。書上沒有作者的名字，因為這本書聲稱是
一位遇難水手的真實自傳。

在那個時代，航海與海盜的故事風靡一時。發生船難而漂流至
無人島的主題早已吸引大眾的注意力，因為在十年前，發生了一椿
真實事件，一位名叫羅傑斯（Woodes Rogers）的船長在胡安・費南
德茲（Juan Fernandez）島上，發現一名在那裡獨居了四年的人，那
是一位名叫塞寇克（Alexander Selkirk）的蘇格蘭水手。這給予了一
位正在走楣運而且缺錢的小冊子作家靈感，他便用不知名水手的自
傳方式講述了一個類似的故事。

這位年近六十歲才搖身一變成為小說家的人便是狄福（Daniel
Defoe，1660-1731年），他在當時為政治專欄所熟知，特別是因為
曾經受到帶枷示眾的羞辱，而且他寫作了大量各式文章，以真名或

是匿名發表，不過他較常以匿名發表。（他完整的作品包含了將近四百冊的書籍，包括宗教及政治議論的小冊子、諷刺短詩、描寫超自然現象的書籍，以及關於歷史、地理及經濟學的作品，此外還有小說。）

這位現代小說的先驅遠非是在高階文學有教養的領地中成名的（在當時，英國高階文學的最高典範是古典派作家波普[1]）：相反地，這位先驅是從商業書籍茂盛的灌木中冒出來的，這些書籍所針對的讀者群包含了女僕、非法商人、酒館老闆、服務生、水手與士兵。這類文學雖然想要符合這群讀者的品味，卻也總是小心地反覆灌輸某些道德教訓（而且不總是以虛偽的方式呈現），而狄福絲毫不漠視這樣的要求。不過讓《魯賓遜漂流記》變成一本健全道德支柱之書的，並不是那些定期出現、具有教化作用的訓誡：這些訓誡其實是普通而且馬虎的；他比較是用自然、直接的方式，在影像中表達某種關於道德及生命的概念、人與物品的特殊關係，以及人所握有的可能性。

我們也不能說這本書的「實用」起源（作者將它擬為〔交易〕的一部分）毀壞了它被視為商業與工業美德聖經、稱頌個人進取心的史詩之聲譽。這項冒險、實用精神與道德內疚的混合，後來變成大西洋兩岸盎格魯撒克遜資本主義的主要成分，若是考慮到狄福身為說教者與冒險家的矛盾身分的話，我們便會發現這樣的混合跟他的生平並非不一致。狄福一開始時是商人，後來很快變成信譽良好的襪類批發商及磚塊製造商，接著又破產；他變成擁護奧蘭治的威廉（William of Orange）的輝格黨之支持者及顧問，也寫了「非國教

---

[1] Alexander Pope，1688-1744年。以文學批評著稱，擅長運用英雄雙行體，對英詩發展有極大貢獻。翻譯《伊里亞德》和《奧德賽》。著有〈秀髮劫〉、〈論人〉。—編注

徒」這本小冊子，後來被關，接著被一位溫和的保皇黨大臣哈利（Robert Harley）所救，他便充當哈利的發言人及間諜，之後又變成《評論》（*The Review*）報紙的創辦人及唯一的編輯，他因爲這份報紙而被視爲是「現代新聞的創造者」。哈利失勢之後，他便向輝格黨靠攏，後來又回到保皇黨的陣營，直到財政危機使得他變成小說家爲止。

狄福說故事的天分在他先前的作品中已經多次展現，特別是在敘述當代或歷史事件方面，他會用充滿想像力的細節加以美化，他也會敘述一些根據僞證寫成的名人傳記。

狄福便帶著這些經驗，著手寫小說。由於這部作品具有自傳性傾向，所以它不僅處理船難與荒島的冒險，事實上，故事從主角的生命開端開始講起，直到他的晚年。在這方面，狄福是在向一個道德主義藉口、一種說教主義致敬，而我們必須指出，這樣的說教主義過於狹隘，也過於基本，所以不需要將它當眞：那就是聽從父命、中產階級生活的優越性，以及樸實的中產生活勝過鉅富的誘惑。魯賓遜便是因爲反對這些教訓，所以才會遇難。

狄福的語言避開了十七世紀的浮誇文字，以及十八世紀典型英國敘事的多愁善感，他的語言沉著且經濟，就像斯湯達爾那「乾燥得像拿破崙法典的風格」，我們可以將之比擬爲「商業報告」：第一人稱的水手／商人將他所處情況的「惡」與「善」寫進專欄中，就像記帳一般，他也可以計算被殺的食人族數目，結果證明，這樣的設計是合適的風格策略，也很實際。狄福的散文就像是商業報告，或是商品與用具的目錄，雖然樸素，卻充滿許多謹愼的細節。細節的累積是爲了說服讀者敘事的眞實性，不過卻也比任何其他風格更能表達出在船難中，每樣物品、每項行動、每個動作的價值（就像

在《情婦法蘭德絲》與《傑克上校》中，擁有物質的焦慮與歡欣是由贓物的名單所傳遞）。

狄福鉅細靡遺地描繪魯賓遜的體力勞動：包括他如何從岩石中鑿出他的屋子，並在四周圍上柵欄，他自己也造了一艘船，不過他只能將它拖至海邊，他還學會如何塑造花瓶和磚塊，並予以加熱。狄福對於報導魯賓遜在技術上的進步非常感興趣，而且樂在其中，這使得即使到了今天，他的作家聲名仍然來自於以下幾點，亦即他稱頌人類耐心地與物質奮戰，他讚美所有活動的卑微、困難及偉大，也讚美當我們看到自己用雙手創造出物品時的歡欣。從盧梭至海明威，這些作家向我們顯示，自我較量、在大大小小的事情上「做」成功或失敗，是人性價值的真正量尺，他們都將狄福視為首位模範。

《魯賓遜漂流記》無疑是一本值得細細重讀的書，我們會不斷有新發現。在關鍵時刻，狄福可以只用幾個字，便避開過度的沾沾自喜或是洋洋得意，然後移到實際的問題上，這一點或許與後來一些篇章中出現的說教語氣產生對比，有一次，主角在生病時，又回到宗教的思考上：例如，當他發現自己是船上唯一的生還者時——「至於他們的話，我後來便沒有再見過他們，也沒有看到他們的痕跡，除了三頂帽子、一頂無邊帽、以及兩隻不成雙的鞋子以外」——在匆匆感謝過上帝之後，他便開始立刻四處環顧，並且思考他的困境。

不過狄福在《魯賓遜漂流記》及後來的小說中所使用的方法，與循規蹈矩的商人非常相似，該做禮拜的時候，他會進教堂去捶胸懺悔，可是接著又會趕忙回去工作，不浪費時間。這是虛偽嗎？他的舉止既公開又迫切，所以不該被如此指控；狄福在突然變換語氣之際，仍然維持基本、健康的誠意，這是他的正字標記。

有時他幽默的氣質甚至會進到當時政治與宗教爭論的戰場：例如我們聽到野蠻人與水手的爭論，野蠻人無法了解魔鬼的概念，而水手無法解釋給他聽。或者是魯賓遜身為領主的狀況，他只擁有「三位臣民，他們分屬三種不同的宗教。我的僕人星期五是個新教徒，他父親是個異教徒，而且是食人族，西班牙人是天主教徒。無論如何，在我的領土裡，我允許宗教自由。」可是當我們讀到書中最矛盾也最重要的段落之一時，就連這麼微妙、反諷的強調也不存在：好幾年來，魯賓遜一直渴望可以與世界重新建立連繫，可是現在每當他看到有人出現在島嶼附近時，便覺得自己的生命受威脅；當他得知附近島嶼上有一群遭遇船難的西班牙水手時，他不敢過去找他們，惟恐他們會將他交給宗教法庭。

即使是在荒島的海岸上，「靠近歐羅諾克大河的地方」，我們仍然可以感受到一個世代的觀念、感情與文化所形成的潮汐。當然，儘管狄福決心扮演冒險故事作家的角色，所以在對於食人族的描述上，強調了恐懼，他卻並非沒有意識到蒙田對於食人者的思考（同樣的這些觀念在莎士比亞的作品中留下了痕跡，莎士比亞在《暴風雨》中敘述了一則發生在另一座神祕島嶼上的故事）：若是沒有這些概念的話，魯賓遜永遠也不可能得出以下的結論，也就是「這些人並不是凶手」，而是來自不同文明的人，遵循自身的律法：「他們並不知道那是罪行，就像那些經常將戰俘處死的基督徒不被視為凶手是一樣的。」

一九五五年

《憨第德》，或是關於敘事的快

　　幾何人物由搖曳的動感所啓動，在準與輕所構成的舞曲中伸展、扭轉：這是保羅・克利（Paul Klee）在一九一一年爲伏爾泰的《憨第德》所做的插畫，爲這部作品的活力賦予視覺——甚至是音樂——的形象，這部作品對於它自身時代與文化有一層厚實的參照網絡，在這層網絡之上與之外，這本書繼續將這股活力傳遞給今日的讀者。

　　今日，我們最喜歡的並非《憨第德》中的「哲學寓言」，也不是它的諷刺，亦非逐漸冒現的道德觀或世界觀：而是它的節奏。一系列的災難、懲罰與屠殺，迅速輕盈地在紙頁上疾行，從一章跳到另一章，它們分枝、增長，在讀者的情緒上喚起快活與原始的活力。在僅僅三頁長的第八章中，克妮岡蒂敘述她的父母和兄長是如何被入侵者砍成碎片，她自己則遭到強暴，而且被開膛剖肚，痊癒之後以替人洗衣爲生，然後又被賣到荷蘭和葡萄牙，兩位不同信仰的保護者輪流享有她，讓她感到左右爲難，在這種情況下，她正好目睹了宗教裁判所的火刑（auto da fé），潘格羅斯與她當時重逢的憨第德都是火刑的犧牲者。在第九章中，在不到兩頁的篇幅裡，憨第德便已經發現自己腳邊躺著兩具屍體，克妮岡蒂不由得大喊：「像你生性這麼溫和的人，怎麼能夠在兩分鐘內殺掉一個猶太人和一個主教？」接著還有一名老婦解釋她爲什麼只有一邊屁股，她從自己十三歲時開始講起，身爲教皇的女兒，她在三個月的時間內歷經貧

困、奴役以及幾乎天天遭受強暴，後來還必須忍受饑荒與戰爭，甚至差點在阿爾及爾死於瘟疫，接著她講到了亞述鎮的圍城，以及飢餓的土耳其士兵發現女性臀部中有不尋常的養分……嗯，這裡的敘事速度較爲悠閒，用了整整兩章的篇幅，大約是六頁半。

伏爾泰這位幽默作家的偉大發明是一項技巧，這項技巧後來變成喜劇片中最可靠的插科打諢：也就是災難以不留情的速度互相堆疊上去。還有充滿荒謬感的節奏忽然加快，幾至頂點：就像一系列已經被迅速詳述的災難又在極快速的摘要中重複。伏爾泰在他的光速照片中所投射的，其實是環遊世界的電影，某種「環遊世界八十頁」，讓憨第德從位於西德的故鄉西發利亞（Westphalia）去到荷蘭、葡萄牙、南美、法國、英國、威尼斯與土耳其，這趟旅行後來分成其他主角的額外旋風環球之旅，包括男性主角，不過尤其是女性主角，她們很容易變成海盜以及在直布羅陀海峽及博斯普魯斯海峽之間活動的奴隸販子的獵物。這尤其是關於當代國際事件的鉅片：普魯士與法國（保加利亞人與阿巴爾人〔Abars〕）的七年戰爭間被破壞的村莊、一七五五年的里斯本地震、宗教法庭所策劃的火刑、拒絕西班牙與葡萄牙統治的巴拉圭耶穌會士、傳奇性的印加黃金、還有關於荷蘭新教的奇怪簡要印象、梅毒的蔓延、地中海與大西洋的海盜、摩洛哥的內戰、圭亞那對黑奴的剝削，不過卻也總是留下一定的空間來談論文學消息，並提及巴黎的上流社會生活，以及與當時許多遭罷黜國王的訪談，他們全都聚集在威尼斯的嘉年華會中。

這是一個混亂不堪的世界；不管何處都無人可以得救，除了在唯一既睿智又快樂的國家，黃金國（El Dorado）。幸福與財富之間的關連應該不存在，因爲印加人並不知道他們街道上的黃金灰塵以及鑽石圓石，對這些來自舊世界的人來說是如此珍貴；可是，奇怪

的是，憨第德的確在那個地方發現一個既睿智又幸福的社會，就在貴金屬的礦床之中。在那裡，潘格羅斯或許終究是對的，也就是最理想的世界也許會成眞：只不過黃金國藏在最難抵達的安第斯山脈之中，或許它位在一張已經被撕毀的地圖上，一個無處（non-place），一個烏托邦。

　　可是如果說這塊想像中的樂土擁有所有烏托邦典型的朦朧與無法說服人的特徵的話，那麼世上不斷發生苦難的其餘地方，一點也不是矯飾的呈現，儘管這些苦難被快速地敘述。「這是你們這些在歐洲吃糖的人所必須付出的代價！」荷蘭的圭亞那黑人三言兩語地向主角講述他所受到的懲罰之後，如此說道；同樣地，威尼斯的高級妓女說道：「喔，先生，您是否可以想像被強迫去愛撫老商人、律師、托缽修會修士、船夫、修道院院長，是什麼滋味，不管您喜不喜歡都得這麼做；我們必須遭受各式各樣的侮辱與冒犯；經常淪落到必須向人借裙子，接著又被衝動的老頭給脫去；剛從一個男人身上賺到的錢，又被另一個人給搶去；那些執行裁判的人懸賞緝拿我們，我們對未來沒有什麼好期待的，只能看到自己人老珠黃，在醫院或是糞堆度過餘生……」

　　《憨第德》中的人物的確像是橡皮做的：潘格羅斯因爲梅毒而變得衰弱，他們將他吊起來，綁在奴隸船的船槳上，可是他卻又活過來，而且雙腳亂踢。然而若說伏爾泰掩飾折磨的代價，這是不對的：有哪一部小說具有這樣的勇氣，在一開始時所呈現的女主角「有著美麗的肌膚、清新、豐滿、迷人」，後來卻變成「膚色變黑、眼睛有眼屎、胸部平坦、雙頰皺縮、手臂皮膚發紅龜裂」的克妮岡蒂？

　　到這裡，我們發現我們原本打算以全然外在、浮面的方式來閱讀《憨第德》，然而我們的閱讀卻將我們帶回到書中「哲學」的核

心，帶回到伏爾泰世界觀的核心。這不只是對於潘格羅斯天佑樂觀
主義的爭辯攻擊：如果我們仔細看的話，會發現陪伴憨第德最久的
導師，並非那位不幸的萊布尼茲學派教育家，而是「摩尼教派」的
馬當，他只在世上看到魔鬼的勝利；如果說馬當眞的是反潘格羅斯
的化身的話，我們也不能肯定地說，勝利者就是他。伏爾泰表示，
像樂觀的潘格羅斯與悲觀的馬當那樣，想要爲邪惡尋求形而上的解
釋是無意義的，因爲邪惡是主觀的、無法定義而且無法測量；宇宙
的設計圖並不存在，而如果眞的存在的話，那麼知道的是上帝，並
非人類。伏爾泰的「理性主義」是一種倫理的、唯意志論的態度，
在神學的背景中顯得突出，這樣的背景與人類是不相稱的，就像帕
斯卡（Pascal）的學說一樣。

　　如果說我們面帶微笑地欣賞這些災難像旋轉木馬般地在我們面
前展現的話，這是因爲人生苦短，而且有限；總是有人認爲他比我
們更慘；若是有人碰巧沒有什麼可抱怨，而且擁有生命中所有美好
事物的話，那麼他的下場可能跟波柯克蘭爵爺一樣，這位威尼斯元
老鄙視一切，在應該感到滿意與讚賞的事物上，他只會雞蛋裡挑骨
頭。書中眞正負面的人物是對一切感到厭煩的波柯克蘭；雖然潘格
羅斯與馬當對於問題會給予無望、荒謬的回答，在心底他們卻會抵
抗折磨與風險，這些折磨與風險正是生命的原料。

　　智慧的溫和特質透過一些邊緣的代言人浮現，諸如再洗禮派信
徒雅克、老印加人、以及那位巴黎智者（savant），他非常像作者自
己，這樣的智慧最後由伊斯蘭托缽僧的嘴裡說出，他講出一句至理
名言：「灌漑我們的花園」。這當然是非常簡化的道德教訓；我們必
須從它反形而上的智性意涵來加以理解：除了那些你可以直接實際
解決的問題之外，你不應該爲自己加諸其他的問題。此外，我們也
應該從這句話的社會意涵來理解它：這是第一次有人聲稱工作是所

有價值的本質。今天，「必須灌溉我們的花園」（il faut cultiver notre jardin）讓我們覺得充滿了利己主義與中產階級的含意：若是考慮到我們現今的煩惱與憂慮的話，這句話聽起來很不合時宜。這句話在最後一頁被說出來並非偶然，幾乎是在書的結尾之後，在其中，工作只像是詛咒而出現，花園則是經常被荒廢。這也是個烏托邦，不亞於印加王國：《憨第德》中的理性聲音只不過是烏托邦式的。不過這是書中最有名的句子，這也並非偶然，這句話甚至變成了格言。我們不該忘記這句話所標誌的激進認識論與倫理的變化（當時是一七五九年，就在巴士底監獄被攻克的前三十年）：人不再以他與先驗的善或惡的關係來作出判斷，而是以他能真正獲得的事物來作判斷。就資本主義的意義來說，這是一種嚴格說來「具有生產力」的職業倫理的來源，也是實用、負責及具體承諾的道德之來源，若是沒有這項承諾的話，一般的問題都無法解決。簡而言之，今日人們在生活中的真正選擇都來自於這本書。

一九七四年

狄德羅[1]，《宿命論者雅克》

狄德羅身為現代文學之父之一的地位持續在升高，這主要是由於他那本反小說，或者說是後設小說或超小說，《宿命論者雅克和他的主人》：這部作品的豐富性及創新動力始終尚未窮盡。

我們首先必須留意的是，狄德羅推翻了當時所有作者的主要意圖，也就是讓讀者忘記自己正在看書，讓他彷彿身歷其境地沉溺在故事中。然而狄德羅卻強調正在說故事的作者與等著聽故事的讀者之間的衝突：讀者的好奇、期待、失望與抗議，與作者決定情節該如何發展時的意圖、爭辯及奇想互相對立，作者與讀者的衝突構成一段對話，這段對話是兩名主角對話的背景，而兩個主角的對話又變成其他對話的背景……

狄德羅將讀者消極接受書籍的關係，轉化為不斷與書辯論或是為之感到驚奇的關係，因而讓讀者保有批判精神。他的做法使得他提前兩世紀達到布萊希特[2]希望在劇場達到的目標。唯一的差別在於布萊希特是根據非常精確的說教目的如此做，而狄德羅則讓人覺得他只是想放棄任何刻意的作者意圖。

我們必須指出，狄德羅在與讀者玩一種貓捉老鼠的遊戲，他在

---

[1] Denis Diderot，1713-1784年，十八世紀法國啟蒙思想家、唯物哲學家、無神論者。1750年開始編纂《百科全書》。—編注

[2] Bertolt Brecht，1898-1956年，德國詩人、劇作家。德國極具影響力的現代劇場改革者，當代「教育劇場」的啟蒙人物。—編注

每個情節轉折處，提供一系列不同的可能性，幾乎是要讓讀者選擇自己所偏好的發展，接著他卻只保留一種可能性，拒絕其他所有的可能性，如此欺騙讀者，而且那個可能性永遠是最不像「小說」的發展。在這方面，狄德羅是「潛在文學」概念的先驅，這是格諾（Raymond Queneau）相當珍視的概念，不過他也在某種程度上加以摒棄：因為格諾為他的《悉聽尊便的童話》(*Un Conte à votre façon*)設定一個模範，在其中，我們似乎聽到狄德羅邀請讀者選擇一個結局，事實上，狄德羅想要證明情節只有一個可能的結局。（我們後來會看到，這符合一種精確的哲學選擇。）

　　《宿命論者雅克》是部逃避規則與分類的作品，而且是塊試金石，用來測試文學理論家所發明的好幾種定義。它的結構是「延遲敘事」的一種：雅克一開始敘述的是他的愛情故事，可是後來中斷、離題、其他故事插進他自己的故事當中，一直到書的結尾，他才為自己的愛情故事做結束。作品的結構有如中國的套盒，一個故事被包含在另一個故事當中，這並不只是出自於作者對於巴赫汀[3]所謂的「複調」、「邁尼普斯式（Menippean）」[4]或「拉伯雷式」[5]敘事之愛好：對狄德羅來說，這是活生生的世界唯一真實的形像，世界從來也不是線性的，而且在風格上也不同質，儘管它不連貫的連結總是顯露一種內在邏輯。

　　在這一切當中，我們不能忽略斯特恩《項狄的生平與感想》[6]的

---

[3]　M.M. Bakhtim，1895-1975年，二十世紀歐洲最重要的語言、文學、文化評論家之一。生於帝俄末期。其論說從言談「複調」理論到「眾聲喧嘩」學說，以及「狂歡節」觀念。—編注

[4]　Mennippus為活躍於西元前三世紀的希臘哲學家，擅於諷刺文體，諷刺的對象多為風俗規章等。—譯注

[5]　Rabelaisiam 指狂野放蕩，滑稽而不修飾。François Rabelais，1494-1553年，法國文藝運動時期的諷刺劇作家與小說家。—編注

影響，就文學形式及對於世上事物的態度來看，這部作品都是當時的爆炸性新事物：斯特恩的小說是無拘無束、離題敘事的範例，這類敘事與十八世紀的法國品味恰恰相反。對歐洲大陸的文學來說，文學中的崇英心態一直是重要的刺激：在狄德羅對於表現性「眞理」的遠征中，崇英心態變成了他的象徵。批評家指出，有一些句子和插曲從斯特恩的小說移居到《宿命論者雅克》裡；而狄德羅爲了證明自己一點也不在意被指控抄襲，在接近結尾的一個場景之前宣稱，這個場景抄襲自《項狄的生平與感想》。事實上，不管他是一字不漏地照抄這奇怪的一頁，或是加以意譯，這都不重要；《宿命論者雅克》的大致輪廓是流浪漢的冒險故事，兩位騎馬流浪的人物敘述、傾聽、經歷種種冒險，這樣的輪廓跟《項狄的生平與感想》是不一樣的，後者在家居的插曲上加以潤飾，其中牽涉到一組家庭成員，或是同一牧區的人，特別是一個小孩古怪的身世，以及他早年的不幸遭遇。我們可以在更深的層次上尋找兩部作品的相似性：兩部作品的眞正主題都是一連串的原因，一些情況彼此之間解不開的關連，這樣的關連決定了每一樁事件，即使是最微不足道的，對現代作家及讀者來說，這樣的關連取代了命運。

　　在狄德羅的詩意語言裡，重要的與其說是一本書的原創性，不如說是它對其他的書所做出的回答、辯論或是補充：作家的所有努力便是在整體的文化背景中獲得重要性。斯特恩不只將一項偉大的禮物遺留給狄德羅，也遺留給整個文學界，它後來影響了浪漫諷刺的方式，這項禮物便是斯特恩無拘無束的態度、幽默的表現，以及寫作的特技。

---

[6] Laurence Steme，1713-68年，英國幽默作家、現代心理小說先驅。著有《項狄的生平與感想》（*Thirtram Shandy*），此書靈感來自堂吉訶德的倒楣經歷。—編注

　　我們也不該忘記斯特恩和狄德羅都公開承認的重要典範，那便是塞萬提斯的傑作，儘管他們兩人承繼的是書中不同的元素：斯特恩將這部作品與自己巧妙高超的英文結合，創造出十分寫實的人物，強調一些接近諷刺漫畫的特徵，狄德羅則援用流浪漢冒險故事的作品，在喜劇小說（roman comique）的傳統裡，這些故事多發生在酒館或大道上。

　　僕人雅克比他的主人先出場——就連在書名裡也是如此，而作者一直沒有告訴我們那位騎士的名字，彷彿他只是以作爲雅克主人的功能而存在，只是爲了發揮身爲主人的功能；就連作爲人物，他也比他的僕人來得模糊。他們之間的主僕關係是確定的，不過那也是朋友關係；人們還沒有想到要質疑階級關係（法國大革命至少還有十年才會發生），不過階級關係失去了一些重要性。（在埃伊瑙迪出版社的百頁叢書所出版的義大利譯本 *Jacques il fatalista e il suo padrone* 中，拉葛〔Michele Rago〕在這些方面作了一篇很好的導讀：這篇導讀對這部作品的歷史、文學、哲學背景提供了完整且精確的報告。）進行所有重要決定的人是雅克；當他的主人變得跋扈時，他有時也會拒絕服從，儘管只到某個程度爲止。狄德羅所描繪的這個世界，其人際關係是建立在個人品質的相互影響上，這些影響並不會抵消人物的社會角色，不過卻也不會受到社會角色的擠壓：這個世界既不是烏托邦，也不指責社會機制，而是在一個劇變的時期，被透徹觀察的世界。

　　（關於兩性關係也是如此：狄德羅天生便是個「女性主義者」，不是因爲他想要傳遞某種特定的訊息。他認爲女性與男性處在同一個道德及智性的水平上，她們同樣有資格追求情緒及感官上的快樂。就這方面而言，這部作品與《項狄的生平與感想》之間存在著不可跨越的鴻溝，後者充滿了由衷且不懈的厭惡女性心態。）

　　至於雅克照理說該代表的「宿命論」（所發生的一切早是「天注
定」），我們發現它不但沒有證明逆來順受或消極態度的合理性，卻
反而總是帶領雅克展現主動性，從不放棄，而他的主人雖然似乎比
較傾向自由意志與個人選擇，卻會因為所發生的事件而感到沮喪，
然後被擊倒。他們之間的討論若是要當成哲學對話來看的話，有點
發展不全，不過有一些對於史賓諾莎[7]及萊布尼茲[8]的需要概念之零
星影射。伏爾泰在《憨第德或樂觀主義》中指責萊布尼茲，狄德羅
與之相反，在《宿命論者雅克》中，他似乎支持萊布尼茲，而且更
支持史賓諾莎，史賓諾莎支持不可避免的單一世界的客觀唯理性，
他用幾何方法加以證明。如果說對萊布尼茲而言，這個世界只是許
多可能的世界之一的話，那麼對狄德羅來說，唯一可能的世界是這
個世界，不管它是好是壞（或者應該說，這個世界總是好與壞的混
合），而人的舉止，不管是好是壞（或者應該說總是好與壞的混
合），也只有當它可以對人所處身其中的情況做出回應時，才算有
效。（這包含了狡猾、欺騙與精巧的虛構情節──例如，我們可以
參考「小說中的小說」，牽涉到拉寶梅蕾夫人與于松神父的情節，這
兩位人物在真實生活中設計盤算過的戲劇性虛構情節。這與盧梭非
常不同，盧梭稱頌自然與「自然」人的善與誠懇。）

　　狄德羅理解到一點，也就是關於世界最嚴格的決定論概念，是
那些在個人意志中產生向前衝動的概念，彷彿只有當意志與自由抉
擇可以在需要的這塊堅硬岩石上鑿出開口時，才算有效。在那些極
力稱頌上帝的意志勝過人類意志的宗教上，這一點也可適用，在狄

---

[7] B. Spinoza，1632-1677年，荷蘭理性主義者與形上學家。主張上帝即是實體、即是
　　自然。—編注

[8] Leibniz，1646-1716年，德國數學家、自然科學家、哲學家、理性主義者。對微積
　　分發展有極大影響。主張單子無富戶、預定和諧。—編注

德羅死後的兩世紀亦然，我們看到新的決定論學說在生物、經濟、社會與心理學等方面大顯身手。今天我們可以說，這些理論在建立對於需要的意識之時，開闢了前往真正自由之路，而對於意志及能動論的崇拜只導致了災難。

　　不過我們不能斷然地說，《宿命論者雅克》「教導」或「證明」什麼。並沒有一個固定的理論與狄德羅作品中主角持續的運動或跳躍是相容的。雅克的馬有兩次自己行動，將他帶到有絞架的山坡，不過第三次便真相大白了，原來馬兒帶他去的地方，是牠前主人的屋子，他是個劊子手。這當然是個反對相信預兆的啟蒙主義寓言，不過這也是浪漫主義較為黑暗特質的先驅，包括在貧瘠山坡上鬼魅般被吊死的人的意象（儘管我們距離像波托茨基〔Potocki〕這樣的作者所營造的特效還很遠）。結尾淪為一連串濃縮成幾個句子的冒險，他的主人在一場決鬥中殺了一個人，雅克則加入土匪蒙得林的隊伍，接著又找到他的主人，並且讓他的城堡免遭洗劫，儘管如此，我們還是在此處發現十八世紀的簡潔，它與意想不到及命運的浪漫主義哀戚互相衝突，就像我們在克萊斯特[9]的作品中所看到的一樣。

　　生命中各式各樣獨特的意外不能被化約為法則與分類，儘管每一樁意外都遵循自身的邏輯。這兩位分不開的軍官無法分開生活，不過卻一直感到與對方決鬥的衝動，狄德羅用簡潔的客觀性來敘述這則故事，這樣的客觀性卻無論如何不能隱藏他們的關係中熱情元素的曖昧性。

　　假如說《宿命論者雅克》是一本反《憨第德》的作品的話，這

---

[9] Heinrich von Kleist，1777-1811年，德國劇作家、作家。著有劇本《破甕》，獲歌德青睞，親自將之搬上舞台，至今仍時常上演。小說《O女侯爵》亦是重要著作，曾在一九七六年由法國名導侯麥拍成電影。尚有其他多部作品。—編注

是因爲作者將它構思爲反哲學寓言（conte-philosophique）的作品：狄德羅深信眞理不能被限制在單一的形式裡，或是被限制在一個說教的寓言裡。他希望他在文學上的創造性可以與生命中無窮無盡的細節互相調和，而不是想要證明一個可以用抽象字眼陳述的理論。

　　狄德羅廣泛的寫作方式與「文學」對立，也與「哲學」對立，可是今日我們所承認的這部眞正的文學作品，卻的確是狄德羅的作品。《宿命論者雅克》最近被昆德拉這樣有實力的作家賦予現代、戲劇的形式，這一點並非偶然，而昆德拉的小說《生命中無法承受之輕》也顯示他是當代作家中最具狄德羅風格的，因爲他可以將關於情緒的小說與存在小說、哲學及反諷混合在一起。

　　　　　　　　　　　　　　　　　　　　一九八四年

嘉瑪利亞・歐特斯[1]

　　從前有個想要計算一切的人：包括樂趣、痛苦、美德、缺陷、眞理、錯誤。這個人深信他可以爲人類感情與行動的每一面，建立代數公式與量化系統。他用「幾何精確性」的武器，對抗存在的混亂以及思想的猶豫不決，換句話說，這項武器來自於一種智性風格，這樣的風格是所有清楚的對立以及不能反駁的邏輯結果。他認爲對於樂趣的欲望以及對於力量的恐懼，是唯一確定的前提，從這裡才可以出發進行對於人類處境的了解之旅：只有透過這條路，他才能成功地證明，就連公義與自我犧牲這樣的優點也有堅實的基礎。

　　世界是包含無情力量的機制：「輿論的眞實價值是財富，因爲這樣的財富會易手，而且會收買輿論」；「基本上，人是由腱、肌肉與其他薄膜所連結起來的骨幹。」可以預料的是，這些格言的作者生活於十八世紀。從拉・梅特利[2]的機器／人到薩德的天性之殘酷快感的勝利，那個世紀的精神徹底排拒關於人與世界的天佑觀點。我們也可以預料這些格言的作者是住在威尼斯：威尼斯共和國

[1] Giammaria Ortes，1713-90年，義大利威尼斯的牧師、經濟學家。著有《國民經濟學》─編注

[2] La Mettrie，1709-1751年。法國醫生、哲學家。對精神現象所做的唯物主義解釋，爲唯物主義的發展奠定了基礎。著有《靈魂的自然史》、《人是機器》、《論幸福和反塞內加。》─編注

在逐漸衰敗的過程中，愈來愈覺得自己被捲入強權之間的壓倒性競賽裡，被貿易的利潤與逐漸增加的損失所困擾；也逐漸沉浸在享樂主義、賭場、劇院與嘉年華會中。對一位喜歡計算一切的人來說，還有什麼地方可以提供更大的刺激呢？他覺得自己身負一項使命，也就是必須設計一個可以在"faraone"賭博中獲勝的系統、在通俗劇中計算出激情的正確數量，他甚至覺得自己應該論述政府對私人經濟的干涉，以及各國的財富及匱乏。

不過我們所討論的這個人，並不是像愛爾維修[3]那樣是個學問上的放縱者，也不是像卡薩諾瓦那樣，是個實踐上的放縱者：他甚至不是個為啟蒙價值而戰的改革者，不像他那些在《咖啡館》(*Il Caffe*) 期刊工作的同代米蘭人。（維利〔Pietro Verri, 1728-1797〕的《關於樂趣與痛苦本質的論述》於一七七三年發表在那份期刊上，這是在我們這位威尼斯作家於一七五七年發表他的《人類生活的樂趣與痛苦之計算》〔*Calcolo de' piaceri e de' dolori della vita umana*〕之後）。這位作家的名字便是嘉瑪利亞‧歐特斯，他是一位冷淡、易怒的教士，揮舞著尖銳的邏輯外殼，對抗擴散在歐洲的變動預兆，這些預兆甚至在他的故鄉威尼斯的地基當中隆隆作響。他是個像霍布斯一樣的悲觀主義者，跟曼德維爾[4]一樣喜歡矛盾的事物，他的論點專斷，而且風格冷淡、尖刻。閱讀他的作品時，我們可以確信他是「理性」最不淚眼朦朧的支持者之一。事實上，我們必須很努力才能接受傳記作家以及研究他所有作品（oeuvre）的專

---

[3] Helvétius，1715-1771年。法國唯物主義者，主張感覺是一切知識的來源，也是全部精神活動的原動力。出身官廷醫生之家，曾受教於伏爾泰。著有《論精神》、《論人的理智能力和教育》。—編注

[4] Bernard Mandeville，1670-1733年，英國古典經濟學家、醫生。對十八世紀社會哲學有頗大影響。著有《蜜蜂寓言或個人的惡行、大眾的利益》。—編注

家所提供的其他細節，特別是關於他在宗教事物上的不妥協態度，以及他堅定的保守主義。（例如我們可以參考托伽蘭〔Gianfranco Torcellan〕一九六一年由埃伊瑙迪出版社出版的《一位美國哲學家的感想》〔*Riflessioni di un filosofo americano*〕，這是歐特斯最重要的散文與對話〔operette morali〕之一。）這應該讓我們獲得一個教訓，也就是永遠不要相信公認的觀念和陳腔濫調，諸如十八世紀是由重感情的宗教精神與冷靜、不信任的理性之間的衝突所主導這樣的傳統觀點：現實總是要來得細緻入微的多，同樣的元素不斷進行各式各樣的組合。在關於人性最機械化、最數學化的觀點背後，很容易存在天主教對於世俗物質的悲觀主義：精確、透明的形式從塵土冒現，成形之後又再度回歸塵土。

在那個時代，對於奇人來說，威尼斯是再理想不過的舞台背景了，因為有一整個萬花筒的人物從果多尼[5]的戲劇作品中跑出來。一幅現代繪畫將歐特斯這位一心只想著算術的厭世教士，描繪為冷靜、戴假髮、尖下巴、稍帶惡意微笑的人，我們可以輕易想像他進場時，臉上的表情好像在說，周遭的人不想了解對他來說一目瞭然的事情，儘管如此，他還是堅持己見，而且同情別人的錯誤，直到我們看著他搖頭離開小廣場為止。

歐特斯屬於一個戲劇的世紀，特別是屬於威尼斯這個戲劇之城，這一點並非偶然。他在作品最後經常會寫的那句座右銘：「誰能說這是我捏造的呢？」在我們的心裡埋下懷疑的種子，也就是他的數學證據只不過是諷刺的悖論，而這些證據的作者，也就是這位嚴謹的邏輯學家，只不過是一張諷刺面具，底下藏著另一項科學、

---

[5] Carlo Goldoni，1707-1793年，義大利喜劇作家。立志改革「即興喜劇」（假面喜劇）。著有《喜劇劇院》、《一僕二主》等多部作品。

另一項眞理。難道這只是由可以令人充分理解的審愼態度所口述的
公式，以預防教會權威的非難？歐特斯最欣賞的人是伽利略，這並
不是沒有原因的：伽利略在他的《關於兩大世界體系之對話》中置
放了一位人物薩維亞提，那是他的代言人，他宣稱自己只是在扮演
哥白尼主義者的角色，儘管他是個不可知論者，而他參與辯論就像
在參加化裝舞會一般……這類系統後來證明是多少有效的警惕（就
我們所知道的，對伽利略來說並非如此，可是對歐特斯來說卻是有
效的），無論如何，它顯示了作者在這類文學遊戲中所獲得的樂趣。
「誰能說這是我捏造的呢？」：在這個問題中，戲劇典型的光影活動
建立在論述的中心，在這個論述中，也可能是在所有的人類論述
中。誰來決定被說出來的話是眞或假？不是作者，因爲他服從於讀
者的裁決（「誰能說……？」）；不過也不是讀者，因爲這個問題是
向一個假設的「誰」提出的，這個誰或許並不存在。也許所有的哲
學家體內都藏有一個演員，這名演員扮演他的角色，哲學家並無法
介入；或許每一個哲學、每一個教條都包含戲劇小品的元素，儘管
我們無法判斷這齣短劇何時開始、何時結束。

　　（就在半個世紀之後，傅利葉〔Fourier〕也在文學界展露同樣矛
盾的頭角，不過也是典型的十八世紀人物：他也是個算術迷，是位
激進的理性主義者，也是哲學家（philosophes）的敵人，此外他也
是享樂主義者、感官主義者與幸福論者，在生活中他很嚴肅、孤
獨、苛刻，不過卻也熱中戲劇，不斷強迫我們自問：「誰能說這是
我捏造的呢？」……）

　　「人的天性傾向於感官享樂」，《人類生活的樂趣與痛苦之計算》
開宗明義地表示，而且它繼續寫道：「因此，所有的外在物品也同
時變成每個人欲望的特殊對象。」人類爲了擁有他所欲望的對象，
便必須使用力量，而且會與其他人的力量產生衝突；因此計算可以

互相抵消的力量便有其必要。不像盧梭,對歐特斯來說,大自然並不具有母性形象,而從他的想法中所冒現的社會契約,比較像是物理手冊中的力的平行四邊形。如果說人在追尋樂趣的過程中,沒有互相摧毀的話,這要歸功於輿論,輿論是我們今日廣義稱為文化的一切之基礎。因為輿論,「所以所有人合併的力量都或多或少為了每個個體而作用」。這並不是美德,美德是來自上天的禮物,讓我們可以為了利他而犧牲自己;不過我們是在塵世,重要的是輿論,就像它的目標就是「一個人的自身利益一般」。歐特斯提供證據來顯示,羅馬歷史中的英雄主義與愛國主義的崇高例子,是如何可以用出於利己的算計動作來加以解釋,而歐特斯的證據可以用斯金納(B. F. Skinner)的行為主義或是威爾森(E. O. Wilson)的社會生物學來加以支撐。

「輿論」就是一些思想形式,我們以之為基礎而接受以下這項觀念,也就是某些類別的人以各自的方式,擁有某種程度的財富或特權。歐特斯特別舉出了四種類別的人:貴族、商人、士兵與文人。他試著定義這個公式,以建立每一項「輿論」的「價值」,而他所謂的「價值」就是收入。

簡而言之,他所說的「輿論」相當於我們近代所說的「意識形態」,特別是「階級意識形態」;可是歐特斯並不浪費時間在觀察它的上層結構特殊性上,他比任何的歷史唯物主義者都還要突然且迅速地將一切轉譯為經濟學的語言,或者說是轉譯為收入與支出。

他的結論是,在一個人口較多的社會,人可以享受較多的樂趣,遭受較少的恐懼(簡單說,在這樣的社會中,人是自由的),相較於那些住在社會之外,或是住在人數有限的社會中的人而言,這項結論是一項不證自明的原則,可以在社會學的論文中得到發展,接著根據我們今日的經驗而被證實、修改或修正。同樣地,有一整

個關於墨守成規與叛逆的類型學與類別是根據這些行為的社交性或不善社交性的程度被判斷，這一整個類型學與類別可以從這部作品的最後一個句子來加以發揮，在最後一個句子中，存在著一項對比，分別是對較多數「輿論」「敏感」的人，以及「對較少數輿論敏感」的人：前者變得愈來愈「保守、有禮、而且善於掩飾」，後者則是變得「較為誠懇、自由與野蠻。」

　　身為體系與結構的建造者，歐特斯對歷史原本是不可能有特殊偏好的；相反地，我們可以說他對歷史一竅不通。他證明了社會只立基於輿論，認為人可以目擊的事物才是歷史真相，因此道聽途說的歷史地位次於目擊者活生生的聲音。可是在他的《歷史真相計算》的結論中，歐特斯顯示了對於宇宙知識的欲望這樣的知識，將焦點放在極小且不可重複的細節上：他總是想要將人性納入一個由抽象元素所構成的代數公式中，在此處則是譴責任何不是基於所有個體經驗深不可測的總數而來的全面知識。

　　當然，他的方法將他推向泛論，並得到他對概念合成的才華所輔助。舉例來說，他分析義大利、法國、英國、德國的劇場，然後提供了這四國人民的特徵：法國劇場立基於變動，英國劇場立基於「固戀」，義大利劇場立基於「第一印象」，德國劇場則是立基於「最後印象」。我想「第一印象」指的是立即性，而「最後印象」指的是感想；最難以譯解的字眼是「固戀」，不過我們推測他在講到英國劇場時，腦海裡想的幾乎必然是莎士比亞，所以我想他指的是將激情與行動帶至終極後果，同時也意謂在性格描繪與戲劇效果上的某種過度。歐特斯從這一切假定義大利人與英國人之間存在著一種類似性，他們的優點都是建立在「想像力」之上，法國人與德國人之間也存在著親近性，對他們來說，「理性」勝過一切。

　　這番論述開啟了歐特斯最生動也最豐富的文本，也就是他的

《關於音樂劇場的感想》，在這本書中，他的方法的「幾何精確性」應用在通俗劇的對稱與逆轉狀況上。在此處，歐特斯計畫性的享樂主義將焦點放在一件好事上，這件好事不像其他的那麼不確定：也就是威尼斯文明很有技巧地擺在社會生活中心的娛樂（divertimento）。在此處，我們可以看到作者思考的基礎比較是經驗主義，而不是數學推理。「每一個"divertimento"在於每一個感官所經驗到的不同運動。樂趣從運動的多樣性中衍生而來，就如同厭膩感從運動的持續性中產生。因此，想要提供三小時以上樂趣的人應該要確定他只能製造厭膩感。」

　　或許音樂與戲劇所產生的樂趣，以及賭博所引起的希望和情緒，是唯一不虛幻的樂趣。至於其他的，在他的確定態度之後，潛藏著憂鬱的相對主義。《人類生活的樂趣與痛苦之計算》以這幾句話結束：「如果說人們認為我的這些教義流露對人類的蔑視，那麼我自己也屬於這個物種，卻不覺得被冤枉；如果說我斷定這個生命的所有樂趣與痛苦只不過是幻覺，我也可以補充說，所有的人類推理只不過是蠢事。當我說所有的推理時，也不排除我自己的『計算』。」

　　　　　　　　　　　　　　　　　　　　　　　一九八四年

斯湯達爾作品中的知識如塵雲

　　亨利·貝爾[1]停留於米蘭的期間——直到那時為止，他始終是個通曉人情世故的人，多少是位天才，沒有確切志向的業餘藝術愛好者，以及成就不等的雜文作家——發展了某種東西，這個東西不能被稱為他的哲學，因為他打算反哲學之道而行，他的詩意語言也不能被視為是小說家的作品，因為他將自己的詩意語言定義為小說的相反，或許他並不知道自己不久之後便會成為小說家，這個東西只能被稱為他的認識論方法。

　　這種斯湯達爾式的方法立基於個體的生命經驗，包括它獨特的不可重複性，這個方法與傾向概括、普遍性、抽象與幾何模式的哲學相反。不過它也與小說的世界相反，小說的世界被視為是由單向度的物理能量、持續的線條、指向一端的向量箭頭所構成的世界，而他的方法旨在傳播關於一項現實的知識，這項現實會以特定時空的小事件之形式顯現。我試著將斯湯達爾這項認識論方法定義為某種獨立於對象的事物；不過貝爾認識論追求的對象是某種心理層面的事物，各種激情的本質，或者說是最極致的激情——愛情——之本質。而這位當時尚未成名的作家在米蘭所寫的論文是《論愛情》（*De l'Amour*），這是他在米蘭那段最長也最不快樂的戀情之結果，也就是他與瑪蒂德·丹包斯基（Matilde Dembowski）的戀情。不過

---

[1] Henri Beyle，1783-1842年，為斯湯達爾的原名。—譯注

我們可以試著從《論愛情》抽取出現在被科學哲學稱之爲「範例」
的事物，以檢視這個範例是否不僅對他的愛情心理學來說有效，對
斯湯達爾世界觀的所有面向來說也有效。

　　在《論愛情》的一篇序言中，我們可以讀到以下的文字：

　　　　愛情就像是天上的銀河，是由小星星所構成的發光體，其
　　中的每一顆星星通常自身就是星雲。關於這個主題的書籍指出
　　了四、五百種後繼的小情緒，這些難以鑑定的情緒構成了這項
　　激情，不過這些只不過是當中最明顯的情緒，它們經常出錯，
　　而且本末倒置。

　　他的文章繼續與十八世紀的小說對立，包括《新愛洛旖絲》[2]與
《曼儂情史》[3]，就像他在前一頁駁斥哲學家宣稱可以將愛情描述爲
複雜幾何圖形的說法。

　　因此我們可以說，斯湯達爾想要探索的現實本質是點狀的、不
連貫、不穩定，是由異質的現象所構成的塵雲，這些現象彼此隔
離，而且可以再輪流細分爲更細微的現象。

　　在論文的一開始，我們或許會認爲作者用分類、編目的精神來
面對他的主題，這樣的精神在同樣那幾年引領傅利葉（Charles
Fourier）草擬一份精細的激情概要一覽表，根據的是激情和諧、合
併的滿足感。不過斯湯達爾的精神與系統化的秩序相反，他的精神
不斷避免秩序，即使在他希望是最井然有序的書中也是如此。他的

---

[2] 法國作家盧梭於一七六一年發表的小說，作者藉由一段因門第問題而無法結合的愛
　　情悲劇，傳達他對自由戀愛的浪漫觀點。—譯注
[3] 普雷渥神父（L'abbe Prevost，1687-1763）於一七三一年出版的作品，作品描述一
　　對激情的戀人瘋狂的亡命生涯。—譯注

嚴謹屬於不同的類型：他的論述由一個基本概念組織而來，他將之稱爲結晶，他的論述便從中擴充，以探索意義的領域，意義的領域在愛的命名學以及幸福與美的鄰近語意學領域之下擴展。

幸福也是如此，我們愈是想要將它限定在一項要旨的定義中，它就愈是會融入由彼此隔離的不同片刻所構成的銀河裡，就跟愛情一樣。因爲（如同斯湯達爾在第二章中所說的）「靈魂對於一切統一的事物感到厭膩，即使是完美的幸福也一樣」；相關的注釋解釋道：「生命中單一的片刻只能提供瞬間的完美幸福，然而一個熱情的人的生活方式在一天當中可以改變十次。」

不過這個粉狀的幸福是個可以量化的實體，用精確的測量單位可以加以計算。在十七章中，我們可以讀到：

> 亞伯利克在劇院包廂中看到一位比他的情婦還美的女人：如果您允許我運用數學估算方式的話，那麼我們可以說這個女人的容貌可以提供三單位的幸福，而不是兩單位（我們假設完美的美麗所提供的幸福商數可以用數字四來表示）。而他情婦的容貌可以為他提供一百單位的幸福，所以他仍然偏愛她，這有什麼好奇怪的嗎？

我們馬上可以看到斯湯達爾的數學變得相當複雜：一方面，幸福的數量具有客觀的大小，與美麗的數量成比例，不過在另一方面，幸福的數量在愛情超值量表上的投影，顯示它具有完全主觀的大小。這也難怪書中最重要的章節之一，第十七章，題爲「被愛罷黜的美」。

不過分割每一項符徵的無形線也通過美，我們可以分辨我們覺得美的事物的客觀面向——儘管這難以定義——與主觀面向，那是

由「我們在愛的對象中所發現的每一項新的美麗事物」所組成的。
這篇論文所提供的第一個關於美的定義（在第十一章）是「給予樂
趣的新能力」。接下去的一頁談的是美的相對性，以書中兩位虛構人
物為例：戴樂・羅梭（Del Rosso）的理想美人是個時時刻刻讓人聯
想到肉體快感的女人，而里濟歐・維斯康堤（Lisio Visconti）的理
想美人則是時時讓他想要熱戀的女人。

　　如果我們發現戴樂・羅梭與里濟歐是作者心靈兩個面向的擬人
化表現的話，那麼事情會變得更為複雜，因為碎片化的過程甚至擴
散到主體。可是此處所牽涉到的主題是斯湯達爾透過假名而倍增的
自我。就連自我也會變成一整群的自我：「一張面具必須變成一連
串的面具，而使用假名必須變成一貫地使用許多名字」，史達侯賓斯
基（Jean Starobinski）在他重要的文章〈斯湯達爾假名〉中如此寫
道。

　　不過我們不要再往這條路走下去了；相反地，我們來將熱戀中
的人視為是不可分割的單一靈魂，尤其是此時出現一條更為精確的
注釋，它將美定義為**我的**美，也就是美對我的意義：「它承諾那是
對我的靈魂有用的特徵……而且比吸引我感官的事物更為重要。」
此處值得注意的是，我們發現「承諾」這個字眼，在十七章的一條
注釋中，這個字眼形成他最有名的定義之一部分：美麗是幸福的承
諾（la beaute est la promesse du bonheur）。

　　關於這個句子、在它之前的句子、前提與後來的迴響，直至波
特萊爾，斐拉塔（Giansiro Ferrata）寫了一篇很有趣的文章（〈價值
與形式〉〔Il valore e la forma〕，《此與彼》〔Questo e altro〕，VIII
〔一九六四年六月〕，11-23頁），強調結晶化理論的要點，也就是將
愛人負面的形象轉化為具有吸引力的磁極。值得提醒讀者的是，結
晶化的暗隱衍生自薩爾斯堡的礦井，枯枝被丟進井裡：幾個月之

後，當它們被再度發現時，都覆蓋了岩鹽的晶體，鑽石般燦爛奪
目。樹枝的原貌還是看得見，可是每一個節瘤、小樹枝與荊棘如今
都擁有變形的美麗；同樣地，在壯觀的變形過程中，戀人的心思專
注於愛人身上的每個細節。此處，斯湯達爾停留在一個驚人的例子
上，這個例子對他來說似乎無比重要，既是在一般的理論層次上，
也是在生活經驗的層次上：那就是愛人臉上的「天花瘢」（marque
de petite verole）。

　　即使是她臉上的小瑕疵，例如天花瘢，也會讓愛她的男人
　感到情意綿綿，讓他陷入深思，回想起他在另一個女人臉上看
　到這些瘢的時候。這是因為那塊天花瘢牽動他無數的情緒，大
　多是甜美的情緒，不過全都很有趣，看到那塊瘢時，這些感覺
　以令人難以置信的力量被攪動，儘管他是在另一個女人的臉上
　看到那塊瘢。

　　我們也可以說斯湯達爾整個關於美的論述環繞在 marque de
petite vérole 上，幾乎是只有在面對絕對醜陋的象徵——瘢——的時
候，他才得以欣賞絕對的美。同樣的，我們也可以說他整個關於激
情的類型學，環繞在最負面的情況上，也就是男人性無能的挫敗，
彷彿整本《論愛情》的重心就在〈論性挫敗〉（Des fiasco）這一
章，而這著名的一章是作者寫這本書的唯一理由，後來作者不敢出
版，因而這本書是在作者死後才問世的。
　　斯湯達爾引述蒙田關於相同主題的論文來開始談論他的主題，
不過對蒙田來說，這只不過是他一般沉思的例子，既是關於想像力
的生理效果，相反地，也是關於遵循意志的身體部位的不聽話的自
由（indocile liberte）——這樣的論述早於葛羅戴克（Groddeck,

1866-1934年）以及關於身體議題的現代討論──斯湯達爾的方法則
總是細分，而從不是概括，對他來說，這所涉及的是解開一個心理
過程的結，包括自尊心（amour propre）、昇華、想像力、以及自發
性的喪失。對斯湯達爾這位永恆的愛人來說，最令人想望的時刻，
是與新虜獲的愛人首次發生親密關係的時刻，這個時刻也可能變成
最痛苦的時刻；可是正是意識到全然的否定性，意識到黑暗與空虛
的漩渦，我們才能建立知識的體系。

　　由此出發，我們可以想像斯湯達爾和萊歐帕迪之間的對話，在
萊歐帕迪式的對話中，萊歐帕迪勸告斯湯達爾從他的生活經驗中引
出最痛苦的結論。這樣的想像並非沒有歷史根據，因為這兩個人的
確曾於一八三二年在佛羅倫斯見面。不過我們也可以根據《羅馬、
那不勒斯、佛羅倫斯》的部分內容來想像斯湯達爾的回應，那些部
分談論的是他於十六年前（一八一六年）在米蘭進行的一些智性對
話，他在其中顯現通曉人情世故者的懷疑超然態度，他的結論是，
當他跟哲學家在一起時，總是設法讓自己變得不受歡迎，不過當他
跟美女在一起時，則從未發生這種情形。如此一來，斯湯達爾可能
很快放棄萊歐帕迪式的對話，而遵循另一條路，那是不想錯過任何
樂趣或痛苦的人會走的路，因為從這條途徑所衍生出來的無窮狀況
正是讓生命變得有趣的地方。

　　因此，若是我們想要將《論愛情》當作「方法論」來閱讀的
話，我們會很難讓這種方法符合在斯湯達爾時代發生作用的那些方
法。不過或許我們可以在這個方法與歷史學家金茲柏格（Carlo
Ginzburg）最近試著在十九世紀最後二十年的人類科學中所辨識到
的「作證範例」（evidential paradigm）找到相通處（〈線索：作證範
例之根源〉〔Spie. Radici di un paradigma indiziario〕，《理性的危機》
〔*Crisi della ragione*〕，卡爾卡尼〔A. Gargani〕編輯〔都靈：埃伊瑙

迪出版社，一九七九年〕，59-106頁）。關於這項作證知識，我們可以追溯出一段悠久的歷史，根據的是符號學、對於痕跡、症候、不由自主的巧合之意識，這項知識特許邊緣的細節、被拒絕的元素，以及我們的意識通常會拒絕選擇的一切。將斯湯達爾與他點狀的知識視為是這個領域的一部分，也並非不合適，這項知識將崇高與微不足道連接在一起，將激情（amour-passion）與天花瘢（marque de petite vérole）連接在一起，不排除一項可能性，也就是最模糊的痕跡或許是最令人目眩的命運之痕跡。

　　我們能不能說這個由《論愛情》的匿名作者所提出的計畫性方法，會是由寫小說的斯湯達爾與寫自傳的亨利‧布呂拉（Henri Brulard）[4]所忠實觀察到的方法？關於布呂拉，我們當然可以肯定回答，鑒於他的目標與小說家恰恰相反。斯湯達爾式的小說（至少在它最明顯也最受歡迎的外貌下）所敘述的故事具有清晰勾勒的輪廓，在其中，被清晰描繪的人物一貫堅定地遵循他們的主要激情，而寫自傳的斯湯達爾則試著捕捉自己生命的本質，以及在無足輕重的事實所構成的沒有形狀、沒有方向的混亂狀態中，捕捉自身個體獨特性的本質。進行這種對生命的探索，最後會變成和「敘事」所意欲達到的目標相反。《亨利‧布呂拉傳》一開始如此寫道：

　　　　我有勇氣明白寫下這些告白嗎？我必須敘述，我寫下對一些微小事件的「感想」，不過這些事件由於具有微小的本質，所以我必須講得很清楚。讀者可得非常有耐心才行啊！

　　記憶的本質是碎片式的，在《亨利‧布呂拉傳》中，記憶好幾

---

[4] 斯湯達爾曾以亨利‧布呂拉的筆名寫了一部自傳作品《亨利‧布呂拉傳》。一譯注

次被比作斑剝的壁畫。

　　它總是就像比薩斜塔納骨室（Camposanto）內的壁畫，我
們可以在當中清楚看到一隻手臂，可是它旁邊那個應該代表頭
的部分卻剝落了。我看到一連串非常精確的影像，不過它們都
是以與我的關係出現；或者說我只透過回憶它們在我身上所產
生的效果來看見它們。

　　因此斯湯達爾宣稱：「原創性與真相只存在於細節中」。以下是
馬齊亞（Giovanni Macchia）一篇論文的文字，其中討論的是斯湯達
爾對於細節的執迷（取自〈斯湯達爾的小說與自傳〉〔Stendhal tra
romanzo e autobiografia〕，《巴黎傳奇》〔Il mito di Parigi〕）：

　　我們存在的整個過程都被包在大量看起來無足輕重的小事
件當中，不過這些事件卻標示且顯露了生命的節奏，例如一天
當中平凡無奇的祕密，我們並不予以注意，事實上，我們想要
加以摧毀……斯湯達爾有能力用人性的目光看待一切，他拒絕
選擇、修正或是作假，因而產生了最驚人的心理直覺與社會洞
見。（《巴黎傳奇》，都靈：埃伊瑙迪出版社，一九六五年，94-
95頁）

　　可是碎片化關係到的不只是過去：即使是在當下，無意中瞥見
的事物可能產生更有力的影響，例如一扇半掩的門，在他的《日記》
的一頁中，他透過一扇半掩的門，偷窺一名年輕女子寬衣，希望可
以瞥見她的胸部或大腿。「若是一名四肢攤開躺在床上的女人的
話，對我或許不會有影響，可是偷窺帶給我最銷魂的感覺，因為在

這種情況下，她很自然，而我也不用擔心自己的角色，所以可以耽溺於感官的享受之中。」

　　認識論的過程經常是從最朦朧也最私人的時刻發展而來的，而不是從完全認知的時刻開始。此處與羅蘭・巴特的一篇論文標題有所關連：我們總是無法成功談論我們所愛的事物（On échoue toujours à parler de ce qu'on aime）。《日記》以他最快樂的時刻作結束：也就是他於一八一一年抵達米蘭的時候。不過亨利・布呂拉於五十歲前夕在亞尼庫里內（Janiculine）山坡上開始承認他的幸福，接著又立刻覺得需要開始敘述他在格爾諾布勒（Grenoble）所度過的不幸童年。

　　我懷疑這一類的知識與小說是否有任何關連，也就是說，我不知道這要如何與斯湯達爾身為活力充沛、堅持己見的小說家之正統形象相符。相同的問題也可以用另一種方式提出：年輕時代讓我著迷的斯湯達爾仍然存在，或者只是幻覺呢？關於這個問題，我可以立刻回答，是的，他還存在，他一如既往地在那裡，于連[5]仍然坐在岩石上欣賞天上的雀鷹，認同牠的力量與孤絕。不過我也注意到，能量的集中現在已經較不吸引我了，我比較想要找出藏在它底下的事物，圖像的其他部分，我不能說它是隱藏在冰山下的部分，因為事實上，它並沒有被隱藏起來，而是支撐並連結其他的一切。

　　當然，斯湯達爾的主角在經歷內在的衝突時，典型地擁有線性的個性、延續的意志以及緊密的自我。這一切似乎將我們帶到與存在現實概念相反的另一極，我曾經試著將這項現實定義為點狀、不連貫與塵雲狀。于連的特徵完全來自於他內心的掙扎，一邊是害羞

---

[5] Julien，斯湯達爾的小說《紅與黑》中的主人翁，與雷納爾夫人發展出一段婚外情。—譯注

心理，另一邊則是他的意志，彷彿是透過某種絕對命令，他的意志
要他在黑暗的花園中，拾起雷納爾夫人的手，在這個不凡的段落
中，作者描繪了于連的內在掙扎，他熱情的吸引力最後終於戰勝了
他假定的鐵石心腸，以及雷納爾夫人假定的純真。法布里斯[6]爽朗
地拒斥任何形式的痛苦，因此即使是被關在監獄中，他也從未因為
被監禁而感到意志消沈，他的牢房轉變為令人不可置信的多用途溝
通方式，幾乎變成他的愛情可以實現的條件。呂西安[7]是如此在意
他的自尊，極力想從墜馬的恥辱中復元、想從夏斯特勒夫人誤會他
一句無心之言中復原、從吻她的手的笨拙（gaucherie）中復元，這
樣的欲望決定了他接下去的所有行動。斯湯達爾作品中的主人翁之
演變當然從不是線性的：由於他們的行動所發生的場景與他們夢寐
以求的拿破崙戰場相去甚遠，為了表達他們潛在的能量，他們便必
須戴上面具，而這樣的面具與他們的自我內在形象是相反的。于連
和法布里斯穿上教士服裝，從事牧師職業，從歷史逼真性來看，牧
師職業的可信度至少是值得商榷的；呂西安只是買了彌撒書，不過
他戴上了雙重面具，也就是奧爾良派[8]軍官的面具，以及懷舊的波
旁王朝支持者面具。

　　這種在實踐激情時的身體自覺在女性角色身上更為明顯。雷納
爾夫人、吉娜‧桑塞維利納、夏斯特勒夫人，不管在年齡或社會地
位上，都比她們年輕的情人來得高，而且較為理性、果斷、老練，
此外她們也願意寬容情人的優柔寡斷，最後成為他們的犧牲者。或

---

[6] 斯湯達爾的小說《巴馬修道院》中的主角，因為殺死情敵而被捕入獄，在獄中與監
　獄長的女兒產生戀情。─譯注

[7] 斯湯達爾的小說《呂西安‧婁凡》中的主人翁。─譯注

[8] Orléanist，十八、十九世紀法國支持波旁家族奧爾良支系的立憲君主主義分子。─
　譯注

許她們是作者所沒有的母親之形像的投射，在《亨利・布呂拉傳》中，作者讓母親的形像不朽，那是一張意志堅決的少婦跳到嬰兒床上的快照；也或許這些女人是一種原型的投射，斯湯達爾不斷在他當作資料來源的古代編年史中，尋找這個原型的蹤跡：像是一位法爾內塞（Farnese）王子所愛上的年輕後母，這位王子因爲是這間監獄裡的第一位囚犯而被作者提起，彷彿斯湯達爾想要建立他們的象徵地位，將他們當成桑塞維利納與法布里斯的關係背後之神祕核心。

除了女性與男性角色意志的糾纏之外，還有作者的意志，以及他寫作這部作品的計畫：不過每一項意志都是自主的，而且只能提供其他意志可以加以開發或拒絕的機會。在《呂西安・婁凡》的手稿上，有一條頁邊注釋如此寫道：「最好的獵犬所能做的，也只是把獵物趕到獵人可以射擊的範圍之內罷了。若是獵人不開槍的話，獵犬也無能爲力。小說家就像是主角的獵犬。」

在獵犬與獵人所追尋的足跡之中，我們可以在斯湯達爾最成熟的作品《呂西安・婁凡》裡，看到愛情的成形，它就像是銀河，充滿了密密麻麻的情緒、感覺與狀況，它們互相遵循、取代、抵銷，遵循著作者在《論愛情》中所勾勒出來的計畫。這尤其是發生在呂西安與夏斯特勒夫人有機會第一次交談，進而彼此認同的那場舞會中。這場舞會從第十五章開始，直到第十九章爲止，當中記載了一連串的小意外、平凡的對話，以及年輕軍官與女人漸進的害羞、傲慢、遲疑、愛意、懷疑、羞愧與鄙夷。

這些段落中最令我驚奇的，是其中充滿豐富的心理細節，以及起伏不定的各種情緒及心情的間歇（intermittences du coeur）[9]——

---

[9] Intermittence du coeur爲普魯斯特《追憶逝水年華》原本暫定的書名。—譯注

還有普魯斯特的回音，他是沿著這條路走下去時不可避免的目的
地，而他的回音只用來強調此處所獲得的成就，作者極爲經濟地使
用描述及線性的程序，這樣的程序確保我們的注意力總是集中在情
節中主要關係的要點上。

　　斯湯達爾對於七月王朝時期在擁護君主政體的省份中的貴族社
會之描述，就像是動物學家的客觀觀察，對於最細微的動物形態特
徵都感到很敏感，如同呂西安公開宣稱的一句話：「我應該像研究
博物學一般來研究它們。居維葉[10]以前總會在植物園告訴我們，有
條不紊地研究毛蟲、昆蟲與最討人厭的螃蟹、小心記錄牠們的異
同，這是治療牠們所引起的厭惡感之最佳方法。」

　　在斯湯達爾的小說中，背景──或說至少某些背景，諸如接待
室與沙龍──之使用不只是用來製造氣氛，也是用來標示位置。場
景的特色來自於人物的運動，以及某種情緒或衝突被引起時，人物
所處的位置，而每一場衝突的特徵又反過來是來自於它是在那個特
定時空下發生的。同樣的，自傳作家斯湯達爾有一種奇怪的需要，
他並不是以描述地點的方式來確定地點，而是畫出地點的草圖，他
除了在草圖上簡要描述背景（décor）之外，也標示不同人物所在的
點，因此《亨利・布呂拉傳》就像地圖集一般詳細。這種對於地形
的執迷從何而來？是來自於他的匆促嗎？那使得他略過一開始的描
述，之後才根據那些用來喚起他記憶的筆記來加以發展？我想不只
是來自於此而已。由於他對事件的獨特性感興趣，因此地圖是用來
固定事件發生的地點，就像故事是用來固定事件發生的時間。

　　小說中所描述的背景經常是戶外勝過室內：例如《紅與黑》中

---

[10] Baron Georges Cuvier，1769-1832年，法國動物學家，創立比較解剖學與古生物
　　學，著有《動物界》等。─譯注

佛朗什孔泰省（Franche-Comté）的阿爾卑斯風景，或是《巴馬修道院》中，布拉涅院長從鐘樓俯視的布里昂扎（Brianza）風景，不過我覺得最棒的斯湯達爾風景是在《呂西安‧婁凡》第四章中出現的那平凡、沒有詩意的南錫風景，它帶有工業革命開始時的典型功利主義污穢。這片風景預示主角意識裡的衝突，一邊是他平淡無味的中產生活，另一邊是他所嚮往的貴族生活，不過這樣的生活如今只剩幻影。這片風景代表一項客觀的負面元素，不過只要可以賦予它存在及愛戀的狂喜的話，它便可以為年輕的槍騎兵形成美的蓓蕾。斯湯達爾凝視的詩意力量不僅在於它的熱中與歡愉，也在於對於一片不吸引人的風景的冷淡排拒，他覺得自己被迫接受這片風景為唯一可能的現實，諸如呂西安被派去鎮壓首次工人暴動的南錫郊外，在灰濛濛的早晨，騎在馬背上的士兵列隊走過陰冷的街道。

　　斯湯達爾透過個體舉止的細微感應，記錄這些社會變動。為什麼義大利在他的心中佔據獨一無二的位置？我們不斷聽到他重複說道，巴黎是虛榮的國度：與義大利相反，對他而言，義大利是誠摯與客觀情感的國家。不過我們不該忘記，在他的精神地理上，還有另一極，那就是英國，他不斷試著認同英國文明。

　　在《利己主義者的回憶》（Souvenirs d'égotisme）中，斯湯達爾在一個段落裡，作出喜歡義大利勝過英國的決定性選擇，原因正是義大利的低度開發，而英國強迫它的工人每天工作十八小時的生活方式，讓他覺得「荒謬」：

　　　　英國勞工誇張且壓迫性的工作量，讓我們報了滑鐵盧之仇……貧窮的義大利人，雖然衣衫襤褸，卻更接近幸福。他們有時間做愛，一年當中有八十到一百天的時間，他們將自己託付給一個有趣得多的宗教，因為那真的會讓他們有點害怕。

斯湯達爾所想的是某種生活節奏，其中應該有許多事物存在的空間，特別是允許浪費一點時間。他的出發點是他對外省骯髒的拒斥、他對其父及格爾諾布勒市的憤怒。他前往大都市，對他來說，米蘭是座大城市，在那裡，舊體制[11]拘謹的魅力，以及他年輕時擁護拿破崙的激情持續下去，儘管那個宗教與貧困之國的許多方面並不合他的意。

倫敦也是座理想之城，不過在那裡，滿足他勢利眼品味的事物必須以先進工業主義的嚴酷爲代價。在他的內在地理中，巴黎與倫敦及米蘭的距離是等長的：教士及利潤法則在巴黎居主導地位，由此產生斯湯達爾持續的離心衝動。（他的地理是逃離的地理，我也應該將德國包含在其中，因爲他是在那裡找到筆名的：這個名字比起他其他的面具來說，是個更爲嚴肅的身分。不過我必須說，對他而言，德國只代表他對拿破崙史詩般掙扎的懷念，在斯湯達爾的作品中，這樣的記憶有消失的傾向。）

他的《利己主義者的回憶》是關於他在巴黎生活的自傳片斷，在那前後，他生活在米蘭與倫敦，這部作品包含了斯湯達爾世界的主要地圖。這本書可以說是他最好的失敗小說：之所以說是失敗，是因爲他缺乏一個文學典範來說服他，這部作品可以成爲一部小說，不過也是因爲只有在失敗的形式中，一則關於缺席及錯失好運的故事才得以發展。《利己主義者的回憶》中的主題是他不在米蘭，在著名的悲慘戀愛事件之後，他離開了米蘭。在巴黎這座看似缺席的城市，每一項冒險都變成了慘敗：他與妓女的關係是生理上的慘敗，他與社會的關係以及與知識分子的交流是心理上的慘敗

---

[11] Ancien Régime，指一七八九年法國大革命之前的政體。—譯注

（例如他與自己最崇拜的哲學家狄崔西〔Destutt de Tracy〕的會面）。接著是他的倫敦之旅，他的失敗歷史在一則非凡的故事中達到了高潮，那是關於一場從未發生的對決，他未能適時挑戰一位傲慢的英國軍官，後來又四處尋他，不斷在碼頭邊的酒館裡徒然獵尋他。

在這則充滿災難的故事中，只有一座由意料之外的幸福所構成的綠洲：那是在倫敦最貧困的一個郊區中，三名妓女的住處，那個地方不但不是他原先所害怕的陰險陷阱，反而是個狹小卻優雅的空間，就像是玩具小屋。房客是貧窮的年輕女孩，她們以優雅、尊嚴與審慎的態度歡迎三名吵鬧的法國遊客。這終於是個bonheur（幸福）的影像，貧困且脆弱的bonheur，與我們的「利己主義者」的嚮往相去甚遠！

我們是否便該斷言，真正的斯湯達爾是負數的斯湯達爾，我們只能在他的失望、惡運與失敗中找到這位作家？不，斯湯達爾所支持的價值是存在張力的價值，這樣的張力源自於拿自己的特性（及限制）與環境的特性及限制較量。正是因為存在是由能趨疲所主導，一切都溶解成為片刻與衝動，就像沒有形狀或連結的微粒，所以他希望個體根據能量保存的原則，或者說不斷複製能量的原則，來發揮自己的能力。他愈是了解能趨疲無論如何終將勝利，這樣的命令便愈是嚴謹，宇宙及所有的星系所剩下的，將會是漂浮在虛空中的原子漩渦。

一九八〇年

給斯湯達爾《巴馬修道院》新讀者的指南

　　有多少新讀者會因為即將在電視上播出的《巴馬修道院》電影版，而受到斯湯達爾這部小說的吸引呢？跟電視觀眾的總數比起來，或許很少，可是跟義大利人所讀的書的數量比起來，或許很多。不過任何數據都無法提供我們最重要的數字，也就是有許多年輕人從書一開始的幾頁便被打動，並立刻深信這是有史以來最棒的小說，他們發現這是他們一直以來便想閱讀的作品，而且這本書會成為他們後來讀的其他書的基準。（我指的特別是開頭幾章；一旦我們進入其中，便會發現這是一本不一樣的小說，或是彼此不同的好幾本小說，全都要求讀者要改變他在情節中的涉入程度；無論情況如何，才氣煥發的開端都會繼續影響讀者。）

　　這是發生在我身上的情況，也是發生在過去一百年來許多不同世代讀者身上的情況。（《巴馬修道院》於一八三九年問世，不過我們必須排除掉斯湯達爾終被了解的那四十年，他自己非常精確地預見了這四十年；儘管在他所有的作品中，這一部是最即時獲得成功的，而且它的發行有賴巴爾扎克一篇相當熱中的長論文，整整七十二頁長！）

　　我們不能確定這樣的奇蹟是否會再度發生，也不確定它會持續多久：一本書令我們著迷的原因（也就是說它的誘惑力，這與它的絕對價值是非常不同的），是由許多無法估量的元素所組成的。（一本書的絕對價值亦是如此，如果說這個句子有任何意義的話。）當

然，即使今日我再翻開《巴馬修道院》，就像我曾經在品味與期待各異的不同時期重讀這本書，它的音樂能量會立刻將我攫獲，也就是「活潑的快板」：那是開頭的幾章，在拿破崙時代的米蘭，砲聲隆隆的歷史與個體生活的節奏以同樣的步伐並肩前進。十六歲的法布里斯在潮濕的滑鐵盧戰場上跟著隨軍小販的推車及奔馳的馬匹四處漫遊，我們跟著他進入純粹的冒險，這樣的氣氛是典型的小說冒險，充滿了刻意調節好的危險與安全，也包含了分量很重的年少輕狂。死不瞑目的屍體及攤開的手臂是首批被文學所開發的真正屍體，以用來解釋戰爭的真相。而從一開始便瀰漫的多情女性氣氛，充滿了保護性的惶恐與嫉妒的陰謀，這已經揭示了小說的真正主題，它會伴隨法布里斯直至故事終了（這樣的氣氛長久下來只能變成是壓迫性的）。

　　或許是因為我所屬的世代，在年輕的時候經歷了戰爭以及政治劇變，所以我變成了《巴馬修道院》的終身讀者。可是在我較不自由也較不平靜的個人記憶中，佔主導位置的是不協調與刺耳，而不是那首誘人的音樂。或許相反的情況是真的：我們認為自己是某個特殊時代的小孩，因為我們將斯湯達爾式的冒險投射到我們自身的經驗上，以轉變它們，就像唐吉訶德所做的那樣。

　　我說過《巴馬修道院》包含許多不同的小說，而我將注意力集中在小說的開頭：這部小說一開始時像是一部關於歷史、社會的編年史，以及流浪漢冒險故事。接著我們進入小說的核心，換句話說，進入厄內斯特（Ranuccio Ernesto）四世親王的小宮廷世界（這個杜撰的巴馬在歷史上符合摩德納〔Modena〕，摩德納的居民熱烈地如此宣稱，例如德菲尼〔Antonio Delfini〕，可是就連馬尼阿尼〔Gino Magnani〕這樣的巴馬人也很滿意這樣的敘述，彷彿這是他們自身歷史的昇華版本）。

　　此時，小說變成劇場、密閉的空間、包含無數棋士的棋賽、一系列錯配的激情在其中發展的灰色、固定地點：摩斯卡伯爵這個位高權重的人是吉娜‧桑塞維利納的愛情奴隸；桑塞維利納要什麼有什麼，可是她只在意自己的姪子法布里斯；法布里斯最愛的是他自己，他享受少數幾場迅速的豔遇，將它們當作是串場表演，最後將環繞在他周圍的所有能量集中在他對天使一般、心事重重的克萊莉亞的無望激情上。

　　這一切都是發生在宮廷與充滿社會陰謀的小世界中，一邊是一位因為吊死兩名愛國者而心生恐懼的親王，另一邊則是檢察官（fiscal général）哈西，他是平庸官僚的化身（這或許是小說中第一次出現這樣的人物），而平庸的官僚本身也具有嚇人的元素。此處的衝突與斯湯達爾的意圖一致，一邊是梅特涅[1]的落後歐洲之形象，另一邊則是激情的絕對本質，這些激情無法容忍界限，而且它們是一個已經被推翻的時代之高貴理想的最後避難所。

　　這本書的戲劇中心就像是齣歌劇（而歌劇是熱愛音樂的斯湯達爾了解義大利的第一項媒介），可是《巴馬修道院》中的氣氛（幸運地）並非是悲劇歌劇的氣氛，而是輕歌劇的氣氛（如同梵樂希所發現的）。暴君統治雖齷齪卻遲疑且笨拙（更糟糕的情況曾經真的在摩德納發生），而激情雖然有力，卻是根據相當基本的機制在運作。（只有一名角色擁有心理複雜度，那就是摩斯卡公爵，他是個精於算計的角色，不過也是個絕望、佔有欲強及虛無的角色。）

　　可是「宮廷小說」的元素並不止於此。小說將義大利轉變為擁護波旁復辟的國家，除此之外，還有文藝復興的歷史情節，斯湯達

---

[1]　Metternich，1773-1859年，奧地利外交大臣及首相，曾參與組織「神聖同盟」，鎮壓奧地利及德意志的民主運動，後被推翻，逃至英國。—譯注

爾在書店中搜出歷史傳奇，並根據其中一則寫成了他自己的《義大利編年史》（Chroniques italiennes）。這一則傳奇處理的是亞歷山德羅・法爾內塞（Alessandro Farnese）的生平。他受到一位姑媽的寵愛與保護，這位姑媽是位高雅、攻於心計的貴婦，亞歷山德羅享有輝煌的牧師職業生涯，儘管年輕時曾經有過放蕩不羈的冒險（他也曾經殺過一名對手，因而被囚禁在桑安傑洛堡〔Sant' Angelo〕），後來變成教皇保祿三世。這則發生於十五、十六世紀羅馬的暴力故事，與生活在充斥著虛偽與良心不安的社會裡的法布里斯有什麼關聯？一點也沒有，不過斯湯達爾計畫的小說就是那樣開始，將法爾內塞的生平轉移到當代，展示義大利持續的活力與熱烈的自發性，他始終信任這些特質（儘管他也可以在義大利人身上辨識出較不明顯的成分：例如他們缺乏自信、他們的憂慮、謹慎）。

　　不管靈感的原始來源為何，小說的開端包含了自主的驅力，所以它可以獨力輕易持續下去，對文藝復興的編年史置之不理。不過斯湯達爾卻經常回到文藝復興，並且再度求助於法爾內塞，以當作他的模範。遵循這個來源所獲致的最格格不入的結果是，一當法布里斯脫去他的拿破崙軍服，便進入神學院宣誓。在小說接下來的情節中，我們必須想像他作高級神職人員的打扮，對他及我們來說，這都是相當不舒服的概念，因為我們必須費勁來協調這兩個形象，而他的教士身分只影響了他的外在行為，絲毫沒有影響到他的精神。

　　早先幾年，另外一位斯湯達爾主角，同樣渴望拿破崙式榮耀的年輕人，決定穿上教士長袍，因為復辟王朝阻擋了所有人的軍事生涯，除了貴族子弟以外。可是在《紅與黑》中，于連・索瑞爾的另一項職業是小說的中心主題，和法布里斯比起來，這個狀況對于連帶來更嚴重也更戲劇化的後果。法布里斯不是于連，因為他缺乏心

理的複雜度，不過他也不是注定要當教皇的法爾內塞，法爾內塞是一則故事的象徵主角，這則故事既可以被詮釋爲駭人聽聞的反教會展示，也可以被詮釋爲關於罪人獲得救贖的教化傳說。這樣說來，法布里斯是誰呢？撇開他所穿的服裝以及他所捲入的事件不談，法布里斯是個想要解讀自身命運符徵的人，引導他的是他眞正的老師所教給他的知識，也就是修士兼占星學家布拉涅斯。他自問關於未來與過去的事情（滑鐵盧是否是他的戰場？），不過他的整個現實是位於現在。

就像法布里斯，整部《巴馬修道院》克服了它綜合本質的矛盾，這要歸功於持續的運動。當法布里斯最後入獄時，一部新的小說在原來的小說之中開始了：這本小說是關於監獄、塔樓以及他對克萊莉亞的愛，這與書中的其他部分截然不同，甚至更難以定義。

沒有比囚犯的狀況更痛苦的生存條件了，不過斯湯達爾對痛苦的態度是如此叛逆，以至於即使當他必須呈現人物在塔樓囚房隔絕的狀態時（這是在神祕且悲慘的逮捕行動之後），他所傳遞的心理態度總是外向的，而且充滿希望：「什麼！我這麼害怕監獄的人，居然被關在監獄裡，而且我不記得自己爲此感到悲傷！」（Comment !moi qui avait tant de peur de la prison, j'y suis, et je ne me souviens pas d'être triste !）我不記得自己爲此感到悲傷！從來沒有以如此漫不經心及活力充沛的態度所表達出的浪漫自憐辯駁。

這座法爾內塞的塔樓從來不存在於巴馬，也不存在於摩德納，不過它卻具有精確的外形：事實上，它由兩座塔樓所構成，較細的塔樓蓋在較厚的塔樓之上（此外，在突出的陽台上蓋了一棟房子，上方是一間大型鳥舍，年輕女子克萊莉亞便出現在這裡）。這是小說中的神奇空間之一（在某些方面，它讓我們想起亞里奧斯托作品中那座以假亂眞的魔堡，在其他方面則讓我們想到塔索），這顯然是個

象徵：如同所有眞正的象徵，我們從不能判定它究竟象徵什麼。顯然是內心的隔絕；不過或許更是象徵開放的態度與愛的交流；法布里斯使用高度複雜的奇異無線電報系統，設法從囚房與克萊莉亞及他那位永遠足智多謀的姑媽吉娜通信，這時的他顯得前所未有的爽朗及健談。

塔樓是法布里斯初次浪漫愛情開花的地方，也就是他對遙不可及的克萊莉亞的熱戀，那是獄卒的女兒，不過塔樓也是桑塞維利納的愛之鍍金牢籠，從一開始，法布里斯便是這份愛的囚犯。這座塔樓的起源（第十八章）回溯到一位被關在其中的年輕法爾內塞的故事，他之所以被關在那裡，是因爲他愛上了繼母：這是斯湯達爾小說背後的神祕核心，「高攀婚姻」，或者說是對於較年長或社會地位較高的婦女之愛慕（于連與雷納爾夫人，呂西安與夏斯特勒夫人，法布里斯與吉娜・桑塞維利納）。

塔樓也意謂高度，代表遠眺的能力：法布里斯從塔樓上可以俯瞰不可思議的景觀，包含從尼斯到特雷維索（Treviso）的整個阿爾卑斯山區，以及從蒙維索（Monviso）到菲拉拉的整個波河流域。不過這不是全部；他也可以看到自己的一生，以及其他人的生命，還有構成人類命運的複雜關係網絡。

從塔樓上可以眺望整個義大利北部，從這本寫於一八三九年的小說高處，也可以看到義大利歷史的未來：厄內斯特四世親王是個心胸狹小的專制暴君，不過他也是位可以預見義大利復興運動（Risorgimento）未來發展的亞伯托（Carlo Alberto），他內心一直希望可以成爲義大利的立憲君主。

用歷史及政治的角度來解讀《巴馬修道院》始終是個可以預測、甚至是必要的方法，這樣的解讀方式始自巴爾扎克（他將這本小說定義爲新馬基維利《君王論》！）。同樣的，斯湯達爾讚揚被復

辟所扼殺的自由與進步的理想，我們可以輕易展示斯湯達爾的讚揚是極為膚淺的，而且我們也有必要這麼做。不過斯湯達爾的輕率正可以提供我們一課不容低估的歷史及政治教訓，他向我們顯示，前雅各賓主義者或前拿破崙主義者是如何輕易變成（並且繼續保持）擁護君主政體集團的專斷及狂熱分子。這樣危險的態度及行動似乎由最有力的信念所主導，這些態度及行動向我們顯示，在它們背後支撐的其實沒有什麼，這是我們在當時的米蘭及其他地方屢見不鮮的現象，可是《巴馬修道院》的美在於這一點是在沒有大聲嚷嚷的情況下被陳述出來的，而且被視為理所當然地接受。

　　讓《巴馬修道院》變成偉大的「義大利」小說的因素，在於政治意識是角色們算計過的重新調整與重新分配：當中的親王在處決雅各賓主義者時，掛心著要與他們建立未來的權力平衡，那可以讓他在迫近的國家統一運動中居領袖位置；還有摩斯卡伯爵，這位擁戴拿破崙的軍官變成了立場強硬的部長，及反動政黨的領袖（不過他只打算鼓動一小撮的反動極端分子，然後藉著與他們疏遠，以突顯自身立場的溫和），而這一切絲毫沒有影響到他的內在本質。

　　我們愈是往下讀，另一個斯湯達爾式的義大利形象便愈是遠離，這個義大利是個感情慷慨且充滿自發性的國家，對於剛抵達米蘭的年輕法國軍官來說，這個開展在他眼前的義大利是塊幸福之地。在《亨利·布呂拉傳》中，當他達到這個時刻，並且準備描述他的幸福時，他用以下的句子中斷他的敘述：我們總是無法成功談論我們所愛的事物（On échoue toujours à parler de ce qu'on aime）。

　　這個句子為羅蘭巴特的最後一篇論文提供了主題與標題，他原本應該在一九八〇年於米蘭舉行的斯湯達爾研討會上宣讀這篇論文的（可是就在他寫作這篇論文的期間，遇上了那場致命的車禍）。巴特在他完成的篇幅中觀察到一件事，也就是斯湯達爾在他的自傳性

作品中，多次強調他年輕時在義大利度過的快樂時光，可是他從來沒有設法加以描述。

　　不過二十年之後，在某種事後回想（après-coup）中（這也是愛情扭曲的邏輯之一部分），斯湯達爾寫下了關於義大利的權威段落：沒錯，這些段落在我這樣的讀者身上，激起了心醉神迷與燦然的感覺（我確定自己不是唯一有這種感覺的人），這是他在私密的日記中所提到卻無法傳遞的感覺。這名法國人抵達米蘭時所產生的幸福與樂趣，與我們的閱讀樂趣之間，存在著奇蹟般的共鳴：被敘述出來的效果終於與被製造出來的效果一致了。

　　　　　　　　　　　　　　　　　　　　　一九八二年

巴爾扎克作品中的城市如小說

　　巴爾扎克著手寫《飛哈古斯》（*Ferragus*）時，他覺得必須進行的這項工作是項巨大的工程：他必須將城市變成小說；將區域與街道像角色般呈現，每一個都被賦予不同的個性；他必須呈現人類的形象與狀況，像是從人行道上迅速生長出來的自生植物，或者是與那些街道產生戲劇化對比的元素，它們引發了一系列的大變動；他必須確保在每個不同的時刻，真正的主角是活生生的城市，它的生物延續性是巴黎這隻怪獸。

　　不過一開始的時候，他的概念完全不是這樣的，也就是說他原先的概念是呈現神祕的角色透過祕密社團的無形網絡，所行使的力量。換句話說，他最偏愛的靈感來源有二，他想要加以混合以寫出單一的系列小說，這兩個靈感來源便是：祕密社團，以及社會邊緣分子隱藏的無限權力。在超過一個世紀的時間中，滲透在通俗及知識分子小說裡的神話，全都浮現在巴爾扎克的作品中。超人將自己變成難以捉摸的造物主，以報復將他放逐的社會，在《人間喜劇》的不同卷冊中，超人瀰漫在沃特藍（Vautrin）變化多端的偽裝中，之後又化身在《基督山恩仇記》、《歌劇魅影》、甚至是最成功的一些小說家後來發放流通的《教父》一類的作品中。曖昧可疑的陰謀將它的觸角伸至四面八方，在十九世紀初時，這樣的機制成為最老練的英國小說家半認真、半說笑的執迷，後來又再度出現在現代系列製作的暴力間諜恐怖小說中。

　　閱讀《飛哈古斯》時，我們仍然處在浪漫的拜倫風潮之中。在一八三三年的一期中（《巴黎評論》〔*Revue de Paris*〕，巴爾扎克與這份周刊簽訂了一份合約，每個月必須交四十頁的稿，出版商經常抱怨巴爾扎克拖稿，而且在校稿的階段，也做了極多的修正），我們看到《十三黨人傳》（*Histoire des treize*）的序言，作者保證會向我們揭露十三名意志堅定的不法之徒的祕密，他們受到互助的祕密合約之約束，使得他們所向無敵，作者宣佈第一回的標題為《公會頭目飛哈古斯》（*Ferragus, chef des Dévorants*）。（Dévorants 或 Devoirants 傳統上意謂公會的會員，不過巴爾扎克顯然是在玩弄這個字的錯誤字源，也就是比較陰險的 "dévorer"〔吞噬〕，而且想要讓我們想到吞噬者）。

　　這篇序言寫作的日期是一八三一年，不過巴爾扎克一直到一八三三年的二月才著手進行這項寫作計畫，而且他沒有設法及時交出第一章，以至於無法刊登在包含序言的接下去那一期的周刊中，因此《巴黎評論》過了兩個禮拜才一起刊登了前兩章；第三章讓接下去的那一期周刊延後發行，第四章及結尾則是在四月份的特刊中問世。

　　不過印行出來的小說與作者在序言中所預告的非常不同：作者對原來的計畫已經不感興趣了，他現在比較關心別的事，這件事讓他苦苦擔心他的手稿，而不是寫出依從刊物所要求的節奏之文章，這件事使得他在校稿上作了許多修正及添加，完全改變了印刷工人的排版。他所遵循的情節還是能夠在驚人的神祕事件及情節逆轉時，讓讀者屏住呼吸，而飛哈古斯這位有著亞里奧斯托式綽號的晦暗人物扮演中心角色，不過使得他擁有祕密力量以及讓他聲名狼藉的冒險故事都發生在過去，巴爾扎克只讓我們看到他走下坡的過程。至於十三黨人，或者說是其他十二名成員，作者顯然忘記他們

了，他們只出現在遠處，在安魂彌撒中，幾乎扮演花瓶的角色。

現在縈繞在巴爾扎克心頭的，是關於巴黎的地形史詩，他所遵循的這份直覺，他是第一個擁有的，也就是將巴黎視爲語言、意識形態、是決定所有思想、文字與行爲的事物，街道"impriment par leur physionomie certaines idées contre lesquelles nous sommes sans défense"（透過它們的容貌印下某些我們招架不住的想法），這座城市就像一隻巨大的甲殼類動物一樣恐怖，它的居民只不過是推動它的手足。已經有幾年的時間，巴爾扎克在報紙上發表關於城市生活的速寫，以及對於典型人物的描繪：不過現在他想要將這些材料組織成一部巴黎的百科全書，其中包括跟隨路上的婦女所寫成的迷你論文、對於淋雨的行人所做的日常素描（可以媲美杜米埃[1]）、對於街頭流浪漢的調查、關於grisette（身穿灰色工作服的年輕女工）的敘述、以及對於人們所講的不同語言的記錄（當巴爾扎克的對話不再像平常那樣強調修辭時，它們便可以模仿最時髦的句子與新字，甚至可以仿照人們說話的語調，例如，當一名街頭攤販宣稱禿鶩的羽毛可以爲婦女的髮型帶來朦朧、奧西安風、時髦的味道〔quelque chose de vague, d'ossianique et de très comme il faut〕）。他在這些戶外場景上加上了類似的室內場景，從污穢到豪華的場景都有（包含了精心設計的圖畫效果，例如在寡婦古律潔陋室中的桂竹香花瓶）。關於拉雪茲神父墓園（Père-Lachaise）的描寫，以及與喪禮相關的迷宮般官僚作風結束了這幅圖畫，這部小說以巴黎身爲活器官的視像始，以巴黎的死者終。

巴爾扎克的《十三黨人傳》變成一本大陸的地圖集，這塊大陸

---

[1] Honoré Daumier，1808-1879年，法國畫家，擅畫諷刺漫畫，對於當代社會生活及人物作出誇張諷刺的描繪，代表作包括〈三等車廂〉等。—譯注

就是巴黎。在《飛哈古斯》之後，他繼續爲不同的出版商（他已經跟《巴黎評論》鬧翻了）寫作兩篇故事（他固執的個性不允許他半途而廢），以湊成三部曲。這兩部小說與第一部非常不同，而且彼此也不相同，不過它們的主角都是祕密會社的成員（這個細節事實上對情節的目標來說是次要的），除此之外，兩部作品裡都有長段的離題情節，爲他的巴黎百科全書添加了其他的詞條：《朗潔女公爵》（這是一本根據自傳性衝動所寫成的激情小說）在第二章提供對於聖日耳曼區貴族的社會學研究；《金眼女孩》（這部作品要重要得多：在從薩德開始，直至今日的巴岱或克勞索斯基〔Klossowski〕所形成的法國文學路線中，這是關鍵的文本之一）一開始是根據社會階級劃分的巴黎人所形成的人類學博物館。

　　如果說與三部曲的其他兩部小說比起來，《飛哈古斯》中的離題情節更爲豐富的話，這並不表示，只有在這些離題情節中，巴爾扎克才投注他全部的寫作力量，因爲即使是戴馬瑞夫婦關係的私密心理劇也讓他全神貫注。當然，我們會覺得這對過於完美的夫婦之戲劇無趣得多，因爲我們位在某個頂點的閱讀習慣，只允許我們看到令人目眩的雲，而讓我們無法辨識運動與對比。然而，揮之不去的疑雲並無法刮傷他們互信愛情的外在，而是從它的內在來侵蝕它，而這個過程是用毫不平庸的語詞敘述出來的。我們也不該忘記，那些讓我們覺得似乎只是用傳統雄辯術寫成的段落，例如克蕾蒙絲寫給她丈夫的最後一封信，這些都是巴爾扎克最引以爲傲的行家段落，如同他對昂斯卡夫人[2]所透露的。

　　另外一齣關於父親溺愛女兒的心理劇，就不那麼具說服力，儘管它可以被視爲是《高老爹》的初稿（不過在此處，自私的人是父

---

[2] 與巴爾扎克交往多年的貴婦，巴爾扎克於逝世前不久與她成婚。—譯注

親，犧牲的則是女兒）。狄更斯在他的傑作《孤星血淚》中，從一位前科犯父親的歸家，發展了相當不同的情節。

在我們賦予這些心理劇重要性的同時，我們也將冒險情節貶至次要層次，一旦我們接受這項事實，我們也必須承認，冒險情節仍然爲我們帶來閱讀樂趣：懸疑在運作，儘管故事的情緒中心不斷從一個角色轉移到另一個角色身上；事件的節奏令人振奮，儘管情節中的許多片斷因爲不合邏輯或不精確而顯得漫無章法；朱勒夫人造訪那些聲名狼藉街道的推理情節，是首批在小說一開始便遇到業餘偵探的罪犯推理小說之一，儘管謎底過快揭曉，而且簡單得讓人覺得失望。

這部作品立基於大都會的神話，因而它身爲小說的全部力量便得到支撐與加強，在這個大都會中，所有的角色仍然以清晰的面孔出現，就像在安格爾（Ingres）的肖像畫中一般。無名群眾的時代尚未開始：事實上，這是一段很短的時期，也就是分隔巴爾扎克及小說中對城市的讚揚，與波特萊爾及詩歌中對城市的讚揚那二十年。若是要提供對於這段轉型的定義，兩段引言便足夠，這是由一個世紀後的讀者所提供的，他們透過不同的路徑，都對這類問題感興趣。

　　巴爾扎克發現大城市充滿神祕，他總是保持敏銳的好奇心。這是他的繆思。他既不具喜劇性，也不具悲劇性，他只是好奇。他埋首於糾結成一團的事物當中，但總是可以察覺到推理小說的成分，然後向我們預告，接著他帶著敏銳、強烈、而且終將勝利的狂熱，開始一點一點地拆解整部機器。我們來看他是如何處理新角色的：他會將他們當成稀有動物一般仔細檢查一番，加以描述、雕塑、定義、評論，直到他傳遞了他們的

個體性，而且為我們帶來驚奇為止。他的結論、觀察、長篇攻
擊及妙語並不包含心理真相，可是隨著這個該死的推理劇必須
真相大白，主辦的地方法官的直覺與癖性也隨之揮舞。因此，
當情節的推理到達尾聲時——這是在書的開始或中間（從來不
是在結尾，因為那時一切都被揭曉了，包括推理情節）——巴
爾扎克興致高昂地談論他自己的推理情結，他的興致是社會性
的、心理性的、抒情的，他棒透了。我們來看《飛哈古斯》的
開端或是《交際花盛衰記》第二部的開端：此處他神采超逸。
他的作品是波特萊爾的序言。

　　這段文章的作者是年輕的帕韋澤（Cesare Pavese），這段文章寫
在他一九三六年十月十三日的日記中。

　　幾乎在同一段時間，班雅明（Walter Benjamin）寫了一篇關於
波特萊爾的評論文章，我們只要將雨果的名字換上更為合適的巴爾
扎克的名字，便可說班雅明是在發展及補充帕韋澤的觀點：

　　　　我們是徒然地在《惡之華》及《巴黎的憂鬱》中尋找雨果
擅長的那種對於城市的大壁畫式描繪。波特萊爾既不描繪人
物，也不描繪城市。他拒絕這麼做，使得他可以在兩者之一的
形象中召喚出另一個。他的群眾總是大都會中的群眾；他的巴
黎總是人口過多……在《巴黎圖像》中，我們幾乎總是可以感
受到群眾的神祕存在。波特萊爾以晨曦為主題時，在無人的街
道上，有某種雨果在巴黎夜間所感受到的「擁擠的寧靜」……
波特萊爾透過群眾這層飄動的紗幕來看巴黎。

一九七三年

狄更斯，《我們相互的朋友》

　　黃昏時分的泰晤士河，又黑又混濁，河水上升至橋墩的地方：今年的新聞報導以最悲傷的觀點，讓我們注意到這個地方，在這個背景下，一艘船駛近了，幾乎要碰到漂浮的圓木、駁船與垃圾。船首站著一名男子，禿鷹般的雙眼凝視著河水，彷彿在尋找什麼；划槳的是一位有張天使般臉孔的女孩，被廉價披風的帽子給半掩著。他們在找什麼？我們很快便知道，男人在打撈被拋進河裡的屍體，這些人或是自殺，或是他殺：泰晤士河似乎每天都為這位特殊的漁夫提供豐富的捕獲物。每當他看到河面上有浮屍時，便會將屍體口袋裡的金幣拿出來，然後用繩子將屍體拖到河邊的警察局，他可以因此而拿到一筆獎金。那位天使般的女孩是船伕的女兒，她試著不看這個恐怖的贈品：她嚇壞了，不過還是繼續划船。

　　狄更斯小說的開頭經常令人難忘，不過沒有任何一篇比得上《我們相互的朋友》的第一章，這是他所寫的倒數第二本小說，也是他所完成的最後一本小說。撈屍者的船似乎將我們帶入世界的黑暗面。

　　在第二章中，一切為之一變。我們現在被一群出自風尚喜劇的人物所圍繞，他們在暴發戶的家裡參加晚宴，每個人都宣稱是老朋友，可是事實上他們幾乎不認識彼此。無論如何，在這一章結束之前，客人的對話突然轉向一樁神祕事件，也就是有一名即將繼承一大筆財產的男子忽然溺斃了，這將我們帶回第一章的懸疑氣氛。

　　鉅額的遺產來自於已逝的垃圾國王，他是一名極爲貪婪的老人，他的房子仍然位在倫敦郊區，旁邊是一個大垃圾場。我們繼續深入這個不祥的碎石世界，在第一章中，這個世界已經透過河流被介紹給我們。在小說的其他場景中，我們還可以看到擺有閃閃發光銀具的餐桌、被掩飾的野心、互相糾纏的利益與算計，這些場景只不過是薄幕，掩飾了這個末日世界荒涼的實質。

　　這位黃金拾荒人的財產管理人，是他以前的工人包分，他是狄更斯筆下的偉大喜劇人物之一，特別是因爲他那自誇的裝模作樣，而他所擁有的唯一經驗，就是悲慘的貧困生活以及無限的無知。（儘管如此，他仍是一個討人喜歡的角色：他和他太太擁有人性的溫暖及善良。後來，隨著小說的發展，他變得貪婪且自私，可是最後他還是顯示他擁有一顆高貴的心。）不識字的包分在突然致富後，便可以放任他對文化壓抑已久的熱情，他買了八冊吉本（Gibbon）所寫的《羅馬帝國衰亡史》（他看不太懂書名，所以將羅馬看成羅斯，以爲這本書談論的是俄羅斯帝國）。他還僱用了一名有一隻義肢的乞丐，賽拉斯・韋格，當作他的「文人」，每天晚上念書給他聽。在閱讀了吉本之後，包分現在成天擔心會失去他的財產，所以便到書店去找一些有名守財奴的傳記，然後要他信任的「文人」念給他聽。

　　個性無法壓抑的包分與賊頭賊腦的西拉斯・韋格形成一個不凡的二人組，接著又加進了維納斯先生，他是個防腐處理員，會用四處找到的骨頭做成人類的骨骼：韋格要維納斯先生用眞骨頭替他做一條腿，以取代他的木腿。小丑般與鬼魅般的人物居住在這個荒原，在我們的眼前，狄更斯的世界變成了貝克特的世界：狄更斯晚期的作品中充滿了黑色幽默，我們在其中預先嚐到了貝克特的味道。

　　當然，狄更斯作品中的黑暗總是與光明成對比，儘管今日當我
們閱讀狄更斯時，較突出的總是作品中的「黑暗」面。光明通常是
從年輕女孩的身上散發出來，她們愈是陷在黑暗的地獄中，便愈是
顯得高潔與善良。對於狄更斯的現代讀者來說，這種對於美德的強
調是最難接受的事情。當然，身為凡人，狄更斯不比我們更能直接
接近美德，不過維多利亞時代的精神不僅在他的小說中發現它的理
想之忠實範例，也找到它自身神話的基礎形象。儘管我們宣稱，對
我們來說，真正的狄更斯只能在他擬人化的邪惡及古怪的諷刺描繪
中找到，我們還是無法忽略他筆下那些天使般的犧牲者與撫慰人心
的角色：若是沒有其中一種人物，另外一種世界就不會存在。我們
必須將兩者視為是彼此相關的結構元素，像是同一棟堅固建築裡的
支撐牆與橫樑。

　　即使是在「好人」當中，狄更斯也可以創造出不尋常、不合常
規的人物，例如這部小說中包含一個奇怪的三人組，包括一名充滿
譏諷與智慧的侏儒女孩、臉蛋與心腸都像是天使的麗姬，以及一名
留有鬍子、身穿粗布長袍的猶太人。聰明的小珍妮‧雷恩替洋娃娃
做衣服，走路時必須拄著枴杖，她會將生活中所有的負面元素轉化
為讓人永遠不膩的奇想，這是狄更斯的作品中最吸引人、也最幽默
的人物之一。猶太人瑞爾受僱於一名卑鄙的敲詐者雷姆（他恐嚇且
侮辱瑞爾，同時又利用他的名義放高利貸，然後繼續假裝成可敬且
公正的人），瑞爾祕密地送禮物給所有人，以試著抵抗他被迫執行的
邪惡行為，畢竟他是個慈悲為懷的人。這提供了反猶太主義的完美
例示，透過這個機制，虛偽的社會覺得有必要製造一個猶太人的形
象，然後將它自身的邪惡卸到這個形象上。這個瑞爾是個性情溫和
的人，幾乎要讓人覺得他是個懦夫，不過在他最不幸的時候，他設
法創造了一個空間，在其中，他是自由的，而且可以和其他兩名社

會邊緣人一起尋求報復，特別是聽從那位洋娃娃裁縫積極的建議（她也是個天使般的人物，不過她有能耐施予可憎的雷姆萊惡魔般的處罰）。

這個行善的空間被具體呈現在一間破舊當鋪的屋頂平台，位在城市的污穢之中，在這裡，瑞爾爲兩名女孩提供洋娃娃服飾的材料、珠子、書、花果，而「貴婦般的老煙囪狂野地旋轉它們的煙囪帽、拍動它們的煙，彷彿它們昂首蔑視、在爲自己搧風、帶著做作的驚訝態度旁觀」。

在《我們相互的朋友》中，有一個空間保留給都市傳奇與風尚喜劇，不過也有一個空間是保留給複雜、甚至是悲劇性的角色，像是布雷德利・韓德史東，他原本是個工人，在成爲老師之後，便一心一意想往上爬，這變成了惡魔般的執念。我們先是看到他愛上麗姬，接著他的醋意變成瘋狂的執念，我們看著他精心設計一項罪行，並加以執行，後來又看到他不斷在心裡重複所有的細節，即使是在教課的時候：「他停頓了片刻，手持粉筆，還沒開始在黑板上寫字，他想著地點，想著那裡的水是否較深，瀑布是否比較直，比較高或比較低。他心不在焉地在黑板上畫了一、兩條線，洩露了他的心思。」

《我們相互的朋友》寫於一八六四至一八六五年間，《罪與罰》則是寫於一八六五年至一八六六年間。杜斯妥也夫斯基很崇拜狄更斯，不過他不可能事先讀了這本小說。齊塔迪（Pietro Citati）在他關於狄更斯的出色論文《不思議世界之最》（〔*Il Migliore dei Mondi Impossibili*〕，李佐利出版社）中表示：主導文學的奇怪天意注定，在杜斯妥也夫斯基寫作《罪與罰》的那幾年，狄更斯不知不覺地想要與他在遠方的這位學生較量，而寫下了布雷德利・韓德史東犯罪的插曲……如果杜斯妥也夫斯基曾經讀過這個部分的話，一定會覺

得關於寫黑板的最後這個段落非常出色。」

　　齊塔迪的書名《不思議世界之最》取自於一位二十世紀最欣賞狄更斯的作家，切斯特頓（G. K. Chesterton）。他寫過一本關於狄更斯的專書，也為「人人圖書室」叢書出版的多部狄更斯小說寫了介紹性文章。在《我們相互的朋友》的導讀中，切斯特頓首先對書名加以吹毛求疵："Our common friend"（我們共同的朋友）在英文裡有某種意義（就像義大利文的 "il nostro comune amico"）；可是 "our mutual friend"（我們相互的朋友）、"our reciprocal friend"（我們彼此的朋友）究竟意謂什麼呢？要回答切斯特頓的問題，我們可以指出一點，也就是這個說法第一次是出現在包分的口中，他的英文總是錯誤百出，除此之外，儘管書名與小說內容之間的關係不是很明顯，友誼的主題卻總是出現在每一頁上，不管是真或假的友誼、誇耀的或掩藏的、扭曲的、經過考驗或測試過的。不過在指出書名在語言學上的錯誤之後，切斯特頓宣稱他正是因為這一點而喜歡這個書名。狄更斯從來沒有受過正規教育，從來也不是個矯揉造作的文人；不過正是因為這個原因，所以切斯特頓喜歡他，或者說切斯特頓喜歡的是狄更斯的本色，而不是當他試著當別人時。切斯特頓之所以偏愛《我們相互的朋友》也是因為他喜歡回歸自身根源的狄更斯，在這之前，狄更斯付出各式各樣的努力來提昇他自己，並且展示他的貴族品味。

　　儘管切斯特頓是二十世紀最強力支持狄更斯文學成就的人，我仍然覺得他那分關於《我們相互的朋友》的評論文章洩露了一項紆尊降貴的元素，彷彿這位有教養的作家瞧不起狄更斯這位通俗小說家。

　　至於我的話，我則是認為《我們相互的朋友》是一部絕對的大師之作，就情節及寫法來看都是如此。就寫作的例子而言，我不只

要提到快速的明喻，它們簡明地界定一個人物或狀況（「帶著一張死氣沉沉遲鈍的長方形大臉，像是一張在大湯匙中的臉」），我也要指出他對城市風光的描述，這些描述值得在任何關於城市景觀的文集中佔有一席之地：「倫敦灰色、多塵、萎縮的夜晚看起來沒有希望。關門的五金行和辦公室散發一種死亡的氣味，國民對於色彩的恐懼也散發一種哀悼的氣息。被眾多屋舍圍繞的教堂，其鐘樓與尖塔跟彷彿在襲擊它們的天空一樣又黑又髒，並不能舒解普遍瀰漫的陰鬱；教堂牆上的一面日晷，在它無用的黑色陰影中，看起來好像已經關門大吉，而且永遠停止支付；憂鬱的管家與門房將憂鬱的紙屑與釘子掃進水溝裡，其他更為憂鬱的流浪漢就到那裡去翻尋，他們彎身翻尋所有可以賣的東西。」

最後的這些引言〔在卡爾維諾的義大利原文中〕取自埃伊瑙迪出版社「鴕鳥叢書」（Struzzi）的義大利文翻譯，可是我在上面的第一段引言，也就是關於煙囪的那一段，是取自於卡臧提（Garzanti）出版社的「巨著叢書」（I Grandi Libri），多尼尼（Filippo Donini）的譯文。在一些比較微妙的段落上，多尼尼的譯文似乎可以較精確反映小說的精神，儘管在其他方面，他的譯文較為老式，例如名字的義大利化。那段引文描繪出露台上的卑微樂趣與城市煙囪兩者間的鴻溝，這些煙囪被視為是高傲的貴婦（nobili dame）：在狄更斯的作品中，沒有哪一段描述性的細節是微不足道的，通常它總是故事整體動力的一部分。

這部小說之所以被視為是大師之作的另一個原因是，它對於社會及社會中的階級衝突有相當複雜的描繪。就這一點來看，兩份義大利譯文的導讀意見是一致的：一份是貝洛丘（Piergiorgio Belloccio）為卡臧提出版社所寫的那篇感覺敏銳的睿智導讀，另一份則是凱托（Arnold Kettle）為埃伊瑙迪出版社所寫的導讀，這篇

導讀完全專注在階級的面向上。凱托的論證是針對喬治・歐威爾而來，歐威爾在一篇對狄更斯小說的「階級」分析裡，證明了一點，也就是對狄更斯來說，他的目標與其說是描繪社會的邪惡，不如說是人性的邪惡。

一九八二年

福樓拜的《三則寓言》

　　《三則寓言》的義大利書名是 *Tre racconti*，我們無法用其他的字來指稱它們，不過寓言（conte）這個字（與敘述〔récit〕或短篇小說〔nouvelle〕相反）強調了它與口述、驚奇與天真的關聯，簡而言之，就是與民間故事的關聯。這層含義適用在三則故事的每一則中：不只是〈善人聖朱利安傳奇〉，這是現代作家採用中古及通俗藝術的「原始」品味寫作的首批例子之一，也適用在〈希羅底〉，這則歷史重建既博學又充滿幻象，而且在美學上很吸引人，不過也適用在〈純樸的心〉，在這則故事中，一名心思單純的貧窮女僕經歷當代的日常現實。

　　《三則寓言》中的三則故事幾乎是福樓拜所有作品的精華，它們在一個晚上就可以被讀完，所以我將它們強烈推薦給所有想要在這位克洛瓦塞[1]智者百年誕辰時向他致意的讀者，儘管這樣的致意或許過於迅速。（為了紀念福樓拜的百年誕辰，埃伊瑙迪出版社重新出版了這三則寓言，出自拉拉・羅馬諾〔Lalla Romano〕的優秀譯筆。）事實上，時間比較少的讀者可以略過〈希羅底〉（我總覺得在這本書中，這篇寓言顯得分散而且多餘），然後將注意力完全集中在〈純樸的心〉與〈善人聖朱利安傳奇〉上，從它們的基本視覺特點開始讀起。

---

[1] Croisset，福樓拜的定居地，位於法國北部。—譯注

　　小說中包含可見性的故事——小說是讓人與物可見的藝術——這與小說歷史的某些階段相符，儘管並非全部。從拉法葉夫人到康斯坦（Benjamin Constant），小說以高明的精確性探索人類心靈，不過這些篇幅就像是關閉的百葉窗，讓什麼都看不見。小說中的可見性開始於斯湯達爾與巴爾扎克，到了福樓拜的時候，它達到了文字與影像間的理想關係（以最經濟的方式達到最大的效果）。小說中的可見性危機在大約半個世紀後開始，與電影的出現恰好在同一時間。

　　〈純樸的心〉是一則關於可見事物的故事，由簡單、輕盈的句子所構成，在其中總是有某項事情會發生：諾曼第草地上的月光照在躺著的牛隻、兩名婦女與兩名路過孩童身上，一頭公牛從霧中冒現，頭低低地向前衝，福慧將泥土朝牠的眼睛扔去，好讓其他人跳過籬笆逃走；或是在翁芙勒的碼頭，起重機將馬兒吊起，接著再將牠們放到船上，福慧設法見到她在船上當服務生的姪子一眼，接著他又立刻被船帆給擋住了；特別是福慧的小臥室，裡面塞滿了物品，那是她的生活還有她主人生活中的紀念物，椰子木做成的聖水盆位在一塊藍色肥皂旁，那隻著名的標本鸚鵡則是俯臨著一切，這隻鸚鵡幾乎就象徵著這名可憐的女僕在生命中得不到的東西。我們是透過福慧的眼睛看到這一切：句子的透明性是呈現她的純真與自然高貴性的唯一可能媒介，福慧接受生命中好與壞的一切。

　　在〈善人聖朱利安傳奇〉中，視覺世界存在於織毯畫、手稿中的彩飾、或是教堂的彩繪玻璃中，不過我們是從內部經歷這個世界，彷彿我們也是被繡進去、或是用彩色花紋裝飾的圖形、抑或是由彩色玻璃所構成的。故事裡充滿了各式各樣的動物，這是典型的哥德藝術。雄鹿、鹿、鷹、松雞、鸛：獵人朱利安被血腥的本能推向動物的世界，故事則是踩在殘忍與同情兩者間的細線上，直到我

們似乎終於進到這個動物世界的中心。在一個出色的段落中，朱利安發現一切有羽毛、有毛髮或是有鱗片的東西都讓他感到窒息，他周遭的森林變成一本擁擠、糾結的動物寓言集，包括最具異國情調的動物（其中甚至包括鸚鵡，彷彿在遙遙地向老福慧致意）。那時，動物已經不再是我們視線偏愛的目標了，反倒是我們被動物的凝視所擷獲，被注視著我們的眼神穹蒼所擷獲：我們會覺得自己好像橫越到另一邊，透過貓頭鷹無動於衷的圓眼在觀看人類的世界。

　　福慧的眼睛、貓頭鷹的眼睛、福樓拜的眼睛。我們發現這名顯然自閉的男子，其真正主題是與「他者」（the Other）認同。在聖朱利安與麻瘋病人的肢體擁抱中，我們可以看出福樓拜的禁慾主義所致力的艱難目標，這象徵著他的生活計畫，以及與世界產生關連的計畫。或許《三則寓言》是在任何宗教之外，所完成的最出色的一趟精神之旅之一的證明。

一九八〇年

托爾斯泰，《雙騎兵》

　　我們不易了解托爾斯泰是如何建構他的敘事的。其他小說家明白運用的技巧——對稱的模式、支撐的結構、抗衡、環節——在托爾斯泰的作品中都是隱藏的。不過隱藏不代表不存在：托爾斯泰讓人覺得他將「生命」的原貌轉移到紙頁上（「生命」，要定義這個神祕的實體，我們必須從書面開始），這個印象事實上只不過是他的藝術技巧的結果，也就是說這是較為錯綜複雜的詭計。

　　在托爾斯泰的作品中，「結構」最為明顯的作品之一是《雙騎兵》，這是他最典型的故事之一——至少是早期風格較為直接的托爾斯泰作品——同時也是他最美的作品之一，因此觀察它是如何被構成，可以讓我們得知作者的創作方式。

　　《雙騎兵》（*Dva Gusara*）寫於一八五六年，並於同年出版，這部作品重新喚起一個當時已逝的年代，也就是十九世紀初期。它的主要主題是活力，衝刺、無拘無束的活力，它被視為是遙遠、失去、神話般的事物。接任新職務的軍官在客棧裡等待換馬來拉雪橇，並在玩牌時彼此欺詐、當地的鄉下貴族所舉行的舞會、「與吉普賽人共度」的狂歡夜：托爾斯泰在上層社會中呈現這股暴烈的活力，並加以神話化，彷彿這股能量是俄羅斯軍事封建制度的天然基礎，如今卻失去了。

　　整個故事的樞紐在於一名主角身上，這名主角認為活力是獲得成功、眾望與力量的唯一理由，這樣的活力在它自身、在它對規則

的置之不理、在過度行爲中，找到它的道德與一貫性。圖班伯爵這位騎兵軍官是個酒徒、賭客，沉溺女色、好勇鬥狠，這個角色集中了整個社會的活力。他身爲神話英雄的力量來自於，他因爲那股活力而獲得正面結果，然而在社會中，這樣的活力只展現了它的破壞潛力：因爲這是一個由騙子、掠奪國庫者、酒鬼、吹牛大王、乞丐與浪蕩子所組成的世界，可是在這個世界中，溫馨的相互寬容也將所有的衝突轉變爲遊戲與慶典。這種假裝文雅的文明性幾乎不能掩飾足以媲美野蠻部族的殘暴；對於寫作《雙騎兵》的托爾斯泰來說，野蠻風俗是貴族俄羅斯的先驅，貴族俄羅斯的眞相與發展就存在於這樣的野蠻性當中。一個很好的例子是，在由K鎭的貴族所舉辦的舞會中，舞會女主人看到圖班伯爵進場時的憂慮。

　　然而，圖班的個性結合了暴力與輕浮：托爾斯泰總是讓他做他不該做的事，不過卻爲他的每個動作賦予神奇的正當性。圖班可以向一名勢力眼借錢，可是卻沒有還錢的打算，事實上，他還侮辱且虐待他；他可以藏身在一名可憐寡婦（他債主的妹妹）的馬車中，在瞬間引誘她，又穿著她亡夫的毛皮外套，四處炫耀，若無其事地破壞她的名聲。不過他也可以表現出無私的殷勤行爲，例如他可以在雪橇駕到一半時，回來親吻睡夢中的她，然後再離開。圖班敢於當著每個人的面，說出他們的眞面目：是騙子他就說是騙子，他強行剝奪騙徒的不當所得，然後將它們還給那個先讓他騙的可憐笨蛋，接著再將剩下的錢捐給吉普賽婦女。

　　不過這只不過是故事的一半而已，是十六章中的前八章。在第九章中，歲月一跳二十年：時間來到一八四八年，圖班不久前死於一場決鬥，他兒子現在也變成了騎兵隊中的軍官。在行軍至前線的途中，他也抵達了K鎭，並且遇到了先前故事中的幾名人物：愚蠢的騎兵與可憐的寡婦，她現在已經變成了聽天由命的已婚老婦，還

有她的女兒，年輕與年長的世代呈對稱關係。我們馬上便注意到，故事的第二部分是第一部分的鏡像，只不過一切都顛倒過來了：現在我們所看到的已經不是下雪的冬天、雪橇與伏特加，而是溫煦的春天，以及月光下的花園；與世紀初在待命的旅舍狂歡的瘋狂幾年相對的，是十九世紀中期，這是一段安定的時期，在寧靜的家庭中打毛衣的祥和無聊的生活（對托爾斯泰來說，這是現在式，不過我們很難以他的觀點來看）。

　　新出現的圖班是屬於較文明的世界，他為父親遺留的放蕩名聲感到羞恥。不過他的父親雖然會毆打及虐待僕人，卻與僕人建立一種連繫及信任，這個兒子雖然沒做什麼，卻會抱怨他的僕人：他也會壓迫僕人，不過是以刺耳、柔弱的方式。在後半部的地方，也有一場牌局，不過是在家裡進行，賭注也只有幾盧布，氣度狹小的年輕圖班毫無顧忌地從女主人身上贏錢，同時還與她女兒調情。他的心胸狹窄，就像他的父親傲慢且慷慨一般，不過他尤其是茫然，而且無能。他追求女孩的過程是一連串的誤會，他在夜間進行的誘惑，只不過是讓他顯得可笑的笨拙勾引，就連這樣的誘惑就要導致的決鬥，也隨著每日例行公事的佔上風而無疾而終。

　　我們必須承認，在這部由最偉大的戰事作家所寫的關於軍事特質的故事中，最重要的缺席者是戰爭本身。然而這終究還是一則戰爭故事：關於兩代的圖班家族，貴族的與軍事的，前者是擊敗拿破崙的世代，後者是鎮壓波蘭與匈牙利革命的世代。托爾斯泰在引言中的韻文呈現具爭議性的弦外之音，攻擊大寫字母的歷史（History），大寫字母的歷史通常只考慮到戰鬥與戰術，而忽略構成人類存在的本質。這已經是托爾斯泰在十年後於《戰爭與和平》中所發展的議題。儘管此處我們從未離開軍官的世界，關於同一主題的發展帶領托爾斯泰將大批變成普通士兵的農民，設立為歷史的真

正主角，以對立於偉大的軍事領袖。

　　與其說托爾斯泰感興趣的是頌揚亞歷山大一世時的俄羅斯，勝過尼古拉一世時的俄羅斯，倒不如說他感興趣的是找出故事中的「伏特加」（請參考故事的引言），也就是人性煤料。第二部分的開端（第九章）——相當於引言，也相當於引言懷舊的、相當陳腔濫調的倒敘——它的靈感並非來自對於過往時光的一般惋惜，而是來自於複雜的歷史哲學，以及對於進步的代價所做出的評估。「在舊世界中，許多美與醜的事物都消失了，在新世界中，許多美的事物被發展出來。不過在新世界中，有更多更多恐怖與不成熟的事物在太陽底下浮現。」

　　研究托爾斯泰的專家大力讚揚他作品中的完滿生命，然而那其實是對於缺席的承認——在這則故事及他其餘的作品中皆然。如同在最抽象的敘述者身上，在托爾斯泰的作品中，重要的是看不見、沒有被表達出來的事物，它們可能存在，可是卻不存在。

一九七三年

馬克吐溫，《敗壞海德雷鎮的人》

　　馬克吐溫不只清楚意識到他身為通俗娛樂作家的角色，而且引以為傲。「我從來沒有試著去幫忙教化那些有教養的群眾，」在一封一八八九年寫給安德魯・朗的信中，他如此寫道。「我沒有這樣的條件，既沒有天賦，也沒有受過這樣的訓練。而且我從來沒有這方面的野心，反倒是一直在追逐更大的獵物——群眾。我甚少刻意想教導他們，不過卻盡我所能地去娛樂他們。光是娛樂他們便可以滿足我最珍貴的野心。」

　　就作家社會倫理的宣言來說，馬克吐溫在此處所發表的意見至少是誠懇而且可以證實的，較其他許多宣言來說更是如此，在過去的幾百年間，其他這些宣言的說教意圖與野心起初雖然達到，可是後來又失去信譽。馬克吐溫是個真正屬於民眾的人，從不認為自己是從顯要的位置紆尊降貴地降至民眾的水平，以便和他們談話。今日，我們承認他是位民間作家，或是承認他是他所屬部落的說書者——那個極度擴張的部落，便是他年輕時的美國鄉下——這意謂我們承認他的成就，亦即他不僅是個娛樂讀者的作家，而且他也積聚了許多材料，以建構美國的神話與民間故事，一整組國家需要用來發展自身形象的敘事工具。

　　然而，若是將他上述的說法當作美學陳述來看的話，我們便比較難以否定它公開的反智主義。一些批評家將馬克吐溫提升至他應得的美國文學偉人祠的地位，可是就連他們一開始的前提，也是馬

克吐溫自發且笨拙的才華所缺乏的是對於形式的興趣。不過馬克吐
溫偉大且持續的成功是文體上的成功，事實上，他的成功具有歷史
重要性：他讓哈利芬克刺耳的敘事聲音進入美國的口語文學。這是
一項無意識的成就嗎？是純粹偶然的發現嗎？我們今日可以清楚看
到，他所有的作品儘管具有不平均、未受訓練的特質，卻是指著與
上述相反的方向，因為不同形式的語言及觀念上的幽默——從機智
的回答到「無厘頭」——都被當成是創造活動的基本元素而被認真
研究。幽默作家馬克吐溫像個孜孜不倦實驗及操弄語言及修辭把戲
的人一般站在我們面前。二十歲的時候，他尚未使用後來讓他聲名
大噪的假名寫作，當時他為一份愛荷華的小報寫稿，他初試啼聲之
作中充滿了文法及拼字上的錯誤，這些錯誤出現在一名角色所寫的
信中，這名角色是個道道地地的諷刺。

　　正是因為馬克吐溫必須不斷替報紙寫稿，所以他總是在尋找創
新的文體，好讓他可以從任何主題獲得幽默的效果，結果便是雖然
今日他的《卡拉維拉斯郡的跳蛙》並不讓我們感到印象深刻，可是
當他從法文版重新翻譯這個故事時，我們便感到有趣了。

　　他是位寫作騙子，並非出於任何智性上的需要，而是由於他身
為娛樂大眾者的使命，而這批大眾一點也不複雜（我們別忘了，除
了寫作之外，他也是位很忙的巡迴演說家，總是準備從聽眾的立即
反應中，來判定笑話的效果）。馬克吐溫所採取的步驟，跟那些用文
學來生產文學的前衛作家是相去不遠的：隨便給他一篇書面文字，
他便會開始加以玩弄，直到另一則故事浮現為止。不過那必須是一
篇與文學無關的文字：一份給內閣的報告，內容是關於供應給謝爾
曼將軍[1]的罐頭肉品、一位內華達州參議員給選民的回信、田納西

---

[1] William Tecumseh Sherman，1820-1891年，美國內戰時期的聯邦軍領袖，著有《謝
　爾曼回憶錄》。—譯注

報紙上的地方爭議、一份農業周刊的連載、一份避免雷擊的德文說明書、甚至是所得稅申報書。

爲了採取適合一切的文體，他選擇了散文體，而非詩體：他忠於這項原則，成爲第一位爲美國日常生活濃稠物質性賦予聲音與形體的作家──特別是在他的大河史詩傑作《頑童流浪記》與《密西西比河上的生活》中──可是另一方面，他在許多短篇故事中，試著將這種日常生活的沉重轉爲抽象的線性、機械的遊戲、幾何的外形。（三、四十年後，我們會在基頓的插科打諢中，發現類似的風格化被轉譯爲默劇無聲的語言。）

那些以錢爲主題的故事是這種雙向趨勢的最佳例子：它們呈現一個只以經濟觀點來思考的世界，在其中，金錢是唯一運作的解圍之神（deus ex machina），同時這些故事又證明金錢是抽象的東西，只是用來做紙上計算的數字，它可以用來估計價值，可是這樣的價值是無法在金錢本身獲得的，金錢是不指涉任何可觸知現實的語言慣例。在《敗壞海德雷鎮的人》（一八八九年）中，一袋金幣的幻象讓一個刻苦耐勞的鄉下城鎮傾向道德敗壞的斜坡；在《三萬美元遺產》（一九〇四年）中，一份不存在的遺產在人們的想像中被花掉；在《百萬大鈔》（一八九三年）中，一張鉅額鈔票無需投資或兌現，就可以招來財富。金錢在十九世紀的小說中扮演重要角色：那是巴爾扎克敘事的原動力、狄更斯作品中眞正的感情試煉；可是在馬克吐溫的作品裡，金錢是鏡子遊戲，讓人在虛空之上感到暈眩。

在他最有名的短篇故事中，主角是海德雷小鎮，「誠實、狹小、自以爲是、吝嗇」。鎮上十九名德高望重的名人形成一個代表所有公民的小宇宙，而這十九位人士則由愛德華・理查斯夫婦所具現，我們追隨這對夫婦的內在改變，或者說是我們追隨他們對彼此顯露眞正的自己。其他居民的作用就像是合唱團，因爲他們唱著副

歌，伴隨著情節的發展，而且他們有一位合唱團領隊，或者說是公民意識的聲音，我們不知道他的名字，只知道他是「鞍工」。（偶爾會有一位無辜的遊民出現，就是傑克・賀利代，不過這是對於「地方色彩」的唯一讓步，是密西西比冒險故事的短暫回音。）

就連背景也被縮減至最低，只要能讓故事的機制可以運作即可：一份獎金落在海德雷鎮，彷彿是從天上掉下來的禮物——價值四萬美金的一百六十磅金子。沒有人知道這是誰送來的，也不知道這是要送給誰的，不過事實上，如同我們一開始就知道的，這並不是項禮物，而是項報復行動，是個詭計，用來揭發這些自以為是的人，其實是偽君子與江湖術士。這項詭計施出各種花招，包括一封裝在信封裡的信，要人立刻打開，另一封信則要人晚一點再拆開，再加上十九封由郵局寄出的一模一樣的信，以及不同的附筆與其他公文（信件內容在馬克吐溫的情節中始終扮演重要的角色）。這一切都關係一個神祕的句子，一個真正神祕的公式：只要發現這個公式的人，就可以得到那袋金子。

那名假定的捐贈者其實是真正的復仇者，沒有人認識這號人物：他想要報復鎮民對他的冒犯（不過這項冒犯始終沒有被明確說明，而且也不是針對他個人的）。圍繞在他身上的不確定性就像是一層超自然的光暈，他的隱形及無所不在讓他變成某種神：沒有人記得他，可是他認識所有人，而且可以預測他們的反應。

另一位因為其不確定性（以及不可見性，因為他已經死了）而顯得神祕的人物是巴克萊・古德尚，他是異於其他人的海德雷鎮公民，是唯一能夠挑戰輿論的人，也是唯一可以做出聞所未聞的行動的人，也就是他給了一名毀於賭博的陌生人二十美元。除此之外，我們對他一無所知，而他與鎮民激烈作對的原因也不得而知。

在神祕的捐贈者與已故的受惠者之間，鎮民以十九位名人的形

式介入了，他們是廉潔的象徵。他們每一位都宣稱——而且幾乎都確信——如果他們不是已故的古德尚的話，至少也是古德尚所挑選的繼承人。

海德雷鎮便是如此腐敗的。想要擁有一袋無人認領的金幣之貪念，輕易便勝過良心的譴責，而且很快便導致欺詐。如果我們考慮到在霍桑與梅爾維爾（Melville）的作品中，罪惡是如何神祕、陰暗與無法界定的話，那麼馬克吐溫的作品似乎是清教徒道德簡化且相當基本的版本，有著同樣偏激的關於墮落與恩寵的教條，只不過在此處，這項教條變成保持身體健康的清楚且理性的規則，像是要記得刷牙這樣的規定。

可是即使是馬克吐溫也有保持緘默的時候：如果說在海德雷鎮的正直之上，籠罩著一層陰影的話，那便是伯吉斯牧師所犯下的罪，不過這樁罪行被含糊地用「那件事」帶過去。事實上，伯吉斯並沒有犯下這樁罪行，而唯一知道這件事的人——可是他守口如瓶——是理查斯，或許是他自己犯下這樁罪行？（不過關於這一點，我們同樣是一無所知。）霍桑並沒有說臉上帶著陰霾的牧師犯了什麼罪，不過他的沉默籠罩了整個故事，而當馬克吐溫沒有說時，這只不過是一項符徵，表示這只不過是一個細節，在故事中沒有任何功能。

一些傳記作家表示，馬克吐溫受到他太太奧莉微亞先發制人的嚴格審查，她執行身為馬克吐溫作品的道德監督之權利。（他們也說馬克吐溫有時會在故事的第一版本中散佈惡言毀謗與下流的言辭，這樣一來，他太太嚴格的眼光便會找到明顯的目標來發洩她的怒氣，而讓文本的本質保持完整。）可是我們可以確定的是，他的自我審查比他太太的審查還要嚴格，他的自我審查是如此不可測知，以至於接近無辜。

　　對海德雷鎮的名人來說，就像《三萬美元遺產》中的佛斯特斯家族，犯罪的誘惑採取了非實質的形體，也就是對於資本與股息的評估；不過我們必須確定一點，也就是他們的罪行之所以為罪行，是因為這些錢並不存在。當銀行裡三個零或六個零的數字可以互換時，錢變成了美德的測試與報酬：在《百萬大鈔》中，人們不懷疑亨利‧亞當斯有罪（有趣的是，這個名字與首位批評美國心性的學者一樣[2]。）他在一張真鈔的保護之下，投機在一座加州的礦坑上，儘管這張鈔票不能花。他仍然是清白的，就像是童話或一九三〇年代影片中的主角，在其中，民主的美國仍然展現它相信財富的無辜，就像在馬克吐溫的黃金時代一樣。只有當我們看到礦坑的深處時（真實與心理上的礦坑），我們才會懷疑真正的缺點是不同的。

　　　　　　　　　　　　　　　　　　　　　　　一九七二年

---

[2] Henry Adams，1838-1918年，美國歷史學家及作家，著有《美國史》及自傳《亨利‧亞當斯的教育》等。—譯注

亨利・詹姆斯，《黛西・米勒》

　　《黛西・米勒》於一八七八年以連載的方式出現，接著在一八七九年以書籍的形式出版。我們可以說它是亨利・詹姆斯少數立刻受到歡迎的故事之一（或許是唯一的一篇）。詹姆斯其餘作品的特徵是難以捉摸、未明言的事物、沉默寡言，就這個背景來看，這篇故事顯得突出，因爲這是他最清晰的作品之一，當中的女主角充滿生命力與明確的嚮往，象徵年輕美國的開放與純眞。然而這則故事並不比這位內向的作家所寫的其他故事來得不神祕，這則故事沉浸在一些主題中，這些主題雖然總是若隱若現，卻貫穿他所有的作品。

　　如同詹姆斯的許多短篇故事與小說，《黛西・米勒》的故事發生在歐洲，在這則故事中，歐洲也是美國用來自我衡量的試金石。美國則是被縮減爲單一、典型的樣本：在瑞士與羅馬聚居的無憂無慮美國觀光客，這個世界是詹姆斯自己年輕時在背棄他的祖國後所屬的世界，後來他在他祖先的故鄉——英國——定居下來。

　　他們遠離自己的社會，也遠離決定舉止規範的實際事物，他們沉浸在歐洲裡，這個歐洲一方面代表文化與高尚的吸引力，另一方面則是個雜亂而且有點不健康的世界，是他們必須與之保持距離的世界。在這些情況下，詹姆斯筆下的這些美國人深爲不安全感所苦，使得他們加強自身的清教徒嚴謹性，也加強對習俗的保護。溫德朋這位在瑞士求學的年輕美國人注定——根據他姑媽的說法——要犯錯，因爲他在歐洲住得太久，不知道如何分辨他「得體」的同

胞與那些社會階級低下的人。不過這種對於社會認同的不確定性適
用於所有人——詹姆斯在這些自願的放逐者身上看到自身的反射—
—不管他們是「拘謹」或解放。美國人與歐洲人的嚴肅拘謹由溫德
朋的姑媽代表，她居住在喀爾文教的日內瓦並非偶然，另一位則是
華克太太，就某種意義來說，她是襯托姑媽的人，她住在羅馬較爲
溫和的氣氛中。解放的是米勒家族。他們在往歐洲朝聖的過程中變
得漂泊無依，這趟朝聖被視爲是與他們的地位相隨的文化責任，而
強加在他們身上。鄉間的美國或許由許多平民出身的暴發戶所組
成，在此處由三名人物所例示：一位陰鬱的母親、一名任性的男
孩，以及一位漂亮的女孩，她唯一的優點在於她缺乏教養，以及她
充滿自發的活力，不過她是唯一設法充分發揮自身能力，以成爲有
道德觀念且自主的人，並且爲自己營造某種自由，儘管是不穩定的
自由。

　　溫德朋瞥見了這一切，不過他（以及詹姆斯）受到社會禁忌以
及階級制度的束縛，而更重要的是，他非常（詹姆斯則是完全）害
怕生命（換句話說，害怕女人）。儘管故事的開頭與結尾暗示我們，
這名年輕人與一位來自日內瓦的外國女人有關係，可是在故事的正
中間，作者明白陳述了溫德朋害怕與女人眞正地遭逢；在這個角色
身上，我們可以輕易看出亨利・詹姆斯年輕時的自畫像，以及他從
未否認的對於性的恐懼。

　　對詹姆斯來說，「邪惡」這個不精確的存在——它隱約與罪惡
的性相關，或是更明顯地由打破階級藩籬所代表——帶給他一種恐
懼夾雜著迷的感覺。溫德朋的心理——也就是說充滿猶豫、耽擱與
自嘲的句法結構——一分爲二：他的一部分熱烈希望黛西是「無辜」
的，這樣他才能下定決心承認自己愛上她（後來黛西死後被證明無
辜，這才使得他這個僞君子接受她），他的另一部分則希望在黛西身

上認出一個被貶至下層階級的低等人，這樣他或許就不再「需要費盡心思來尊敬她」。（顯然這一點也不是因為他覺得自己有對黛西「無禮」的衝動，而或許只是因為用這些劣等的字眼來考量她，可以帶給他滿足。）

　　爭奪黛西靈魂的「邪惡」世界首先由私人嚮導尤金尼歐所代表，接著是溫文儒雅的紳士喬凡內利，這位追逐嫁妝的羅馬市民，以及整個羅馬城，包括它的大理石、苔蘚及瘴氣。歐洲的美國人對米勒家庭散發最惡毒的八卦，不斷惡毒地影射與他們一同旅行的嚮導，當米勒先生不在時，這名嚮導在這對母女身上行使曖昧不明的權威。讀過《碧廬冤孽》的讀者知道，對詹姆斯來說，家庭成員的世界如何體現「邪惡」的無形存在。不過這名私人嚮導（英文字courier比我們的maggiordomo來得精確，它無法找到一個真正對等的義大利字：私人嚮導是陪伴主人從事長途旅行的僕人，他必須安排主人的旅行與膳宿）也可能正好相反（因為我們很少見到他），也就是說他是家中唯一一代表父親的道德權威及對於禮儀尊重的人。不過他有個義大利名字，這讓我們心裡有所準備，也就是會發生很糟糕的事：我們會看到，米勒家庭南下到義大利是一趟往地下世界下降的過程（就像三十五年之後，湯瑪斯・曼筆下的奧芬巴克教授注定的威尼斯之旅，不過或許較不宿命。）

　　羅馬不像瑞士，不具備風景的自然力量、新教徒傳統以及嚴厲的社會，因此無法在美國女孩身上激發自制。她們坐馬車到品丘花園的過程是一場八卦的漩渦，在這當中，我們無法判斷這位美國女孩的清白之所以必須被保護，是否是為了在羅馬伯爵與侯爵夫人的面前保住面子（美國中西部的女繼承人開始想要紋章），或是為了避免陷入與較劣等的種族雜居的困境。危險與其說是與殷勤的喬凡內利先生有關（因為他跟尤金尼歐一樣，也有可能是黛西美德的保護

者，要不是他出身寒微的話），不如說是與故事機制中一個沉默卻關鍵的角色有關：瘧疾。

　　環繞十九世紀羅馬的沼澤，每晚會在整座城市注入它們致命的氣息：這就是「危險」，則關於所有危險的寓言，這股致命的熱氣準備擴獲單獨夜出的女孩，或是沒有合適陪伴的女孩。（然而夜間在日內瓦湖有益健康的湖水上划船就沒有這樣的風險。）黛西・米勒犧牲在瘧疾這位曖昧難懂的地中海神明之下：無論她同胞的清教徒主義，或是當地人的異教信仰，都無法說服她加入他們那一邊，正因為如此，所以兩邊的人判她被犧牲，就在羅馬競技場的正中央，夜間的瘴氣聚集成籠罩四周、無法觸知的一群，就像是詹姆斯的句子，總是欲言又止。

一九七一年

史蒂文生，〈沙丘上的涼亭〉

〈沙丘上的涼亭〉主要是一則憤世的故事，年輕的憤世，來自於自滿與殘忍，年輕人身上的憤世傾向事實上意謂著厭惡女人，這樣的傾向刺激主角獨自在蘇格蘭的荒原上馳騁、夜宿帳篷、以粥度日。不過憤世者的孤獨並不能打開許多敘事上的可能性：敘事其實是從以下的事實發展而來的，也就是在一片引發孤獨與殘忍的風景中，有兩名憤世、或者說是厭惡女人的年輕人，他們彼此躲避、互相監視。

因此，我們可以說，〈沙丘上的涼亭〉講述的是兩名相像的男子之間的關係，他們幾乎可以說是一對兄弟，因為憤世與厭惡女人的共同傾向而關係密切。這則故事也講述他們的友誼如何因為不明原因，轉為敵對與衝突。不過傳統上，在小說裡，兩名男子間的競爭是以女人為前提。而一名強迫兩名厭惡女性的男子改變心意的女人，一定是這兩個人無法控制、無條件愛戀的對象，她讓這兩名男子在騎士精神與利他主義等方面互爭高下。所以這一定是受到危險威脅的女人，在這群敵人面前，這兩名反目成仇的友人如今又再一次團結起來，儘管他們仍然彼此競爭，想要贏得美人的芳心。

因此，我們可以補充一點，也就是〈沙丘上的涼亭〉是一場大人玩的大型捉迷藏遊戲：這兩名友人彼此躲藏與監視，而他們遊戲的獎品是那名女人。除此之外，這兩名友人及那名女人躲避並監視另一邊的神祕敵人，而他們遊戲的獎品是第四名人物的生命，在這

片似乎是玩捉迷藏的絕佳場景中，這名人物所扮演的角色便只是躲藏。

因此，〈沙丘上的涼亭〉可以說是從風景中冒現的故事。從蘇格蘭海岸荒涼的沙丘中可以冒現的唯一故事，便是人們玩捉迷藏的故事。可是若是要顯示風景的輪廓的話，最好的方法莫若加入一項外來的、格格不入的元素。這就是爲什麼在蘇格蘭的荒原與流沙中，史蒂文生引進威脅其筆下人物的可疑義大利祕密社團，頭戴圓錐形黑帽的燒炭黨。

透過這一連串的定義與推論，我所試著隔離開來的，與其說是故事的祕密核心──如同我們經常看到的，故事中通常不只有一個核心──倒不如說是故事的機制，它保證故事可以吸引讀者，儘管史蒂文生開始許多的故事計畫，接著又加以放棄，以至於不同的故事相互混合而顯得雜亂，魅力卻是從未消減。在這些故事中，最有力的當然是第一則故事，是關於這兩名朋友／敵人關係的心理故事，或許這是《杜里世家》中敵對兄弟的初稿，此處隱約暗示兩人間意識形態的分歧，諾斯穆是位拜倫式的自由思想者，凱西里斯則是維多利亞價值的擁護者。第二則故事則是愛情故事，這是所有故事中最薄弱的，其中包含了兩名非常刻板的角色：女孩是所有美德的典範，父親則是個不誠實的破產者，受到齷齪的貪欲所驅使。

大獲全勝的是第三個情節，也就是典型的小說情節，它的主題是捉摸不定的陰謀，這項陰謀將它的觸角伸至各處，從十九世紀直至今日，這個主題從不退流行。它之所以可以獲勝，歸功於不同的原因：首先，史蒂文生只需幾筆，便可暗示燒炭黨威迫人的存在──從手指在被雨水浸濕的窗戶上吱吱作響，到飛掠過流沙的黑帽──在大約同一段時間，同一隻手描繪《金銀島》中的海盜迫近「班波海軍上將」客棧的情節。除此之外，儘管燒炭黨人充滿敵意且嚇

人，卻獲得作者的贊同，他們符合英國浪漫主義傳統，而且這些人明顯有權反對人人憎恨的銀行家，這爲已經開始進行的複雜遊戲引進內在的對比，它比其他的對比更具說服力，也更有效：兩名反目成仇的友人，爲了保護哈多史東、爲了名譽而團結在一起，不過他們的良心卻是站在敵人燒炭黨那一邊的。最後這項對比勝利了，因爲它讓我們前所未有地沉浸在兒時遊戲的精神裡，包括包圍、突擊，以及幫派攻擊。

　　孩童所擁有的最大資源是，他們知道如何從他們的遊戲空間中，獲得他們所需的魔力與情緒。史蒂文生保有這份天賦：他首先營造那座優雅涼亭的神祕氣氛，涼亭聳立在荒涼的天然景致當中（那是一座「義大利樣式」的涼亭：或許這項特徵已經暗示一項具有異國情調的陌生元素即將侵入？）；接著是潛進入空屋，發現擺好餐具的桌子，生好的火，鋪好的床，儘管不見半個人影⋯⋯童話的主題被移植到冒險故事中。

　　史蒂文生的〈沙丘上的涼亭〉發表於一八八〇年九月份與十月份的《康丘雜誌》（Cornhill Magazine）；兩年後的一八八二年，他將這則故事收入他的《新天方夜譚》。兩個版本之間存在著顯著差異：在第一個版本中，這則故事以一名死期將近的父親留給兒子的信與遺言的形式出現，以向他們揭露一項家庭祕密：也就是他與他們的亡母相識的過程。在故事的其餘部分，敘事者用呼格來對讀者說話，將讀者稱爲「我親愛的孩子」，將女主角稱爲「你們的母親」，「你們親愛的母親」，「我孩子的母親」，將那個陰險的角色，也就是女主角的父親稱爲「你們的祖父」。而第二個版本以書本的形式出現，從第一個句子起就直接進入敘事：「年輕時，我是個極爲孤獨的人」；女主角被稱爲「吾妻」或是直稱她的名字，克拉拉，老人被稱爲「她的父親」或哈多史東。這個改變通常意謂完全不同

的風格，事實上是一則完全不同的故事；反之，修改的部分極小：
作者刪去了序言、對兒子的談話，以及對於母親較爲悲傷的指涉。
其餘的部分則是一模一樣。（其他的修正與剪裁則是關於老哈多史
東，他在第一個版本中聲名狼藉，我們原本預期他的惡名後來會透
過孝道而被減輕，然而卻是被加重了——或許是因爲劇場與小說的
慣例，認爲一位天使般的女主角有位貪心的可怕父親是很自然的
事，而眞正的問題在於讓人可以接受血親得不到基督教葬禮安慰的
凄慘結局，只有當這名親戚是眞的很邪惡時，才能證明這種安排的
合理性。）

　　根據最近的「人人圖書館」版本的編輯雷德利的說法，〈沙丘
上的涼亭〉應該被視爲是篇有瑕疵的作品：書中人物無法挑起讀者
的興趣，只有第一個版本設法傳遞同情與懸疑，它的敘事從一開始
就進入家族祕密的核心。因此，雖然一般的慣例是將作者修定過的
版本當作最後版本，雷德利的作法卻相反，他重新出版了康丘版本
的文本。我並沒有遵循雷德利的作法。首先，我不同意他的價值判
斷：我認爲這則故事，特別是《新天方夜譚》中的版本，是史蒂文
生最好的故事之一。其次，我不確定這些版本寫作的順序：我比較
傾向認爲，不同層次的寫作，反映年輕史蒂文生的不確定感。作者
最後所選擇的開頭是如此直接，而且流暢，所以我們比較容易想
像，史蒂文生開始寫的時候，帶著非常適合冒險故事的赤裸、客觀
衝勁。當他一路敘述下去的時候，他發現，一方面，凱西里斯與諾
斯穆的關係是如此複雜，以至於需要比他剛著手時更深入的心理分
析，另一方面，與克拉拉的愛情故事則是變得既令人失望又因循苟
且。因此他回去將故事重新寫過，用家庭情感的煙幕將它包圍：這
便是他發表在雜誌中的版本；後來他不滿意這些無病呻吟的覆蓋
物，又決定將它們刪去，可是他發現，要讓這位女性角色保持距離

的最佳方式，就是讓她從一開始便爲人所知，並且將她籠罩在敬意中。這就是爲什麼他採用「吾妻」的公式，而不是「你們的母親」（除了一處他忘記修改，並且可以說篡改了文本）。這完全是我的猜測，只有手稿的研究可以證實或反駁：從兩份印刷版本的比較，可以確定的事實只有作者的猶豫。他的猶豫與他在故事中與自己玩的捉迷藏一致，這則故事講述的是他想延長的童年，儘管他清楚知道童年已經結束了。

一九七三年

康拉德的船長

　　約瑟夫・康拉德於三十年前去世，他於一九二四年八月三號在他靠近坎特伯里的畢夏斯本郡（Bishopsbourne）鄉間住宅過世，享年六十六歲。他度過了二十年的水手生涯，從事寫作三十年。他生前已經是位成功的作家，不過就歐洲批評界來說，他在死後才聲名大噪。一九二四年十二月，《法國新評論》（La Nouvelle Revue Française）為他製作一輯特刊，其中包含紀德與梵樂希的文章：在法國最老練的知識界文人所組成的儀仗隊伴隨下，這位老船長、長途海上旅行的老手，遺體被放進海裡。相較之下，在義大利，首批的譯文只在松佐紐（Sonzogno）出版社的「冒險叢書」紅色帆布裝的書籍裡可以看到，儘管伽齊（Emilio Cecchi）先前已經向品味較細膩的讀者特別挑出康拉德。

　　那些少數明擺的事實已經足以顯示康拉德這位人物所引起的不同興趣。他的生活充滿實際的經驗、旅行與行動，而且他擁有通俗小說家豐富的創造力，不過身為福樓拜的門徒，他也極注意風格，此外他與國際頹廢主義的主要代表人物也有關聯。既然他在批評界的聲名已經在義大利建立起來，至少由可以獲得的譯本來判斷是如此（朋皮亞尼〔Bompiani〕出版社正在出版全集，埃伊瑙迪出版社與蒙達多利出版社則出版了個別作品的譯文，包括精裝本與平裝本，菲特里內利〔Feltrinelli〕出版社的「世界經濟叢書」〔Universale Economica〕最近則出版了他的兩部作品），我們便可以

來界定這位作者對我們的意義。

　　我相信許多人去讀康拉德的作品，是因爲閱讀冒險小說的癮頭又發作了──不過不只是爲了閱讀冒險故事，同時也是想要閱讀這些作者的作品，這些作家只將冒險故事當作藉口，以用來講述一些關於人類的創見，而具有異國情調的事件與國家可以幫助清楚強調人與世界的關係。在我的理想藏書室的一個書架上，康拉德的位置在夢幻般的史蒂文生隔壁，不過就生平與文學風格來看，兩人幾乎是南轅北轍。我曾經不只一次想將他移到另一個架子上，一個對我來說比較不易親近的書架，其中包含了分析的、心理的小說家，詹姆斯派與普魯斯特派作家，他們不厭其煩地要復原我們所經歷的點點滴滴的感覺。我甚至想要將康拉德與那些或多或少被詛咒（maudits）的唯美主義者放在一起，像是愛倫坡，他們充滿了錯置的激情；我始終認爲，康拉德對於荒謬世界的陰鬱焦慮，並不會讓他被放到包含「現代主義危機作家」的書架上（這個架子尚未被合適地訂購，也尚未完成最後的挑選）。

　　相反地，我總是將他放在手邊，就在斯湯達爾的隔壁，他們兩人是如此不同，還有涅沃（Nievo），他跟康拉德一點也不像。事實是，儘管我不相信康拉德所寫的大部分東西，我卻始終相信他是一位好船長，他將那項很難寫作的元素帶進他的故事裡：也就是來自實際存在的天人合一的感覺，關於人如何在他所做的事情中自我實現，在他的工作暗含的教訓中自我實現，總是可以應付狀況的那個理想，不管是在帆船的甲板上，或是在書的紙頁上。

　　這便是康拉德小說的道德本質。我很高興發現《海之鏡》也在其中，以純粹的形式、非小說的作品出現，這是一本以海洋爲主題的選集：包含關於繫泊與出航、拋錨、揚帆、貨物重量等等的技巧。（《海之鏡》由亞耶〔Piero Jahier〕翻譯成義大利文──我想這

是它第一次被翻譯成義大利文，而且被翻譯成漂亮的義大利散文——譯者在翻譯這些航海術語時，一定經歷了極大的樂趣，以及惱人的困難：這部作品出現在朋皮亞尼出版的全集中的第十與十一冊，這套全集也包含了《海陸之間》的出色故事，這些故事已經出現在埃伊瑙迪出版社世界叢書的相同譯文中。）

　　除了康拉德之外，還有誰可以用這種技術上的精確性、這種熱情，以這麼不浮誇、不做作的方式，來寫作他所從事的行業的工具？華麗的修辭只出現在最後，他稱頌英國海軍的霸權，並且重新喚起納爾遜[1]與特拉法爾加（Trafalgar），不過這也強調了這些隨筆實用且具爭議性的基礎，當康拉德在討論海洋與船舶時，這樣的基礎總是存在的，我們認為他沉浸在形而上深奧的沉思中：他不斷強調對於帆船時代精神氣質的消逝感到遺憾，也總是在敘述衰落中的英國海軍神話。

　　這是一項典型的英國爭議，因為康拉德是英國人，他選擇當英國人，而且成功了：如果我們不將他置於英國的社會脈絡中來看的話，如果我們只將他視為英國文學「顯赫的訪客」，如同維吉尼亞‧吳爾芙對他所下的定義的話，我們便不能為這個人下一個精確的歷史定義。他生於波蘭，名叫 Teodor Konrad Nalecz Korzieniowski，擁有一顆「斯拉夫的靈魂」，因為拋棄祖國而難以釋懷，他與杜斯妥也夫斯基相像，儘管他因為國家主義的原因而憎恨杜斯妥也夫斯基，許多人對這種種事實大作文章，不過我們並不真的對這些事情感興趣。康拉德在二十歲時決定加入英國商船隊，在二十七歲時，進入英國文壇。他並沒有同化英國社會的家族傳統，或是它的文化與宗

---

[1] Horatio Nelson，1758-1805年，英國海軍統帥，曾在特拉法爾加角（位於西班牙西南部）海戰中大勝法國與西班牙聯合艦隊。—譯注

教（他始終厭惡宗教）；不過透過商船隊，他融入了英國社會，他讓商船隊變成了他自己的歷史，那是他在心理上覺得自在的地方，與商船隊的精神特質相反的一切，只讓他感到鄙夷。他想在他的生命與他的作品中，呈現那位完美典型的英國人物，那位紳士船長，儘管這位人物以極為不同的化身出現，從英雄的、浪漫的、唐吉訶德式與誇張的，到野心過大的、有缺陷的與悲劇性的。從《颱風》裡那位無動於衷的船長麥克霍爾，到《吉姆爺》中想要擺脫懦弱行為糾纏的主人翁。

吉姆爺從船長變成商人：此處我們看到更廣大層面的歐洲人在熱帶從事貿易，最後在那裡變成社會邊緣人。這些也是康拉德在馬來群島航行時所認識的典型人物。他對人性的同情游移在兩個極端，一端是海軍軍官的貴族成規，另一端是失敗冒險的墮落。

這種對於賤民、流浪漢與瘋子的著迷，也可以在另一位與康拉德相去甚遠的作家身上明顯看到，不過他可以說是康拉德的同代人，那便是高爾基（Maksim Gorki）。我們發現一件有趣的事情，那就是對於這種非理性、自甘墮落的人性的興趣（一整個時代的世界文學，直至漢姆生〔Knut Hamsun〕與安德森〔Sherwood Anderson〕，都對這樣的人性感興趣），英國的保守主義者與俄國的革命分子都在這塊領域中，找到他們對於人的堅定與嚴密概念之根源。

這將我們帶回康拉德政治概念的問題，以及他猛烈的反動精神。當然他對於革命及革命分子如此誇張且過分的恐懼（這使得他寫了整個系列反無政府主義者的小說，而他卻一個也不認識，連看也沒看過），其根源與他出身波蘭貴族、地主階級有關，以及他年輕時住在馬賽的環境，當時他的周遭是西班牙流亡在外的君主主義者，還有美國的前奴隸主，他們為唐・卡洛斯（Don Carlos）運送

走私武器。不過只有將他置放在英國的脈絡來看，我們才能在他的立場中，認出關鍵的歷史輪廓，這個輪廓與馬克思的巴爾扎克及列寧的托爾斯泰相似。

康拉德經歷英國資本主義與殖民主義的轉型期：從帆船轉向輪船。他筆下主角的世界以小船主的帆船文化爲基礎，這個世界充滿清晰的理性、運作中的紀律，以及與追求利潤的卑鄙精神相反的勇氣及責任。在他眼中，大公司所擁有的新輪船隊似乎既齷齪又無益，就像帕特拿號上那些逼使吉姆爺背叛自己的船長與軍官。因此，在康拉德的作品中，仍然夢想舊價值的人，若不是變成唐吉訶德，便是屈服，被拖至人性的另一端：也就是屍體、不講道德的商業仲介、官僚的、殖民的放逐者，所有的這些歐洲人類渣滓，在殖民地開始像毒瘡般擴散，康拉德將他們拿來與老派的浪漫商人／冒險家作對比，像是他自己筆下的湯姆・林嘉。

在小說《勝利》中，故事發生在一座荒島上，其中包含了激烈的追逐遊戲，牽涉了手無寸鐵、唐吉訶德式的人物海斯特、齷齪的暴徒，此外還有一位搏鬥的婦女雷娜，她接受對抗邪惡的掙扎，後來她被殺死了，不過卻贏得了對抗社會混亂的道德勝利。

事實上，儘管分解的氛圍經常盤旋在康拉德的紙頁上，他對於人類優點的信念卻從不動搖。康拉德雖然不具任何哲學上的嚴謹性，卻感覺到中產階級思想的關鍵時刻，這時樂觀的理性主義散發最後的幻想，而一團混亂的非理性主義與神祕主義已經被發動了。康拉德將世界視爲是黑暗與充滿敵意的東西，可是他整編人類的力量加以對抗，包括人類的道德規則與勇氣。面對黑暗、混亂的崩潰傾盆而下，以及充滿神祕與絕望的世界概念，康拉德的無神論人性還是堅守陣營、站穩腳跟，就像麥克霍爾在颱風中的表現一樣。他是一位根深柢固的反動主義者，不過今日能完全了解他的教訓的

人，只有那些對人類力量有信念的人，他們相信那些在自己的工作
中認出自身高貴性的人，這些人知道康拉德所珍視的「忠實原則」
不只適用於過去而已。

一九五四年

巴斯特納克與革命*

　　在二十世紀的中途，偉大的十九世紀俄國小說又回來糾纏我們，就像哈姆雷特國王的鬼魂。這便是巴斯特納克的《齊瓦哥醫生》（米蘭：菲特里內利出版社，一九五七年）在我們這群讀者心裡所引發的感覺，我們是他在歐洲的首批讀者。這種反應是文學性的，而不是政治性的。不過「文學性」這個字眼仍然不是很合適。在讀者與書的關係中，有某種事情發生了：我們埋首書中，渴求那些代表我們先前閱讀的問題，事實上，就像我們剛開始處理俄國經典時一樣，而且我們並不是在尋找這一類或那一類的「文學」，而是對於生命明確且一般的討論，可以將個體與普遍性劃上直接關係，並且將未來包含在它對過去的描繪裡。我們希望這部小說可以告訴我們關於未來的事，所以便衝向這部死而復生的作品，不過，如同我們所知道的，哈姆雷特父王的鬼魂想要干涉今日的問題，儘管他總是想將這些問題與他的生時、與先前發生的事情、與過去連在一起。我們與《齊瓦哥醫生》的相遇是如此戲劇化且感情強烈，這場相遇也夾雜著不滿與不贊同。終於，這是一本我們可以與之爭論的書！不過，有時，在對話當中，我們會發現每個人都在各說各話。我們很

---

* 這篇論文中所提到的《齊瓦哥醫生》的頁數，分別為義大利版本（米蘭：菲特里內利出版社，一九五七年），以及權威的英文譯本，*Doctor Zhivago*，由Max Hayward 與Manya Harari所翻譯（倫敦：Collins Harvill出版社，一九八八年）。—英文編者注

難與父執輩溝通。

就連偉大的鬼魂用來激發我們情緒的系統，也是他生時的系統。在小說不到前十頁的地方，我們已經看到一個角色想要努力解決死亡的神祕、人生的目的與基督本質等課題。不過令人驚訝的是，要維持如此沉重主題的合適氣氛已經被營造出來了，而讀者又重新沉浸在一項概念中，也就是俄國文學完全與對於大問題的明確探索有密切關係，在最近幾十年當中，我們傾向於忽視這項概念，也就是說從以下這件事實之後，亦即我們不再將杜斯妥也夫斯基視為俄國文學的中心人物，而比較將他視為是重量級的局外人。

這個初步印象並沒有在我們的腦海中停留太久。為了向我們走近，鬼魂清楚知道，我們最喜歡在什麼樣的城垛上昂首闊步：讀者喜歡的是充滿事實、人物與事情的客觀敘事，讀者只能從中一點一點地抽取出一種哲學，而且必須付出極大的個人努力與風險；讀者喜歡的並不是小說化的智性討論。這條由熱切的哲學思索所形成的血管當然貫穿整部作品，不過書中所描繪的廣闊世界，足以支撐比這還多的東西。而巴斯特納克思想中的主要信條——自然與歷史並不分屬兩個不同的秩序，而是形成一個**連續體**，人類的生命沉浸在其中，並且由之決定——用敘事比用理論的建議可以更好地陳述。如此一來，這些思索與小說中對於人性與自然的廣闊描繪合而為一，它們並不會支配小說或讓小說窒息。結果是與發生在所有出色說書者身上的情況一樣，這本書的意義並不在於被陳述出來的總體概念，而是在於它的整體影像與感覺，在於生命的滋味，在於書中的沉默。所有的意識形態增生物，也就是關於自然與歷史、個體與政治、宗教與詩歌不斷燃燒與熄滅的討論，彷彿在與未聯絡的友人敘舊，這一切都為角色所經歷的卑微事件，製造了深沉的回聲室，而且像是「一聲被壓抑太久的嘆息」（我們採用了巴斯特納克為革命

所用的美麗意象）般地出現。巴斯特納克在整部小說中注入了一項
欲望，那就是對一種已經不存在的小說之嚮往。

　　矛盾的是，我們可以說，沒有哪一本書比《齊瓦哥醫生》是更
典型的蘇聯作品了。除了在一個女孩仍綁辮子的國家之外，它還能
在哪個國家被寫出來呢？那些二十世紀初的男孩和女孩，猶里、米
夏·戈登、冬妮亞，形成了一個「以為純潔辯護為基礎」的三人領
導小組，或許他們跟那些我們經常在代表團訪問中認識的共產青
年，有著同樣清新、冷漠的臉孔。在這些訪問當中，我們經常看到
蘇聯人民巨大的能量，這些能量免於遭受到過去四十年來，西方意
識所經歷的（在文化、藝術、道德與生活方式上）眩目緊張（無意
義的流行階段，不過也包括對於新發明、新實驗與真理的衝動），我
們很好奇，他們這樣持續只專注在自己的經典上，若是遭逢到前所
未見的嚴酷、嚴肅的新現實教訓時，會產生什麼結果。巴斯特納克
的這本書是對於上述這個問題的初步回應。這並不是我們原本預期
的年輕人的回應，而是一名年長文人的回應，這或許更為意味深
長，因為它向我們顯示，在巴斯特納克長期保持沉默的期間，他所
從事的內心之旅採取了出人意料的方向。這位一九二〇年代碩果僅
存的西化、前衛詩人，並沒有在「解凍」中引爆長期儲存的風格化
煙火；在與國際前衛主義（那曾經是他詩歌的自然空間）的對話結
束之後，他也花了幾年的時間，重新思考祖國的十九世紀經典作
品，他也將目光導向無人能及的托爾斯泰。不過他對於托爾斯泰的
閱讀，與官方路線是非常不同的，官方路線輕易指證托爾斯泰是正
統典範。他也以一種異於官方路線的方式，重新閱讀他的自身經
驗。而從中顯現的，便是一本與十九世紀改裝過的「社會現實主義」
小說迴然不同的書，不過，不幸的是，這也是關於社會主義人本思
想最嚴格負面的書。難道我們需要重申，風格的選擇並非偶然嗎？

如果前衛的巴斯特納克關心革命問題的話，那麼托爾斯泰時期的巴斯特納克只能對革命前的過去帶著懷舊的態度嗎？不過這也只是一項帶有偏見的判斷。《齊瓦哥醫生》是也不是一部今日所寫的十九世紀小說，如同它是也不是一部對於前革命時期的懷舊作品。

巴斯特納克保存了俄國與蘇維埃前衛主義的那血腥幾年對未來的嚮往，以及歷史是如何被構成的情緒性質問；他寫了一本書，這本書像是一段已結束的偉大傳統之晚熟果實，在它孤獨的旅程終點，來到我們的手上，想要成為與西方現代文學中的重要作品同時代的作品，它默默地贊同這些現代作品。

事實上，我相信在今日，一本結構「如同十九世紀」的小說，包含一段歷時多年的情節，對於社會有巨幅描寫，必然會導向懷舊、保守的視野。這是我為什麼不贊同盧卡奇（Lukács）的許多原因之一：他的「觀點」理論可以被用來反對他自己最喜歡的文類。我相信，我們的時代之所以是短篇故事、短篇小說、自傳證詞盛行的時代，這並非偶然。今天，一份真正現代的敘事只能用它的詩意內涵來影響我們生活的時代（不管是什麼時代），顯示我們的時代為關鍵且無比重要的時刻。因此它必須是「現在式」，情節歷歷在目，而且必須像希臘悲劇一樣，在時空上統一。相反地，今日任何想要寫作「一個時代」的小說的人，除非這是純粹的修辭，否則最後所寫出來的書，其詩意張力總是會壓垮「過去」[1]。巴斯特納克也是一樣，不過卻不盡相同：他對於歷史所採取的立場，並不能被簡約為如此簡單的定義；而且他的小說並不是「老式」的小說。

就技術方面而言，將《齊瓦哥醫生》置於二十世紀對小說的解

---

[1]　若是仔細檢驗的話，讓偉大小說的模擬顯得生動的，經常是懷舊情懷，不過這樣的懷舊對現在帶著批評、甚至是革命的態度，如同馬克思與列寧分別以巴爾扎克及托爾斯泰的作品為例所清楚顯示的一樣。─原注

構「之前」，並沒有意義。有兩種主要方法來將它解構，這兩種方法都出現在巴斯特納克的小說中。第一個方法是將現實的客觀性分裂為直覺性的感覺，或是分裂為由記憶所構成的無法觸知的塵雲；第二個方法是讓情節變成情節本身的技術部分，這樣它便可以理直氣壯地被思索，像個幾何輪廓，接著又導向諷刺模仿，以及頑皮的「小說中的小說」。巴斯特納克玩弄小說的形式，並且導致最終的結果：他建構了一個由不斷的巧合所構成的情節，橫越整個俄羅斯與西伯利亞，其中有大約十五名角色，他們什麼都不做，就只是彼此不期而遇，彷彿他們是那裡唯一的人，就像在文藝復興騎士詩歌抽象地理中的查理曼大帝的武士。難道這只是作者在自得其樂嗎？一開始的時候，小說想要傳達的不僅如此；它想要呈現那層在我們不知不覺中，將我們聯繫在一起的命運網絡，歷史被分解為錯綜複雜的人性故事。「他們全都在一起，彼此接近，有一些人不認識其他人，另外一些人則從來不認識彼此，有一些事情永遠不為人知，其他的事情則等待下一次的機會、下一次的會面，以便開花結果」（義大利譯本第一百五十七頁，英譯本第一百一十三頁）。不過這項發現所引發的情緒並沒有持續很久：而最後不斷的巧合只顯示，作者意識到他對小說形式的傳統運用方式。

　　鑒於這樣的傳統手法以及它全面的結構，巴斯特納克在寫作這本書時，享有完全的自由。有一些部分，他會充分概述，其他部分，他只保留輪廓。有時他會詳細記錄日日月月的事情，有時他會忽然換檔，用幾行文字來描述好幾年內發生的事情：例如，在結尾的部分，在二十頁緊湊與充滿活力的文字中，他在我們眼前展現了「肅清」與第二次世界大戰的時期。同樣地，在這些人物當中，他會不斷跳過其中一些人物，不讓我們對他們有更深入的認識：就連齊瓦哥的太太多妮亞也屬於這一類人物。簡單說，這是「印象式」的

敘事。即使在心理上也是印象主義的：巴斯特納克拒絕爲角色行爲作出精確的辯護。例如，爲什麼拉娜和安提波夫美滿的婚姻關係會忽然破裂，而他沒有其他的解決方法，只能赴前線？關於這一點，巴斯特納克說了許多，不過他所說的既不足夠，也不必要：重要的是兩個角色間的對比所造成的一般印象。他對於心理、人物、情境，並不感興趣，他感興趣的是較爲普遍也較爲直接的事物：人生。巴斯特納克的散文只不過是韻文的延續。

就它們的基本核心神話來看，在巴斯特納克的抒情作品與《齊瓦哥醫生》之間，存在著嚴格的一致性：包含且貫穿所有其他事件、行動或是人性感情的自然節奏，以及在描繪暴風雪的飛濺與雪融時的史詩般衝勁。這部小說是這股衝勁的邏輯性發展，因爲詩人試著在單一的論述中囊括自然與人類歷史，包括私人的與公共的，以提供對於生命的整體定義：當齊瓦哥搭乘的火車在一九一七年朝莫斯科駛去時，菩提樹的味道，以及革命群衆的喧嘩（第五章，第十三節）。大自然已經不再是詩人內在世界的浪漫象徵來源，不再是他主觀思想的字典；而是在之前及之後到處存在的事物，人們不能加以改變，不過卻可以透過科學與詩歌試著加以了解，並且配得上它[2]。巴斯特納克繼續托爾斯泰反對自然的爭論（「托爾斯泰並沒有將他的想法推至結論……」，五九一頁；四○六頁）：並不是偉人創造了歷史，不過歷史也不是由小人物所創造的；歷史像是植物般地移動，像是一塊在春天產生變化的木頭[3]。由此衍生出巴斯特納克概念中的兩個基本面：第一個是他對於歷史神聖性的概念，歷史被視爲是嚴肅的出現、超越人類，即使在它的悲劇性中也是向上的；

---

[2] 應該有人來研究分析人類對於大自然的屈服（大自然已經不再被視爲是異物〔alterity〕），在最近幾十年，這個現象不斷被表達出來：從托馬斯（Dylan Thomas）的詩直到「非形式派」繪畫皆是如此。—原注

第二個面向則是完全不信任人類的作為、人類建構自身命運的能力，以及人類對於大自然與社會的刻意改造。齊瓦哥的經驗導致了沉思，以及對於內在完美的專一追尋。

我們是黑格爾直接或間接的後裔，我們對於歷史以及人與世界的關係之了解與巴斯特納克的了解若非大相逕庭的話，也是不一樣的，因此我們很難贊同巴斯特納克書中那些「意識形態」的段落。不過由他動人的歷史／自然視野所引發的敘事段落（特別是在小說的前半部），所傳達的那種對於未來的嚮往，是我們可以予以認同的。

對巴斯特納克來說，神話般的時刻是一九〇五年的革命。他在一九二五至一九二七年間的「效忠」階段所寫的長詩，處理的便是那段時期[4]，而《齊瓦哥醫生》便是以那段時期為起點。在那段期間，俄國人民與知識分子都懷有非常不同的潛能與希望：政治、道德與詩歌雖然漫無秩序卻步調一致地並肩前進。「『我們的年輕人在開火』，拉娜心想。她指的不只是尼卡與拔夏，而是整座在開火的城市。『誠實的好青年，』她心想。『他們很好，所以他們才會開火』」（六十九頁；五十五頁）。對巴斯特納克來說，一九〇五年的革命包含了所有的青年神話，以及某種文化的起點；他從這個高峰俯瞰前

---

[3] 我覺得在巴斯特納克的作品中，「歷史」這個字眼似乎有兩種用法：此處的用法意謂被大自然同化的歷史，另一個用法則意謂歷史是由基督所創立的個人領域。巴斯特納克的「基督精神」─特別是尼可拉·尼可拉維茲舅舅與他的門徒米夏·戈登在格言中所表達的─與杜斯妥也夫斯基極度的虔誠無關，而是適用於象徵的、美學的閱讀背景，以及對於福音的動力詮釋，紀德也熱中於此（唯一的差別是，此處，它所根據的是更為深刻的人類同情觀念。）─原注

[4] 由李培里諾（Angelo Maria Ripellino）翻譯為義大利文的〈一九〇五年〉與〈史密特中尉〉等詩，皆收錄在巴斯特納克的《詩集》（都靈：埃伊璐迪出版社，一九五七年）。─原注

半個世紀凹凸不平的土地，他用透視法觀察這片景觀，距離較近的斜坡顯得陡峭且清晰，隨著我們移近今日的地平線，它便顯得愈來愈小、朦朧不清，只有零星的標誌顯得醒目。

　　對巴斯特納克主要的詩意神話來說，革命是主要的時刻：大自然與歷史合而為一。就這方面來說，小說的核心是第五章，這時它在風格與思想上都達到了最高峰，那是一九一七年的革命時期，在米留契也佛，一座充滿偏僻街道的醫療小城：

> 　　昨天我去參加了夜間集會。那是一場非凡的景觀。祖國俄羅斯動起來了，她無法靜止不動，她在走，不知自己身在何處，她在說話，而且知道如何自我表達。此外不只是人們在交談而已。樹木與星星也相遇、交談，夜間的花朵在思索，石屋在聚會。（一百九十一頁；一百三十六頁）

　　在米留契也佛，我們看到齊瓦哥度過了一段時光暫停的幸福時刻，一邊是革命生活的狂熱，另一邊則是與拉娜共度的田園生活，不過這個部分仍只是被暗示出來而已。巴斯特納克在一個出色的段落中（一百八十四頁；一百三十一頁），傳達了這個狀態，他在其中描述了夜間的聲響與香味，大自然與人類的熙攘在當中相互交纏，如同在維爾加[5]筆下的阿齊特雷扎（Aci Trezza）的屋子裡一樣，毋庸發生什麼事情，故事便得以開展，它完全是由存在現實之間的關係所構成的，如同在契訶夫的〈大草原〉中一樣，這個故事是許多現代敘事的原型。

---

[5] Giovanni Verga，1840-1922年，義大利西西里作家，在其寫實主義作品《馬拉沃里爾一家》（*I Malavoglia*）中，作者描繪發生在阿齊特雷扎漁村的悲慘故事。—譯注

　　不過巴斯特納克所謂的革命意謂什麼？這部小說的政治意識形態被概括在一條定義中，也就是社會主義是確實性的領域，作者讓他的主角在一九一七年的春天說出這些話：

　　　　每個人都復活、重生了，到處可見轉變與變動。我們可以
　　說，在我們的心中，發生了兩場革命：我們自身的、個體的革
　　命，以及普遍的革命。我覺得社會主義就像一片海洋，所有這
　　些單獨、個人的革命像溪流般注入其中，那是由每個人生活所
　　構成的海洋，那是由每個人的確實性所構成的海洋。我所謂的
　　生活的海洋，是指我們在繪畫中看到的生活，是天才所理解的
　　生活，充滿了豐富的創造力。可是，今日人們已經決定不再透
　　過書本來經驗生活，而是切身來經驗生活，不是抽象地經驗生
　　活，而是透過實際的實踐。（一百九十一頁；一百三十六頁）

　　這是我們在政治術語裡所說的「自發」意識形態：我們也很清楚隨後而來的幻滅。在小說中，這些字眼（以及齊瓦哥在稱讚布爾什維克派於十月奪得政權時，所說出的那些極為文藝的字眼）好幾次被證明是大謬不然，不過這並不要緊：它的陽極始終是由眞實人物所構成的社會理想，在革命的春天中被瞥見，儘管對於現實的描繪愈來愈強調那項現實的負面特徵。

　　我覺得巴斯特納克對蘇維埃共產主義的反對態度似乎朝兩個方向移動：他反對內戰所引發的野蠻行爲與殘暴無情（我們會再回到這個主題上，它在這部小說中是主要角色）；他也反對理論與官僚的抽象化，革命理想在其中凍結。第二項爭論是最令我們感興趣的，它並沒有被具體化爲人物、狀況或意象[6]，而只是以零星的感想出現。然而，毫無疑問地，眞正的負極便是這一個，或隱或顯。

齊瓦哥勉強與游擊隊員共同生活了幾年，當他回到烏拉爾的鎮上時，看到牆上貼滿了海報：

> 這些字是什麼？是去年寫的嗎？是兩年前寫的嗎？在他的生命中，他曾經一度因為那個語言的不容置辯、那個思想的線性而感到得意洋洋。難道他必須為這麼粗心大意的熱中所付出的代價，就是在他的餘生，他的眼前除了這些嘶吼與請求外，便一無所有？在這幾年當中，這些嘶吼與請求從未改變，事實上，隨著時間消逝，它們變得愈來愈不重要，愈來愈難以理解且抽象。（四百九十七頁；三百四十三頁）

我們不該忘記，一九一七年的革命狂熱，事實上是因為對抗一段「抽象」的時期而產生的，也就是第一次世界大戰的時期：

> 戰爭是生命被人為地中斷，彷彿我們可以暫緩存在：這真是個荒謬的念頭！革命幾乎是在無意中爆發的，就像是一聲壓抑太久的嘆息。（一百九十二頁；一百三十六頁）

（從這幾行文字中——我相信它們寫於二次大戰後——我們可以輕易看出巴斯特納克在探查較為近代的痛處。）

---

[6] 事實上，我們始終未能面對面看清共產黨員。吸食古柯鹼的游擊隊指揮官李伯利烏斯並不是個有血有肉的角色。作者大量描述了老安提波夫與迪福星，這兩名老工人後來變成了布爾什維克派的領袖，不過作者從沒告訴我們，他們如何生存，他們在想什麼，為什麼他們在小說的一開始是革命好工人，後來卻變成官僚巨妖。而猶里的弟弟伊葛拉夫·齊瓦哥似乎是位具有權威的共產黨員，是位偶爾會從他所在的神祕權威天上下凡的解圍之神：他是誰？他在做什麼？他在想什麼？他的重要性為何？在巴斯特納克的人物所構成的豐富畫廊中，也存在一些空白畫框。—原注

在對抗抽象的支配中，存在著對於現實、對於「生命」的渴望，這樣的渴望瀰漫在整本書當中；對現實的渴望讓他歡迎二次大戰，「它真正的恐怖、它真正的危險，以及它真的會帶來死亡的威脅」，「相較於抽象不人道的支配，可以說是正面的東西」（六百五十九頁；四百五十三頁）。結尾就發生在二次大戰期間，《齊瓦哥醫生》——如同它後來所變成的疏離小說——再一次因為涉入的激情而血脈賁張，這樣的激情也是在一開始時，賦予它活力的元素。在那場戰爭中，蘇維埃社會又再次變得真實，傳統與革命再次肩併肩出現[7]。

巴斯特納克的小說也設法囊括抵抗運動，也就是說，這段時期之於全歐洲較為年輕的世代，相當於一九〇五年之於齊瓦哥的世代：這是所有道路的起點。值得指出的一點是，即使是在蘇聯，這段時期仍然保留了積極「神話」的價值，相對於官方國家，保留了真正國家形象的價值。巴斯特納克的小說結束於戰時蘇聯人民的統一[8]，這項現實也是蘇維埃年輕作家的起點，他們回到這一點上，

---

[7] 在書中關於二次大戰的篇幅裡，唯一的「正面共產黨英雄」也間接、遠遠地出現了：那是一名女子（六百五十六頁；四百五十一頁）。（我們後來從六百二十七頁；四百三十一頁的簡短參考資料中，得知）她是一名吉洪教派（tikhonovite）牧師的女兒。小時候，為了洗刷她父親被關的恥辱，她變成了「一名年幼的熱情追隨者，她所追隨的是她認為最不可疑的共產主義元素。」戰爭爆發時，她空降至納粹陣線那一邊，表現出英雄般的黨員行動，最後被處以吊刑：「據說教堂將她列入聖人之列」。難道巴斯特納克是想要告訴我們，俄羅斯古老的宗教虔誠在共產黨員的犧牲精神中繼續存在下去嗎？這兩種態度的並置並不是新鮮事；對於我們這些完全信奉非宗教共產主義的人來說，這是很難接受的。不過克莉絲蒂娜・歐爾勒左娃的故事在小說中雖然只佔了幾行的文字，這段故事的語調卻立刻在我們的記憶中，與《（義大利與歐洲）抵抗運動烈士書信》（*Lettere dei condannati a morte della Resistenza*）的語調連結在一起—事實上，它們在人性的態度上是一致的，儘管存在於不同的信念與理想中。—原注

並且將它與抽象、意識形態的系統安排對比，彷彿想要肯定一個屬於「大家」[9]的社會主義。

　　不過，這種對於真正的統一與自發性的興趣，是年長的巴斯特納克的理想與年輕世代理想兩者間的唯一連結。一個「屬於大家」的社會主義形象只能從對於新力量的信心中產生，這些新力量來自革命，並由革命所發展。而這正是巴斯特納克所否認的。他宣稱而且證明他並不相信人民。隨著小說的發展，他對於現實的概念，愈來愈像是以私人的、家庭為中心的個人主義為基礎的倫理與創造性理想：人與自身以及與鄰人的關係，被限制在他的情感圈圈中（除了宇宙的關係外，還有與「生命」的關係）。他從不與那些生來便有意識的階級認同，這些人的錯誤與過度行為，可以被當成自主覺醒的初次徵兆而被欣然接受，它們被視為是生命的徵兆，總是富含對於未來的意涵，並且反對抽象。巴斯特納克將他的支持與同情只保留給知識分子與中產階級的世界（就連拔夏·安提波夫，雖是工人之子，卻也念過書，也算是知識分子），其餘的都是小角色，他們在那裡是為了湊數。

　　證據便是他的語言。所有無產階級的角色皆以相同的方式說話，是俄國古典小說中帝俄時代農民（muzhik）那種幼稚、隨便、生動的閒聊。《齊瓦哥醫生》中一個不斷出現的主題，是無產階級反意識形態的天性，以及他們模稜兩可的立場，在其中，傳統道德及偏見最不同的傾向，與無產階級從未完全理解的歷史力量混合在

---

[8] 還有最後的一章，幾乎不到一頁長，講述的是我們的時代，帶點樂觀的炫示，不過這是貼上的，而且語調頗為阿諛，彷彿根本不是巴斯特納克所寫，要不然便是作者想要顯示，這一段是他不費吹灰之力所寫出來的。—原注

[9] 請參考我所寫的關於 Victor Nekrasov《在他的家鄉》的文章，收錄於《埃伊瑙迪快訊》（*Notiziario Einaudi*），5：1-2（一九五六年一／二月）。—原注

一起。這個主題讓巴斯特納克得以刻劃某些眞的非常吸引人的角色（迪福星的老母親抗議俄帝騎兵的突擊，同時也反對她從事革命的兒子；或是廚子烏斯汀妮亞，她堅信聾啞人的奇蹟，而不相信克倫斯基[10]政府的人民委員），這一點在書中最令人生畏的角色出現時，達到最高潮，也就是游擊隊女巫。不過那時我們已經處在另一種氣氛當中了：當內戰排山倒海而來時，無產階級粗野的聲音便顯得愈來愈大聲，而它只有一個聲音：野蠻。

　　今日世界與生俱來的野蠻是現代文學的偉大主題：現代敘事淌著我們這半個世紀所目擊的所有屠殺的血液，這些敘事的風格影響了地下室塗鴉的直接性，而它們的道德觀則是要透過譏諷、無情或殘酷來重新發現人性。我們覺得將巴斯特納克置放在這個脈絡中是很自然的，事實上，內戰時期的蘇維埃作家都屬於這個脈絡，從蕭洛霍夫（Sholokhov）到早期的法捷耶夫（Fadeyev）都屬於這個脈絡。然而，在大部分的當代文學中，暴力都被認爲是人們必須經歷的經驗，以便詩意地超越它、解釋它、擺脫它（蕭洛霍夫試著將暴力合理化，並且加以尊崇，海明威勇敢面對暴力，將它當成測試男子氣概的根據，馬爾侯〔Malraux〕將暴力美化，福克納將暴力神聖化，卡繆則是掏空暴力的意義），面對暴力時，巴斯特納克卻只表達了厭倦。我們可以將他尊爲非暴力的詩人嗎？這是我們這個世紀所從未有過的。不，我不認爲巴斯特納克的詩來自於他對暴力的拒絕：他帶著厭倦的譏諷態度記錄暴力，他的態度是一個對暴力司空見慣的人的態度，他只能談論一樁接一樁的暴行，一次次記錄下他的異議、他身爲局外人的角色[11]。

---

[10] Kerensky，1881-1970年，俄國社會革命黨人，曾於一九一七年的臨時政府中擔任司法部長、最高總司令，十月革命後組織反蘇維埃的叛亂，逃亡國外。—譯注

　　其實，儘管到目前為止，我們發現《齊瓦哥醫生》也呈現了我們自身對現實的概念，而不只是作者的概念，然而在齊瓦哥被迫與游擊隊長期共處的敘述文字中，這本書卻沒有朝較為寬廣的史詩面向發展，而局限在齊瓦哥／巴斯特納克的觀點上，並且逐漸失去詩意的張力。我們可以說，直到從莫斯科到烏拉爾的那趟出色旅程為止，巴斯特納克似乎想要探索一個世界中的善與惡，呈現所有涉入各方的動機；可是在那之後，他的視野變成只有一面，只不過是在堆積事件與負面的判斷，一連串的暴力與獸行。作者有力的支持態度必然會引出我們自身身為讀者的有力支持態度：我們不再能將我

---

[11]　這種內戰時的劇痛讓我想起帕韋澤的《在雞鳴之前》（*Prima che il gallo canti*）。第二個故事《山丘上的屋子》（*La casa in collina*）在一九四八年間世時，我覺得它帶有聽天由命的語調；不過今天重讀這個故事之後，我覺得在其中，在與歷史密切相關的道德意識的路上，帕韋澤走得比誰都遠，而這一切所發生的區域，幾乎總是其他人的保護區，是神祕與先驗世界觀之保護區。在帕韋澤的作品中，我們也發現他對任何灑出的血有同樣受驚的同情，即使是敵人之血，那些不知道自己為何而死的人之血；不過巴斯特納克的憐憫代表人與鄰居神祕關係的俄羅斯傳統之最新化身，同樣的，帕韋澤的憐憫代表斯多葛派人文主義傳統最新的化身，這個傳統強烈影響了西方文化。在帕韋澤的作品中，我們也發現：大自然與歷史，不過是互相對立；大自然是孩童時代首次發現的鄉間，是完美的時刻，在歷史之外，是「神話」；歷史則是戰爭，「沒完沒了」，「應該要更深入我們的血液裡」。帕韋澤筆下的柯拉多就跟齊瓦哥一樣，是個不想逃避歷史責任的知識分子：他之所以住在山丘上，是因為那一直是他的山丘，他認為戰事與他無關。不過戰爭讓那個大自然的世界充滿了其他人的存在、歷史的存在：包括避難者、游擊隊。在他放眼所及之處，大自然也是歷史與鮮血；他的逃亡是錯誤。他發現，就連他先前的生活也是歷史，包括他自身的責任與缺點：「每個死人都像存活下來的人，並且要求他作出交代。」人類積極介入歷史的原因來自於一種需要，也就是要讓人類血腥的行軍變得有意義。「在讓他流血之後，我們必須安撫他的血液。」人類真正的歷史與市民義務便在於這個「安撫」，在於這個「作出交代」。我們不能自外於歷史，我們不能拒絕竭盡全力地給予世界合理與人道的印記，世界愈是讓我們覺得無理與邪惡，我們愈是需要這麼做。─原注

們的美學判斷與歷史及政治的判斷分開。

　　或許那正是巴斯特納克的意圖，讓我們重新探討那些我們以爲已經毋庸討論的問題：我所謂的我們，是指那些認爲內戰時的群眾革命暴力是必要的人，儘管我們並不認爲社會的官僚化管理與意識形態的化石化是必要的。巴斯特納克將討論帶回革命的暴力，並且在其下納入了隨之而來的官僚與意識形態的不可變性。巴斯特納克反對所有最普遍流傳的對於史達林主義的負面分析，這些分析幾乎全都是從托茲基或布哈林（Bukharin）的立場出發的，也就是說，它們談論的是體系的墮落，巴斯特納克則是從前革命時期俄羅斯的神祕主義／人道主義的世界開始[12]寫起，小說結束時，他不只指控馬克思主義與革命暴力，也指控將政治當作用來測試現代人性的主要根據之作法。簡而言之，他在最後拒絕一切，不過這又反過來接近於接受一切。他對於歷史／自然神聖品質的觀念勝過一切，而野蠻行爲的出現需要（即使是在巴斯特納克相當克制的風格中）某種光暈，彷彿是新千禧年的到來。

　　在結語裡，洗衣女孩坦妮亞敘說她的故事。（這是最後的驚喜，配稱爲一本連載小說，充滿寓言的筆法：她是猶里·齊瓦哥與拉娜的私生女，猶里的弟弟伊葛拉夫·齊瓦哥將軍在戰場上尋找她。）這段敘事的風格原始且基本，以至於很像是許多的美國敘事；內戰的一段赤裸、危險的插曲重新從記憶中浮現，像是一篇人類學書籍中的文章，而這本書已經遭到扭曲、不合邏輯，而且像民間故事一樣誇張。知識分子戈登在爲這本書拉上簾幕時，說出了以下這些象徵性的謎樣話語：

---

[12] 我們真的需要從學科專家那裡，得到關於巴斯特納克文化根源的分析，關於他是如何發展許多與俄國文化相關的主要論述之分析。—原注

　　它便是如此在歷史上發生多次。崇高與高貴的概念變成粗糙的物質。因此希臘變成羅馬，俄國啓蒙主義變成俄國革命。如果我們回想勃洛克（Blok）所説的那句話的話，「我們是俄羅斯這恐怖幾年的子孫」，我們便會立刻看到時代的差別。當勃洛克這麼説時，我們必須用隱喻、象徵的方式來理解它。「子孫」並不真的意謂兒女，而是創造物、產品、知識分子（intelligentsia）；恐怖並不可怕，而是神意的、啓示錄的，這是相當不同的。不過，現在，所有的隱喻都變成了原義：子孫的原義便是子孫，恐怖是真的很可怕，這是不同的地方。（六百七十三頁；四百六十三頁）

　　巴斯特納克的小說便是這樣結束的：他無法在「粗糙的物質」中看出任何「崇高與高貴」的事物。「崇高與高貴」的成分完全集中在已故的猶里・齊瓦哥身上，在他不斷增強的苦行中，他設法拒絕一切，達到一種精神上晶瑩剔透的純潔，使得他過著乞丐般的生活，他先是放棄行醫，有一小段時間，他以寫作小冊的哲學與政論維生，這些書「賣到一本也不剩」（！），最後，他在電車裡心臟病發死去。

　　所以齊瓦哥便在這個由虛無的主人翁所構成的陳列館中佔有一席之地——在現代西方文學中，這個陳列館人滿為患——這些主人翁是拒絕融入的人，是異鄉人（étrangers），是局外人[13]。不過我不認為他在那裡佔有特別突出的藝術地位：儘管這些étrangers說不上

---

[13] 《局外人》是一本關於這一類文學性人物的作品之書名，作者是一位頗為困惑的英國年輕人柯林・威爾遜（Colin Wilson），他在祖國得到了溢美的聲名。—原注

是完整的角色，其特徵卻總是由他們在其中活動的極端狀況所賦予。相較之下，齊瓦哥仍然是個朦朧的角色；書中的第十五章[14]處理的是他的晚年，我們以為會在其中看到關於他一生的評估，不過我們卻感到很訝異，因為作者想要賦予齊瓦哥的重要性，與他在小說中脆弱的出現，兩者不成比例。

　　簡而言之，我必須說，我最不同意《齊瓦哥醫生》的地方，在於它是齊瓦哥醫生的故事，換句話說，它可以說是現代敘事中，所謂的知識分子自傳這個廣泛門類之一部分，我並不是在談論明顯的自傳，其重要性一點也沒有消減，我所說的是敘事形式中的忠誠表白，在這些敘事形式的中心，有一名角色是某種哲學或詩學的代言人。

　　誰是齊瓦哥？巴斯特納克確信他是一個非常迷人且具有精神威信的人，可是，事實上，我們之所以喜歡他，是因為他是個普通人。包括他的謹慎與溫和，總是侷促不安，總是被外在事物所說服，也漸漸被愛所征服[15]。反之，巴斯特納克在某個時候，希望齊瓦哥戴上的神聖光環卻成為他沉重的負擔；讀者被要求膜拜齊瓦哥，可是我們卻做不到，因為我們並不同意他的理念或選擇，最後這甚至損害了我們對於這名人物的同情。

　　另外一名人物的故事在小說中從頭貫徹到尾：那是一名女子的生平，我們看到她經歷了可怕的事件，這些事件讓她變得更加堅

---

[14] 書中的例外是描述齊瓦哥最後在俄羅斯漫遊的那些章節，他在老鼠間恐怖地行進：巴斯特納克作品中所有的旅行都很出色。齊瓦哥的故事是個典範，是我們這個時代的奧德賽，他不確定可以回到潘妮洛普的身邊，因為他被理性的獨眼巨人以及相當謙遜的瑟西與瑙西凱厄所阻礙。—原注

　　瑙西凱厄：Nausicaas，為國王Alcinous的女兒，曾援助遭遇船難的奧德賽。—譯注

決，她也試著將溫馨傳遞給周遭的人，在我們眼中，她是一位完整、特出的角色（儘管關於她自己，她說得很少，而且她的故事比較是從外在，而不是從內在來敘述）。這便是拉娜，拉莉莎：她是書中的偉大角色。我們發現，將閱讀的軸線轉移之後，小說的中心仍然是拉娜的故事，而不是齊瓦哥的故事，如此一來，我們可以將《齊瓦哥醫生》放在它的文學與歷史意涵中來看，而將書中不平衡與離題的部分降爲次要的分枝。

拉娜的一生就其線性發展來看，是個道道地地的關於我們這個時代的故事，幾乎是個關於俄羅斯的寓言（或是關於世界的寓言），是關於逐漸在她（或世界）眼前開展的可能性之寓言，或是所有呈現在她（或世界）眼前的可能性之寓言。三名男子圍繞著拉莉莎。第一個是克馬羅夫斯基，他是個肆無忌憚的勒索者，讓拉娜從小便意識到生活中的暴行，他代表粗俗與肆無忌憚，不過也代表基本、具體的實際性，代表一位自信滿滿的人不顯眼的騎士精神（他從不讓拉娜失望，即使是在拉娜想要切斷兩人先前不乾淨的關係，而拿手槍對他開火之後也一樣）。克馬羅夫斯基象徵中產階級一切卑劣的成分，不過革命放過他一馬，使得他——仍然透過可疑的方式——依舊是分享權力的人。其他兩個男人是革命分子拔夏‧安提波夫與詩人猶里‧齊瓦哥，安提波夫離開妻子拉娜，好讓他孤獨的決心不

---

15 這位想像的醫生／作者的一些特性使得他很像（已經有許多人注意到這一點）前一個世代的一位眞正的醫生作家，契訶夫；契訶夫這個人具有強烈的平衡感，如同我們在他的書信中可以看到的（即將由埃伊瑠迪出版社出版）。不過在其他方面，契訶夫與齊瓦哥可說是南轅北轍：對於平民出身的契訶夫來說，教養是一朵帶有天然芬芳的野花，而齊瓦哥就出身與血統來看，都是很有教養的，他蔑視普通人；神祕／象徵主義的齊瓦哥與不可知論者的契訶夫，契訶夫的確是寫了一些短篇故事，以向神祕的象徵主義致敬，不過在他那些與神祕主義背道而馳的整體作品中，這些故事都是孤立的例子，只能被視爲是對於潮流的稱頌。─原注

會受到阻礙，也就是成爲有道德卻無情的叛亂分子，至於齊瓦哥的話，拉娜則是永遠也無法完全擁有這位愛人，因爲他完全耽溺於生命中的事物與機緣。兩者在她的生命中佔有同樣的重要性，以及同樣的詩意重要性，儘管齊瓦哥不斷受人注目，而安提波夫則幾乎從不被注意。在烏拉爾的內戰期間，巴斯特納克向我們顯示，他們兩人似乎早已注定要失敗：安提波夫／史特尼可夫這名紅軍游擊隊指揮官是令白軍恐懼的人，他並沒有加入共產黨，他知道，一旦戰事結束，他便會變成非法分子，然後被除掉；而齊瓦哥醫生這位不情願的知識分子，不願意也無能成爲新統治階級的一分子，他知道無情的革命機器不會饒過他。當安提波夫與齊瓦哥面對面的時候，從第一次在武裝火車裡碰面，到最後一次在瓦瑞基諾別墅被追捕，小說的痛切達到高峰。

如果我們將拉娜保留爲小說的主角的話，我們便會看到齊瓦哥這個人物被貶至與安提波夫相同的水平，他已經不再佔優勢，不再傾向於將史詩般的敘事轉變爲「一名知識分子的故事」，而關於醫生身爲游擊隊員的經驗之長篇敘事，也被限制在邊緣的離題敘述中，這份敘述並不比情節重要，也不會擠壓情節的線性結構。

安提波夫是熱中且無情施行革命法則的人物，他知道自己也會死於這些法則之下，他是我們這個時代的不凡人物，充滿偉大俄國傳統的迴響，作者清晰且簡單地描繪他。拉娜是一位嚴屬卻討人喜歡的女主角，她一直是安提波夫的女人，儘管她也一直是齊瓦哥的女人。同樣地──或者說以一種無法解釋且無法界定的方式──她一直是克馬羅夫斯基的舊愛。畢竟，拉娜是透過他，學到基本的教訓：她從克馬羅夫斯基的身上，學到粗魯的生活品味，從他的雪茄味，從他粗俗、愛玩弄女人的官能，從他只是因爲身強體壯便顯得傲慢，因爲如此，拉娜知道的事情，勝過安提波夫與齊瓦哥，他們

分別是暴力與非暴力的天眞理想主義者；也因爲如此，她比他們兩人還要重要，她比他們更能代表生命，我們愛她也勝過愛其他兩人，我們追隨著她，並且在巴斯特納克捉摸不定的時期中，將她找出來，在這些時期中，作者從未將她完全顯露在我們面前[16]。

　　我試著以這種方式來顯示，閱讀一本像這樣的書——或者說與之搏鬥——，在一個人身上，所引發的情緒、問題與異議，這個人關心同樣的問題，欣賞這本小說對生活呈現的立即性，卻不贊成它的基本論點：歷史是先驗的人性。相反地，我總是在文學與思想中，尋找恰恰相反的一端：人積極地介入歷史。就連我們文學教育中的重要部分在這裡也行不通，也就是將「詩意」的元素與作者的意識形態世界分開。這個關於歷史／自然的概念也是賦予《齊瓦哥醫生》平靜的莊嚴之概念，而這樣的莊嚴也讓我同樣感到著迷。我要如何定義自己與這本書的關係？

　　一項用藝術實現的概念絕不可能是沒有意義的。不過有意義一點也不相當於說出眞理。它意謂著指出重點、問題、警覺的來源。卡夫卡以爲他在寫作形而上的寓言，結果他描繪現代人疏離的手法是無人能及的。可是巴斯特納克是如此寫實？再進一步地檢視之後，我們會發現他的宇宙寫實主義是由單一的抒情時刻所組成的，他透過這個時刻，過濾整個現實。這是人看到歷史的抒情時刻——他或是欣賞、或是憎惡歷史——他將歷史視爲他上方遙遠的天空。在今日的蘇聯，偉大的詩人應該精心營造如此一個關於人與世界的關係之視野——在許多年當中，這是第一個自主發展的視野，與官方的意識形態並不一致——這一點具有深刻的歷史與政治意涵。它

---

[16] 最後，這些時期將她從我們眼前抹去，匆匆將她遣送至西伯利亞的一處集中營；這也是「歷史性」的死亡，而不是像齊瓦哥之死那樣，是個「私人」的死亡。─原注

證實了普通人幾乎感覺不到歷史是在他的控制之中，也感覺不到自己在創造社會主義，並且在社會主義之中，表達他自身的自由、責任、創造力、暴力、興趣或漠然[17]。

或許巴斯特納克的重要性便在於這項警告：歷史——不管是在資本主義或社會主義的世界——還說不上是歷史，它也還不是人類理性有意的建構物，它仍然是一連串的生物現象、赤裸的天性，而不是特權的領域。

就這層意義上來說，巴斯特納克對於世界的概念是**真實**的——真實是指假設否定是普遍的標準，就像愛倫坡、杜斯妥也夫斯基與卡夫卡的**概念**也是**真實**的——而且他的書具有偉大詩歌優越的用**處**。蘇維埃世界會知道如何加以使用嗎？世界上的社會主義文學能夠做出回應嗎？這只能在一個充滿蓬勃自我批評與創造力的國家中被完成，也只能透過一個更嚴格忠於事物的文學來完成。從今以後，**現實主義**意謂著更深層的事物。（可是難道它不是一直都如此嗎？）

一九五八年

---

[17] 或許巴斯特納克的小說描述得最為詳盡的時期，正是這個論點最不適用的時期。在寫作當中，巴斯特納克在過去反映他對當下的意識。或許在他對於遭游擊隊員俘虜的醫生所做的描繪中（齊瓦哥雖然自視為他們的敵人，卻仍然與他們一起工作，而且最後還與他們並肩作戰），巴斯特納克想要傳達他的祖國在史達林統治下的狀況。不過這一切都是猜測：我們尤其需要知道的是，巴斯特納克是否故意讓齊瓦哥的故事結束於一九二九年，或者是，在他打算寫作一則關於我們時代的故事之後，發現自己早已道盡一切。—原注

世界是一顆朝鮮薊

　　呈現在我們眼前的世界現實是多樣的、多刺的，而且層層相疊。就像朝鮮薊。對我們而言，在一部文學作品中，重要的是可以不斷將它剝開，像是一顆永遠剝不完的朝鮮薊，在閱讀當中發現愈來愈多新面向。因此，我認為在我們這陣子所談論的重要傑出作家當中，或許只有加達配稱得上是偉大作家。

　　《與憂傷相識》（*La cognizione del dolore*）乍看之下是一本我們所能想像的最主觀的作品：它幾乎只是無意義的絕望之流露。可是事實上，這本書充滿了客觀與普遍的意義。另一方面，《梅魯拉納大街上的慘案》則是完全客觀，它描繪擁擠在周遭的生命，不過它同時也是一部非常抒情的作品，在設計複雜的字裡行間，藏著一幅自畫像，就像在小孩的遊戲中，他們必須在樹木的盤根錯節裡，認出野兔或獵人的形象一般。

　　關於《與憂傷相識》，胡安·派第（Juan Petit）發表了今日看來深具洞見的看法：書中的主要情緒，也就是對於母親愛恨交織的矛盾情緒，可以被理解為是他對於自己的國家與自身社會階級的愛恨情緒。這樣的類推可以擴張。主角龔扎羅獨自住在俯瞰村莊的別墅裡，這名中產階級看到他一度所愛的地方與價值都被完全推翻了。他恐懼竊賊的執迷主題，表達了保守分子在時代動盪時的警覺。為了面對竊賊的威脅，一隊夜間守衛成立了，他們負責保護別墅主人的安全。可是這個組織是如此可疑、曖昧，最後龔扎羅覺得他們所

造成的問題比竊賊所帶來的恐懼還要嚴重。對於法西斯主義的指涉
不斷出現在書中，不過它們始終不是很確切，所以並沒有將敘事僵
化為純粹寓言式的閱讀，也沒有排除其他詮釋的可能性。

（守衛團應該是由退伍軍人所組成的，不過加達對他們大肆誇耀
的愛國功蹟不斷表示懷疑。我們來回想加達整體作品中的一項基本
核心，而不只是這本書的：加達曾經參與了第一次世界大戰，他認
為在那段期間，十九世紀最顯著的道德價值找到了最高等的表達方
式，不過那也是這些價值開始結束的時候。我們或許可以說，對於
第一次世界大戰，加達既感到一種佔有欲強烈的愛，也感到由震驚
所引起的恐懼，不管是他的內在精神或外在世界，都無法從這樣的
恐懼中恢復過來。）

龔扎羅的母親想要加入守衛團，可是龔扎羅執意反對。這項爭
執表面上看來，是純粹形式上的問題，不過加達設法在其上嫁接了
一股令人難以承受的張力，就像希臘悲劇一樣。加達的偉大在於他
可以用地獄的閃現，來撕毀瑣碎的軼事，這個地獄既是心理的，也
是存在的、倫理的、歷史的。

在小說的結尾，母親終於成功加入夜間守衛，而別墅被洗劫一
空──似乎是守衛們監守自盜，在小偷的襲擊中，母親因而喪生，
這樣的結尾似乎暗示敘事結束在寓言封閉的圈子裡。不過我們可以
輕易察覺，加達對於這個結尾較不感興趣，他感興趣的是創造巨大
的張力，這被表達在故事中所有的細節與離題敘述中。

我概述了一項沿著歷史線的詮釋：現在我想要嘗試用哲學與科
學的觀點來作出詮釋。加達的文化背景是實證主義，他持有米蘭科
技大學的工程學文憑，執迷於實用科學與自然科學的問題及術語，
所以我們這個時代的危機，被他視為是科學思想的危機，也就是從
理性主義的安全感與十九世紀對於進步的信仰，移到了對於宇宙複

雜性的意識，這個宇宙並不能讓人放心，而且是無法加以形容的。《與憂傷相識》的中心場景是村裡的醫生去見龔扎羅的時候，這是十九世紀的科學自信形象與龔扎羅悲劇性的自覺兩者間的遭逢，關於龔扎羅，作者給了我們一個無情且古怪的生理描繪。

　　加達寫作了大量的作品，或出版或未出版，而且大部分的作品只有一、二十頁長，其中有一些是他最好的作品，我要來談論一篇他為廣播所寫的文章，加達這位工程師在其中討論到現代建築。他一開始時以培根或伽利略式的古典冷靜態度，描述現代房屋是如何以加固水泥所建成的；不過當他解釋現代房屋的牆壁是如何無法隔離噪音時，他的技術精確性逐漸讓位給漸漸上升的急躁，與多彩的語言；接著他移到了生理的段落，描述噪音如何對腦與神經系統產生反應；最後以文字的煙火作結束，這些文字表達的是，在一個巨大的都市公寓街區裡，一名神經患者因噪音而感到絕望。

　　我相信這篇散文不僅代表加達能夠表達的所有風格，也代表了他的文化重要性所涵蓋的整個範圍，他那萬花筒般的哲學立場，從最嚴謹的技術／科學理性主義，延伸到最黑暗與最地獄般的深淵之下降過程。

一九六三年

加達[1]，《梅魯拉納大街上的慘案》

　　卡洛・艾密里歐・加達在一九四六年開始寫作《梅魯拉納大街上的慘案》（*Quer pasticciaccio brutto de via Merulana*）時，心裡所想的是一部偵探小說，不過也是一部哲學小說。偵探情節的靈感來自於當時發生在羅馬的一樁罪行。而哲學小說則是根據小說一開始便陳述的一項概念：如果我們爲每一個結果只尋找一個原因，那麼什麼都不能獲得解釋，因爲每一項結果都由許多不同的原因所決定，而每一個原因的背後又有許多原因；因此，每一椿事件（例如罪行），就像是百川納入的漩渦，每一股水流都由不同的水源所驅動，在追尋眞理的過程中，每一項都不能被忽視。

　　世界是「眾多系統中的一個系統」，這樣的視野在加達的一本哲學筆記本中得到闡釋，而這本筆記是人們於他死後在他的文件中找到的（《米蘭沉思錄》〔*Meditazione milanese*〕）。作者從他最喜歡的哲學家出發，包括史賓諾莎、萊布尼茲、康德，建構出他自己的「方法論」。系統中的每一項元素，本身也是一個系統；每一個單一的系統都連結到一整個世系的系統；而一項元素的改變意謂整個系統的變更。

　　不過更爲重要的是，這項知識哲學如何被反映在加達的風格中：這首先反映在語言當中，他的語言緊密混合通俗與博學表達方

---

[1] Carlo Emilo Gadda，1893-1973年，義大利作家。—編注

式，內心獨白與反覆推敲的散文，以及不同的方言與文學引文；其次是他的敘事組合，在其中，微小的細節呈現巨大的比例，最後佔據了整個畫面，而掩蓋全部的圖案，或是讓圖案變得模糊不清。這便是這本小說中所發生的情況，在其中，偵探故事逐漸被遺忘：或許我們就要發現凶手是誰，以及他犯案的動機，可是作者對於母雞以及牠在地上的排泄物之描述，卻變得比案情的揭曉還要重要。

　　加達想要傳達的是生命的沸鍋、現實的無盡分層、知識解不開的結。這個普遍複雜性的形象被反映在最輕微的事件或物品上，當它達到最極致的迸發時，我們不必去思索，這本小說是注定要未完成，或是它可以無限繼續下去，在每一段插曲中開啓新的漩渦。加達真正想傳達的是這些紙頁中擁塞的過剩，透過這些紙頁，單一、複雜的物體、組織和象徵具體成形，那就是羅馬城。

　　因為我們必須立刻指出一點，也就是這本小說並不只是想要成為偵探小說與哲學小說的混合而已，這也是一本關於羅馬的小說。永恆之城是書中的真正主角，在羅馬的社會階級中，包括從最中等的中產階級，到罪惡的地下世界，在羅馬方言的語詞中（以及不同的方言，特別是南部的方言，它們在這個熔爐中往上冒泡），在羅馬外向的本質與最幽暗的潛意識中，在這座羅馬城，現在與神祕的過去混合在一起，眾神使者賀密斯與瑟喜女妖被喚起，他們與最微不足道的意外產生關聯，在這座城中，傭人或小偷名為 Aeneas、Diomedes、Ascanius、Camilla，或是 Lavinia，就像維吉爾作品中的男女英雄。新寫實主義電影（在當時，它正是如日中天）中的那個吵鬧、邋遢的羅馬，在加達的書中卻獲得文化、歷史與神話的深度，這是新寫實主義所忽略的。即使是藝術史中的羅馬也開始運作，帶有對文藝復興及巴洛克繪畫的指涉（例如描繪聖徒赤腳的段落，他們都有巨大的腳趾）。

　　一本關於羅馬的小說，由一名非羅馬人所寫。事實上，加達來自米蘭，而且強烈認同他出生城市的中產階級，他所感覺到的中產階級的價值（實用性、技術效率、道德原則）正被佔優勢的另一個義大利所顛覆，那是一個欺詐、吵鬧、肆無忌憚的義大利。可是儘管他所寫的故事以及他最具自傳性的小說《與憂傷相識》植根於米蘭的社會與方言，讓廣大讀者注意到他的，還是這本大部分以羅馬方言所寫成的作品，在其中，羅馬幾乎物理性地涉入它最可憎的面向，像是巫婆的夜半集會，羅馬是如此被看到、被理解的。（然而，在加達寫作《梅魯拉納大街上的慘案》時，他對羅馬的了解，僅來自於他在一九三〇年代在羅馬住過幾年的經驗，當時他受雇爲梵蒂岡的暖氣設備監工。）

　　加達是個矛盾的人。身爲電工工程師（他使用他的專業技術大約十年之久，大多是在海外），他嘗試用科學、理性的想法，來控制他極度敏感與神經質的性情，不過卻適得其反；他用寫作來發洩他暴躁、恐懼與衝動的憎世情緒，在眞實生活中，他用來壓抑這些傾向的方法，是戴上紳士的面具，這位紳士來自殷勤有禮的過去。

　　就敘事結構與語言來看，他被批評家視爲是革命者，是表現主義者或是喬依斯的追隨者（他從一開始就享有這樣的聲名，即使是在最排外的文學圈子裡亦然，而當一九六〇年代的年輕新前衛派作家承認他爲模範之後，這樣的聲名又被加強）。可是就他個人的文學品味來看，他則是熱中於經典與傳統（他最喜歡的作家是沉著且睿智的曼佐尼〔Manzoni〕），他在小說藝術上的模範則是巴爾扎克與左拉。（他擁有十九世紀寫實主義與自然主義的某些基本優點，例如透過身體上的細節，來描繪人物、環境與狀況，也透過身體的感覺，諸如在午餐時啜飲一杯酒，這本書的開場便是如此。）

　　加達對他所處的社會極盡嘲諷之能事，對於墨索里尼深惡痛絕

（這本書用諷刺的語氣，提到墨索里尼剛毅的下巴，由此可證），在政治方面，加達與任何形式的急進主義是完全不同的，他是一個奉公守法、想法穩健的人，懷念不久前穩當的行政制度，也是一位優秀的愛國者，先前參加過第一次世界大戰，因為是名審慎的軍官而飽受折磨，一些由即興的解決方案、辦事不力或野心過大所造成的損失，讓他不斷感到憤慨。《梅魯拉納大街上的慘案》的情節應該是發生在一九二七年，也就是墨索里尼獨裁的開端，在書中，加達並不只是喜歡對法西斯主義作出簡單的諷刺描寫：他非常詳盡地分析，若是沒有尊重孟德斯鳩的三權分立，對日常的司法審判會產生何種後果（對於《法意》作者的指涉顯而易見）。

　　加達不斷需要具體與詳細的事物，他對於現實的胃口是如此巨大，以至於在他的作品中產生了某種充血、高血壓，甚至是堵塞。他的角色的聲音、感覺與他們潛意識的夢想，混合了作者不斷的出現，包括他忍無可忍的爆發、他的諷刺與文化指涉的緊密網絡。如同腹語術的表演，在同一段論述裡，所有的這些聲音都彼此覆蓋，有時在同一個句子中，會出現語調上的改變、變調與假聲。透過小說呈現出來的豐富材料，以及作者讓它超載的過度緊湊性，小說的結構從內在改變。這個過程中的存在與智性創傷都變得不明顯，而喜劇、幽默、古怪的變形都形成了這位作者自然的表達方式，他總是活得很不快樂，受精神官能症、困難的人際關係，以及對於死亡的恐懼所折磨。

　　他開始寫作時並沒有在形式上創新的計畫，並不打算革新小說的結構：他的夢想是遵循所有的規則，以建構堅固的小說，不過他從不設法將它們完成。好幾年當中，他會讓這些作品處於未完成的狀態，而就在他放棄將它們完成的希望後，他便決定予以出版。我們會覺得，若是再增加個幾頁，便可以讓《與憂傷相識》或是《梅

魯拉納大街上的慘案》的情節圓滿完成。至於其他的小說，他會將它們切成短篇故事，即使是將不同的斷簡殘篇拼湊起來，也無法再將它們恢復原狀了。

《梅魯拉納大街上的慘案》講述的是警方對兩樁案件的調查，一樁是小案件，另一樁則令人毛骨悚然，它們都發生在羅馬市中心的同一棟建築裡：一名尋求慰藉的寡婦被搶走了珠寶，另一名因為不孕而鬱鬱寡歡的已婚婦人，則是被刺死。在這本小說中，對於失敗母性的執迷是很重要的：莉莉安娜・巴度齊太太的周遭圍繞著她的養女，直到她為了某種原因離開她們為止。莉莉安娜這個人物即使變成受害者，也仍是主導人物，而她在周遭所散播的女人國氣氛，開啟了關於女性氣質的朦朧觀點，面對這股神祕的自然力量，加達表達了他的困惑，在這些篇幅中，對於女性生理的思索結合了地理及遺傳的隱喻，以及羅馬起源的神話，羅馬透過對薩賓[2]婦女的強暴，而保證了它的延續性。將女性簡約至繁衍功能的傳統反女性主義，在此處以非常赤裸的方式被表達出來：這是在模仿福樓拜的 成見（idées reçues）字典？或是因為作者也同意這些觀點？若是要更精確界定這個問題的話，我們便必須記住兩種情形，一種是歷史的，另一種則是與作者的心理相關。在墨索里尼握權之時，官方宣傳不斷灌輸一項觀念，也就是義大利人的主要責任，便是為祖國生小孩；只有那些子女眾多的父母才值得尊敬。加達這位單身漢一面對女性，便害羞得動彈不得，這種對於繁衍的頌揚讓他飽受折磨，而且覺得被排除在外，讓他在吸引與憎惡之間徘徊。

這種吸引與憎惡使得作者在描繪喉嚨被恐怖地割開的女性屍體時，像是一幅聖徒殉難的巴洛克繪畫，這是書中高明的段落之一。

---

[2] Sabine，古義大利中部民族，於公元前三世紀時被羅馬征服。─譯注

警察局長英格拉法洛對案件的調查特別感興趣，這是基於兩個原因：首先，因為他認識（而且想要）那個女人；其次，因為他是一個從小接受哲學洗禮的南方人，對於科學懷抱熱情，也對一切與人性相關的事物相當敏感。就是他將原因的多樣性加以理論化，這些原因決定了一項結果，而在這些原因當中（他的閱讀顯然也包括佛洛依德在內），他也總是將性包含在內，不管是以何種形式出現。

如果說英格拉法洛巡官是作者的哲學發言人的話，那麼加達在心理與詩意的層面上，也與另一個角色認同：一名房客，退休公務員安傑洛尼，由於在回答問話時表現笨拙，立刻變成嫌疑犯，儘管他是全世界最無害的人了。安傑洛尼是名內向、憂鬱的單身漢，在古羅馬的街道上踽踽獨行，只容易受到美食的誘惑，或許也容易受到另一項惡習的誘惑：他喜歡在熟食店訂購燻火腿與乳酪，這些食品由穿短褲的男孩送到他的門前。警方在尋找其中一名男孩，他或許是強盜的共犯，或許也參與了謀殺。像安傑洛尼這麼盡力維護自己名聲與隱私的人，顯然很害怕被指控具有同性戀傾向，所以接受問話時結結巴巴的，話中許多遺漏與矛盾的部分，使得他最後被逮捕。

警方較認真懷疑的是被害婦女的姪子，他必須解釋自己為什麼擁有一條寶石金墜子，其中的碧玉取代了蛋白石，儘管這看起來很像是障眼法。另一方面，對於搶案的調查似乎搜集到更有希望的線索，調查的地點從首都移到了阿爾班山丘上的村莊（因此，這裡變成了憲兵的地盤，而不是市警的），他們在尋找一名小白臉電工，迪歐梅德·朗齊亞尼，他從前總會去拜訪擁有這眾多珠寶的纏人寡婦。在村莊裡，我們找到許多女孩的蹤跡，莉莉安娜在她們身上慷慨付出母愛。憲兵也在那裡發現寡婦遭竊的珠寶被藏在床上的便盆裡，此外他們還找到另外那名被害婦女的首飾。對於這些珠寶的描

繪（如同先前對於那條有蛋白石或碧玉的墜子的描繪），不只是一位
風格大師的高超表現，它們也為被描繪出來的現實添加另一個層
次：除了語言學、語音學、心理學、生理學、歷史、神話與美食的
層次，我們還有這個礦物的地下世界層次，關於被藏起來的寶藏，
這個層次將地質學歷史與無生命物質的力量捲入齷齪的罪行中。加
達將角色的心理與精神病理的結，緊綁在對於珠寶的擁有上：包括
窮人的強烈羨慕，以及加達界定為「受挫女人的典型精神病」，那讓
不幸的莉莉安娜給她的「小孩」大量珠寶。

　　小說第一個版本中的第四章原本可以幫助我們釐清謎底的（小
說的第一個版本以連載的方式於一九四六年在佛羅倫斯的月刊
Letteratura 中發表），可是當作者將這部小說以書籍的形式出版時
（一九五七年由卡臧提出版社出版），他將這一章給刪去了，而他正
是不想太早表明他的真實目的。在這一章中，巡官質詢莉莉安娜的
丈夫關於他與薇吉妮雅的關係，薇吉妮雅是他們很有野心的養女之
一，她的個性特徵包括同性戀傾向（環繞在莉莉安娜與她的雌蕊周
遭的莎孚[3]氣氛被加以強調）、缺乏道德、貪財，而且具有社會野心
（她變成養父的情人，只是為了向他敲詐），還有強烈的恨意（她會
一面用菜刀切烤肉，一面口出惡言威脅）。

　　那麼，兇手便是薇吉妮雅嗎？如果我們讀了最近被發現、並且
被刊載的一份未曾發表的文件的話（《富人公寓》〔*Il palazzo degli
ori*〕，都靈：埃伊瑙迪出版社，一九八三年），那麼所有的疑問都會
一掃而空。這是一份電影腳本，寫作時間大約與加達寫作這本小說
的初稿同時：或是不久之前，或是不久之後。在其中，整個情節都

---

[3] Sappho，西元前612-？年，古希臘女詩人，據說為同性戀，著有抒情詩九卷等。——
譯注

得到充分發展與釐清。（我們也得知，犯下搶案的並不是迪歐梅德‧朗齊亞尼，而是艾內亞‧雷塔莉，她為了拒捕，便向憲兵開火，結果被擊斃。）這份腳本（與一九五九年哲密〔Pietro Germi〕改編自小說的電影沒有關係，而且加達也沒有參加）從來沒有被製作人或導演所採用，這並不奇怪：加達為電影寫腳本的想法很天真，他根據的是不斷的淡出，以顯露角色的想法與背景細節。對我們來說，閱讀這份腳本是很有趣的經驗，因為我們可以把它當成小說的草稿，不過它並沒有成功地在行動或心理上，產生真正的張力。

　　簡而言之，問題並不在於「誰幹的？」，因為在小說的一開始，作者便告訴我們，導致罪行的是圍繞在受害者四周的「力場」；是從受害者身上散發的「對於命運的強迫力」，她的境遇與其他人境遇的關係，編織出由事件構成的網絡：「由力量與可能性所構成的系統圍繞著每個人，它通常被稱為命運。」

一九八四年

蒙塔萊[1]，〈或許在一天早晨〉

　　年輕的時候，我很喜歡背詩。我們在學校裡學了許多詩——現在我希望當時我們可以學得更多——它們後來都一輩子跟著我，多年之後，無意識的默誦會重新浮現。中學畢業後，有幾年的時間，我又繼續自己背了一些詩：都是當時沒有被包含在學校課程中的詩人的作品。那是《烏賊骨》（*Ossi di seppia*）與《境遇》（*Le occasioni*）以埃伊瑙迪出版社的灰皮書形式開始在義大利流傳的時候。所以，在十八歲左右，我已經背了好幾首蒙塔萊的詩：有一些我現在已經忘記了，其他的則是一直跟隨我到現在。

　　今日重讀蒙塔萊的詩自然會將我帶回（空掉了〔che si sfolla〕）的記憶深處的詩歌目錄。如果分析哪些詩被保留下來，哪些詩被刪去（或說 "scancellato"，若是使用蒙塔萊所保留的 "cancellato" 的地方拼法的話），並且研究我的記憶如何改變或是扭曲這些詩歌的話，會引導我深入探討這些詩，以及過去幾年來，我與它們的關係。

　　不過我想要選一首詩，雖然它長久停留在我的記憶裡，並且留下疤痕，卻比較適合完全現代、客觀的閱讀，而不是引至蒙塔萊的詩在我身上所引起的有意識或無意識自傳性迴響的探究，特別是他

---

[1] Eugenio Montale，1896-1981 年，義大利詩人，隱逸派詩歌的重要代表。1975 年諾貝爾文學獎得主。─編注

早期的詩。因此，我要選的是〈或許在一天早晨，走在玻璃般的空氣裡〉（Forse un mattino andano in un'aria di vetro），這首詩不斷在我的記憶轉盤上旋轉，而且每一次都在沒有懷舊的激動下，回到我的腦海，彷彿我是初次閱讀這首詩。

　　〈或許在一天早晨〉是個比其他詩突出的烏賊骨（osso di seppia），這比較不是因爲它是一首「敘事」詩（蒙塔萊的典型敘事詩是〈激起苦澀芬芳的狂風〉〔La folata che alzò l'amaro aroma〕，在其中，行動的主體是一陣風，而行動本身只是發現一個人的不在，所以敘事的運動存在於，將在場的無生命主體，與不在場的人類客體加以對比），而是因爲它沒有物品、自然象徵或是特殊風景，這是一首抽象想像與思想的詩，在蒙塔萊的作品中是很少見的。

　　不過我發現（這使得它與其他詩作更爲不同），我的記憶稍微修改了這首詩：就我來說，第六行的開始是樹木房屋街道（alberi case strade），或是人們房屋街道（uomini case strade），而不是樹木房屋山丘（alberi case colli），然而三十五年後，當我重讀這首詩時，卻發現最後這個句子才是正確的。這表示說，當我用 "strade"（街道）取代 "colli"（山丘）時，我將行動置放在城市的景觀中，或許是因爲 "colli" 這個字對我來說太模糊，也或許是因爲詩中的不轉過身來的人們（uomini che non si voltano）暗示了蜂擁的行人。簡單說，我將世界的消失視爲是城市的消失，而不是大自然的消失。（我現在發現，我的記憶只不過是在這首詩之上，嫁接了擁擠街道上的人們未曾察覺〔Ciò non vede la gente nell'affollato corso〕這段詩節的形象，而這段詩節出現在四頁之前，在這首詩成對詩作當中。）

　　如果我們仔細看的話，會發現發動「奇蹟」的是某種自然或是空氣的東西，是冬日空氣乾燥、水晶般的透明性，它讓事物變得如

此清晰，以至於造成不眞實的效果，彷彿經常籠罩風景的薄霧光暈
（在這裡，我又再一次將蒙塔萊的詩，蒙塔萊早期的詩，置放在常見
的海岸風景中，將它同化爲我記憶中的利古里亞風景），與存在的密
度及重量是一樣的。不，並不盡然：那是無形空氣的具體表現，看
起來其實像是玻璃，具有自身自足的堅實，最後它停留在世界上，
並且讓世界消失。玻璃般的空氣是這首詩中的眞正元素，而我將它
置於一座玻璃的城市中，這座城市變得愈來愈透明，最後則是消失
了。是空氣明確的本質導致了空虛感（在萊歐帕迪的作品中，則是
不確定性達到相同的效果）。更精確地說，詩開頭的或許一天早晨
（Forse un mattino）造成一種懸垂感，與其說它是不確定性，不如說
它是小心的平衡，走在玻璃般的空氣裡（andando *in* un'aria di
vetro），彷彿我們走在空氣裡，走在空氣的脆弱玻璃中，走在早晨
寒冷的光線中，直到我們發覺自己懸垂在虛空之中。

　　懸垂感與具體感在第二行繼續，這是因爲搖擺不定的節奏，讀
者不斷想將"compìrsi"唸成"còmpiersi"，不過每一次都發現，這
整個詩行正有賴於這個平凡的"compìrsi"，在陳述奇蹟時，這個字
會減弱任何強調的弦外之音。這正是我最喜歡聽到的詩行，因爲當
我們在心裡默念這個句子時，它需要一些幫助，它似乎多了一個音
步，不過事實上並沒有：我的記憶經常傾向於排除奇數的音節。就
記憶的觀點來看，這首詩行中最脆弱的區域是轉過身去
（rivolgendomi），我有時會將它縮短爲轉身（voltandomi）或是旋轉
（girandomi），如此打斷了接下去的所有重音節奏。

　　在一首詩會縈繞在記憶中的所有原因中（首先會要你將它交給
記憶，接著它會讓自己被記誦下來），韻律的特殊性扮演關鍵性角
色。蒙塔萊對於韻腳的使用始終很吸引我：兩音節的字（"parole
piane"）與三音節的字押韻（"parole sdrucciole"）、不完整的韻腳、

處於不尋常位置的韻腳，像是"Il saliscendi bianco e nero dei /〔balestrucci dal palo〕"（小燕子在電線桿上黑白起伏），在其中，"dei"與"dove piu non sei"（你已不在之處）押韻。韻腳所帶來的驚喜並不只是聲音的問題罷了：蒙塔萊是少數知道用韻來降低而非提高語調的祕密之詩人，這會帶來意義上不可能被誤解的迴響。此處，第二行結尾的奇蹟（miracolo）由於與醉漢（ubriaco）押韻而被減弱，而整首四行詩似乎在邊緣搖晃，可怕地顫抖。

「奇蹟」是蒙塔萊的第一個主題，他從未加以拋棄：那是在最初詩作中的網中破碎混亂的一團（maglia rotta nella rete），支撐不住的環（l'anello che non tiene），作者在經驗世界堅固城牆那一邊所呈現的其他真理，在可以界定的經驗中被揭露，作者只在少數的詩中呈現這一點，這首詩便是其中之一。我們可以說，這首詩所談的，正是世界的不真實性，如果說這個定義不會讓作者用精確的字眼所傳達的訊息變得模糊且一般的話。世界的不真實性尤其是東方哲學、宗教與文學的基礎，不過這首詩移進了一個不同的認識論領域，是個清晰、透明的領域，彷彿它是一個心理上的玻璃般的空氣（aria di vetro）。梅洛‧龐蒂（Merleau-Ponty）在他的《感知現象學》中有精彩的好幾頁，探討的是空間的主觀經驗與世界的客觀經驗分離的案例（在黑夜裡、在夢中、受藥物影響下、飽受精神分裂折磨等等）。這首詩可以當作梅洛‧龐蒂的一個例子：與世界分離的空間，在我們眼前只以空間的形象呈現，既空虛又無盡。詩人以贊同的態度歡迎這項發現，將它當成「奇蹟」，當成獲得與一般幻覺（inganno consueto）相反的真理，不過這也讓他頭暈目眩：帶著醉漢的恐懼（con un terrore di ubriaco）。就連玻璃般的空氣（aria di vetro）也不再能夠承擔人的腳步：一開始平穩的走（andando），在突然的轉身之後，變成一種無物可抓的蹣跚。

　　在第二段四行詩中，第一行結尾的立刻（"di gitto"）將時間上的空虛經驗限制爲瞬間。在一個堅固可是如今卻飛逝的風景中，走路的動作又再繼續：我們發現詩人只不過在遵循許多向量線的其中一條，其他出現在這個空間中的人，也沿著這條線在移動，不轉過身去的人（gli uomini che non si voltano）。這首詩的結尾便是，人們沿著統一的直線的多樣動作。

　　當世界消失時，其他人是否也消失了，這項疑惑仍然存在。在那些回來就定位（ad accamparsi）的物品當中，有樹，不過沒有人（儘管我不同的記憶導致不同的哲學結果）；所以人或許留在那裡；正如同世界的消失仍外在於詩人本身，所以它可以替其餘所有人免除那個經驗與判斷。背景的虛空滿佈著單位，充滿了許多點狀的自我，這些自我如果轉過身去的話，便會發現失望，不過他們卻繼續在我們眼前顯現爲移動的背部，對於他們堅固的軌道感到自信。

　　我們在這裡可以看到與〈風與旗〉（Vento e bandiere）相反的狀況，在〈風與旗〉中，易變性全都在於人類存在的一邊，而世界存在⋯⋯（Il mondo esiste...）於一段再也不會回來的時間中。反之，在此處，只有人類存在持續著，而世界與它的價值則逐漸消失；人類的存在是在絕望情況中的主體，因爲它若不是失望的受害者的話，便是掌握虛空祕密的人。

　　我對於〈如果在一天早晨〉的閱讀現在可以被視爲已經得到結論了。不過它在我的心裡引起了一連串對於視覺與空間挪用的思索。因此，一首詩也可以透過它以下的力量繼續存在，也就是它可以散發假設、離題、在遙遠區域的連想，或者說它可以喚起不同源頭的觀念，並且爲之感到著迷，將這些觀念組織在一個由交互指涉

與折射所構成的活動網絡中，彷彿是透過水晶被看到。

　　虛空（vuoto）與無（nulla）都在我的背後（alle mie spalle）。這是這首詩的要點。它並不是不確定的分解感：而比較是建立一個認識論的模範，這個模範不易駁斥，它可以在我們心裡與其他或多或少的經驗論模範共存。這項假設可以用非常簡單與嚴謹的說法來陳述：假設圍繞我們的空間被分為兩部分，一部分是我們眼前的視覺領域，另一部分則是我們身後的不可見領域，第一個部分被定義為失望的簾幕，第二部分則是虛空，虛空是世界的真正本質。

　　我們可以合理地期待一件事，也就是詩人確定在他身後是虛空之後，也將這項發現擴充至其他方向；不過在詩中的其餘部分，並沒有什麼可以證明這項概括的合理性，而空間的兩部分模式則是從未被文本所否定，相反地，它被重複累贅的第三行再度肯定：我的身後一無所有，我身後的虛空（il nulla alle mie spalle, il vuoto dietro ╱ di me）。當我只是憑記憶記住這首詩時，這樣的重複有時會讓我感到不知所措，所以我便嘗試了一個變化的版本：我的眼前一無所有，我身後的虛空（il nulla a me dinanzi, il vuoto dietro ╱ di me）；也就是說，詩人轉過身去，看到虛空，又再轉過身來，然後虛空便散佈至四面八方。不過，思索過後，我發現，對於虛空的發現若不是特別定位在身後（dietro）的話，那麼那部分的詩意豐富性便喪失了。

　　將空間分隔為前方與後方視野的分法，並不只是人類在分類上最基本的操作之一。這是所有動物共有的基本事實，在生物範圍內很早便開始了，生物的發展不再是根據極端的對稱，而是根據雙極的路線，而生物與外在世界相關的器官被置於身體的一端：一個嘴巴與某些神經末梢，其中有一些會變成視覺器官。從那一點之後，世界便與前方的領域同一，而作為補充的是一個不可知的區域，一

個非世界（non-world）的區域，虛空的區域，位在觀察者的後方。在生物移動，並且將接連的視野相加時，便成功建構一個完整且連貫的環形世界，不過這始終是歸納的模式，永遠不會證據確鑿。

人類一直因為項背缺乏眼睛而飽受折磨，他對於知識的態度也只能是有問題的，因為他從不確定身後有什麼；換言之，在他將瞳孔左右擴張，以試著看到兩極時，他無法檢驗，在這當中，世界是否繼續。如果他不是固定不動的話，他便可以將脖子及整個身子轉過去，以確定那裡的世界也存在，不過這也確定了他的視野仍然是他在前方所擁有的東西，擴張到相當的程度，然後便不再，而在他的背後有一個對應的弧形，那時世界或許不存在於那當中。簡而言之，我們繞著自己旋轉，將我們的視野放在眼前，而我們從不設法看看被我們的視野所排除的空間是什麼樣子。

蒙塔萊詩中的主角透過客觀（玻璃般的空氣、乾燥的空氣）與主觀（對於認識論奇蹟的感受性）因素的合併，得以迅速轉身，因而將眼神瞥在他的視野尚未達到的地方：而他只看到無，虛空。

波赫士在他的《奇異動物學》中引述了一段關於威斯康辛州與明尼蘇達州森林居民的傳說，在這則傳說中，我更為正面地（或者說更為負面地，無論如何是帶著相反的符號）發現同一組問題。有一種名叫「躲背後」的動物，每當你到森林裡去砍柴時，牠總是會如影隨形地跟在你後面：你轉過身去，可是不管你轉得多快，「躲背後」總是比你快，而且已經躲在你的背後了；你永遠也不知道牠長什麼樣子，不過牠總是在那裡。波赫士並沒有告訴我們這份資料的出處，很可能這則傳說是他發明的；不過這並不會減去它的假設力量，我認為這股力量是基因的、絕對的。我們可以說蒙塔萊詩中的人，便是轉過身去，設法想要看看「躲背後」究竟是什麼模樣的人：結果發現牠比任何動物都要驚人，牠是虛空。

　　在繼續這樣天馬行空的漫談之際，我們可以說，這整個論述的背景早於二十世紀一項基本的人類學革命之前：也就是汽車後照鏡的發明。開車的人對於他身後世界的存在應該感到放心，因為他擁有一隻可以向後看的眼睛。我特別是指汽車後照鏡，而不是一般的鏡子，因為在普通鏡子中，我們身後的世界被視為是鄰近我們自身，或是我們自身的補充。普通鏡子所確定的是觀察主體的存在，與之相較，世界只是次要的背景。這樣的鏡子進行一項讓自我客觀化的操作，伴隨著迫近的危險，也就是溺斃在自我裡，以至於後來喪失自我與世界，這是納西塞斯神話的要點。

　　反之，這個世紀的偉大發明，是一種將自我排除在視線之外的日常使用鏡子的方式。開車的人之所以可以被視為一種新的生物品種，比較是因為鏡子，而比較不是因為汽車本身，因為他所看到的道路，在他眼前逐漸縮短，在他背後逐漸拉長，換句話說，他可以在一眼當中，看到兩個相反的視野，卻看不到自己累贅的影像，彷彿他只不過是盤旋在整個世界之上的一隻眼睛。

　　不過，若是再仔細來看的話，〈如果在一天早晨〉的假設並不會真的被這項視覺技術的革命所損壞。如果說慣常幻覺（inganno consueto）是我們眼前的事物的話，這份失望擴充至前方視野的那個部分，由於它被包圍在鏡中，所以宣稱代表後方視野。即使〈如果在一天早晨〉中的「我」是在玻璃般的空氣中駕車，而且是在相同的接受力強的情況下轉過身去，在後車窗那一邊，他所看到的並不是鏡中風景退至遠方，以及柏油路上的白線、剛剛經過的長條道路，以及他自以為超越的其他汽車，而是無邊無際的空虛深淵。

　　無論如何，在蒙塔萊的鏡子裡——如同阿瓦雷（Silvio D'Arco Avalle）在〈耳環〉（Gli orecchini）與〈池子〉（Vasca）以及其他詩

中大片的水域裡所顯示的——影像並不是折射的，而是從下面（di giu）浮現，走向觀察者。

　　事實上，我們所看到的影像並不是眼睛所記錄的東西，也不是存在於眼裡的東西：它是完全在腦裡發生的東西，遵循著視覺神經所傳遞的刺激，不過它們只在頭腦的一部分獲得形狀與意義。那個部分便是讓影像突出的「幕」，如果我因為轉身，也就是說靠著在我自身內部自轉，而成功看到我腦子裡的那個部分，換句話說，當我的感官知覺還沒有賦予世界樹木、房子、山丘的色彩與形狀時，我便已經了解世界是什麼樣子，那麼我會在沒有向度、也沒有物品的黑暗中摸索，這片黑暗只包含寒冷、不成形顫動的塵雲，沒有調好的雷達系統上的陰影。

　　世界的重建「彷彿在銀幕上」發生，這項隱喻只能讓人想到電影。我們本土的詩歌傳統習慣使用幕（schermo）這個字，來意謂「阻礙視線的遮蔽物」或「隔膜」，如果我們要冒險宣稱，這是義大利詩人第一次使用“schermo”這個字，來意謂「影像被投射其上的幕」的話，我想錯誤的風險並不高。這首詩的寫作年代大約在一九二一到一九二五年間，明顯屬於電影的時代，在這個時代中，世界在我們的眼前展開，就像是電影上的輪廓：樹木、房子、山丘在二度空間的背景上伸展，它們出現的速度（立刻〔di gitto〕）以及它們的條列變出一連串運動中的影像。我們不知道它們是否是被投射上去的影像，它們的“accamparsi”（安置自己，將自己置於場域中，佔據一個場域——此處視野確實被暗示）或許並不真的指涉影像真正的來源或是母體，它們或許是直接從幕裡冒現的（如同在鏡中發生的情形），不過電影觀眾的幻覺也是來自銀幕的影像。

　　傳統上，詩人與劇作家會使用劇場的隱喻來傳達世界的幻覺，

二十世紀用世界如電影來取代世界如戲劇，是白幕上漩渦般的影像。

　　　　　　　*　　　　*　　　　*

　　兩種不同的速度貫穿這首詩：一個是感知直覺的心靈速度，另一個則是一閃而過的世界之速度。了解便是突然轉身要夠快，以撞見「躲背後」，眩目的自轉，而知識就存在於那樣的暈眩中。另一方面，經驗的世界是銀幕上熟悉的一連串影像，是電影般的視覺幻覺，在電影中，畫面的速度會讓你確信它們的連續性與永久性。

　　第三個節奏勝過其他兩個節奏，那便是沉思的節奏，是某個人陷入深思，並且懸垂在早晨空氣裡的運動，守住祕密的沉默，它在直覺動作的閃現中被拔掉了。一項重要的類比將這個默默行走（andare zitto）與無連接在一起，我們知道這個虛空是一切的開始及結束，類比也連接了玻璃般的乾燥空氣（aria di vetro／arida），這是虛空較不偽詐的外在表現。顯然，這個動作與不轉過身來的人們（uomini che non si voltano）的動作並無不同，這些人或許以各自的方式也了解了，而詩人最後迷失在他們當中。第三種節奏繼續詩一開始時的輕盈，不過速度較為莊重，而為這首詩蓋下結論性印章的，便是這第三種節奏。

一九七六年

蒙塔萊的懸崖

　　要在報紙頭版談論一位詩人是很冒險的事：你必須作「公開」的論述，強調他的世界觀與歷史觀，以及他詩中暗含的道德教訓。你所說的一切或許是真的，可是你會發現，你所說的話也適用於另一位詩人，你的討論並沒有成功抓住這位詩人韻文中錯不了的語調。因此，讓我試著盡可能貼近蒙塔萊詩作的本質，我試著解釋，這位如此厭惡所有儀式，而且遠離「國家詩人」形象的詩人，今天他的葬禮卻成爲全國心有戚戚焉的事件。（讓這件事更顯特別的是，在他生時，義大利那些大肆公開的「宗教」從來不將他列入它們的信徒之列，相反地，他也從不饒過針對「神職人員」的諷刺，「不管是紅衣或黑衣」。）

　　我首先想說的一點是：蒙塔萊的詩是不會讓人弄錯的，這是因爲它的文字表達既精確又獨特，還有它的節奏，以及它所喚起的意象：閃光染白／樹木牆壁　並且撞見它們在／片刻的永恆中（il lampo che candisce／alberi e muri e li sorprende in quella／eternità d'istante）。我並不打算談論他詞彙的豐富性與多變性，其他的義大利詩人也高度擁有這項天賦，而且這項天賦經常與多產的、甚至是累贅的特質相關，換句話說，和蒙塔萊恰恰相反的特質相關。蒙塔萊從不浪費筆墨，他會在恰當的時機使用獨一無二的表達方式，並且會將它隔離在無可取代性中：心煩意亂，我們走過荊棘叢。／在我的地盤，野兔開始在那時吹起口哨（...Turbati／discendevamo tra i vepri. ╱ Nei miei paesi a quell'ora ╱ cominciano a fischiare i lepri）。

　　我要單刀直入地說。在一個由一般與抽象文字主導的時代，文字被用在一切之上，文字不是被用來思考，也不是被用來說，語言瘟疫從公領域散佈到私領域，在這個時代中，蒙塔萊是精確的詩人，是選擇合理詞彙的詩人，是術語確切的詩人，他使用這些精確的語彙來捕捉他所描述的獨特經驗：一個小點，一隻瓢蟲在榲桲上發光，傳來小馬後腿直立被梳毛的聲音，接著我落入夢鄉（S'accese su pomi cotogni, ╱ un punto, una cocciniglia, ╱ si udí inalberarsi alla striglia ╱ il poney, e poi vinse il sogno）。

　　不過這樣的精確描繪是要告訴我們什麼？蒙塔萊向我們講述一個漩渦般的世界，被一股破壞之風所旋轉，而我們的腳下並沒有堅實的地面可以踏，唯一的輔助是個人的道德，而這個道德在深淵邊緣搖搖欲墜。這是第一次與第二次世界大戰的世界，或許甚至是第三次世界大戰的世界。也許第一次世界大戰仍然有點在畫面之外（在我歷史記憶的電影院裡，在那些已經模糊的畫面下方，展現的是翁佳雷帝〔Ungaretti〕稀疏詩行的字幕）；在剛經歷第一次世界大戰的年輕人眼裡，世界的不穩定性形成了《烏賊骨》的背景。同樣地，對於另一場大災難的預期構成了《境遇》的氣氛，而災難本身及它的灰燼則是《暴風雨》（La bufera）的中心主題。《暴風雨》是從二次大戰中冒現的最佳書籍，即使當它在談論其他事物時，它仍然是在談論戰爭。在這首詩中，一切都是暗含的，即使是我們的戰後焦慮，直至今日的恐懼：核災（陰森的撒旦會登上泰晤士河、哈德遜河與塞納河的河岸，揮舞祂累壞的瀝青色翅膀，告訴你：時候到了〔e un ombroso Lucifero scenderà su una proda ╱ del Tamigi, del Hudson, della Senna ╱ scuotendo l'ali di bitume semi-mozze dalla fatica, a dirti : è l'ora〕），以及對於過去及未來集中營的恐懼（囚犯之夢

〔Il sogno del prigioniero〕）。

不過我想強調的並不是蒙塔萊直接的呈現與清楚表明的寓言：我們所處的歷史情況被視爲是宇宙性的；在詩人的日常觀察中，就連大自然最微小的存在也被重塑成漩渦。相反地，我想要強調韻文的節奏，它的音步與構成，它們全都將這個運動包含在其中，從他三本偉大選集的開始到結束。旋風變成小陣的沙暴，將灰塵揚至屋頂上，在空無一人的廣場，戴著頭罩的馬兒嗅著地面，靜止在閃閃發光的旅館窗前（I turbini sollevano la polvere ／ sui tetti, a mulinelli, e sugli spiazzi ／ deserti, ove I cavalli incappucciati ／ annusano la terra, fermi innanzi ／ ai vetri luccicanti degli alberghi）。

我提過個人道德可以抵抗歷史或宇宙的大災難，這樣的災難可能隨時刪除人類脆弱的痕跡：不過我也必須指出一點，儘管蒙塔萊不與其他人交流，也不團結，可是在他的作品中，人與人互相依賴的情形一直都是存在的。〈需要太多的生命來製造一個生命〉（Occorrono troppe vite per farne una）是《境遇》中一首詩裡令人難忘的結論，在這首詩中，一隻飛鷹的影子給人毀滅與再生的感覺，這樣的感覺瀰漫在每一個生物或歷史的連續體中。不過來自大自然或人類的幫助總是幻覺，除非當它是一條在只有熱氣與荒涼嚙蝕之地（dove solo ／ morde l'arsura e la desolazione）浮現的小河；只有一直溯流而上，直到河流變得跟髮絲一樣細，鰻魚才覺得可以安心繁衍；只有在憐憫的細流中（a un filo di pieta），蒙特‧阿密亞塔（Monte Amiata）的豪豬才能解渴。

這個深奧的英雄主義是從存在的內在乾枯與不穩定中雕鑿出來的，這種反英雄的英雄主義是蒙塔萊對於他所處世代的詩歌問題，所作出的回答：在鄧南遮（D'Annunzio）之後（以及要與他對抗），該如何寫詩，（還有在卡度齊〔Carducci〕與帕斯可利〔Pascoli〕之

後，或說至少是帕斯可利的某一面），翁加雷蒂用單一純粹的字的靈感來解決這個問題，薩巴（Saba）則是尋回包含哀戚、情感與肉欲的內在誠懇，以解決這個問題：這些人性的保證都是蒙塔萊所拒斥的，或是認為不能被清楚表達的。

在蒙塔萊的作品中，並沒有撫慰或鼓勵的訊息，除非我們願意意識到充滿敵意的貪婪世界。便是在這條陡峭的路上，他接續萊歐帕迪的論述，儘管他們的聲音是如此不同。就如同，與萊歐帕迪的無神論相較，蒙塔萊的無神論語調較為有問題，充滿了不斷的超自然嘗試，這些嘗試卻又立刻被他的基本懷疑主義所破壞。如果說萊歐帕迪摒棄啟蒙主義哲學的撫慰的話，那麼對蒙塔萊來說，撫慰的提議則是來自當代的非理性主義，他一一評估這些非理性主義，接著聳聳肩，將它們丟棄，不斷縮減他的腳棲息其上的岩石表面，那是蒙塔萊這位遭遇船難者頑強攀附的懸崖。

隨著時間流逝，蒙塔萊對某些主題愈來愈堅持，其中之一便是死者出現在我們眼前的方式，我們拒絕讓他們消失的那些人的獨特性：一個生命的姿態，不是他人的生命，而是它自身（il gesto d'una／vita che non è un'altra ma se stessa）。這幾行文字出自一首紀念他母親的詩，在這首詩中，鳥兒回來了，死者出現在一片傾斜風景的背景中：這些是他詩作中正面形象的一部分。今日，我找不出比以下的詩行更能說明他記憶背景的了：在永恆的睡眠中，岩鷸鴣的合唱撫慰著你，這群零零落落卻快樂的鳥兒眾朝著梅斯克角剛採收葡萄的斜坡飛來（Ora che il coro delle coturnici／ti blandisce nel sonno eterno, rotta／felice schiera in fuga verso i clivi／vendemmiati del Mesco...）。

同樣繼續在他的書「內」閱讀。這必然可以保證他的存活：因為不管他的詩如何被一讀再讀，它們還是可以從一開始便吸引住讀

者，可是其意涵卻從不窮盡。

一九八一年

海明威與我們

有一段時間，對我來說——對其他許多人亦然，他們都或多或少是我的同代人——海明威是神。那是一段我很樂意回想的好時光，而且當我回想時，並沒有當我們回顧年輕時的流行或癡迷事物時，會縱容自己的那種諷刺心態。那是一段嚴肅的時光，我們帶著純潔的心，嚴肅且大膽地度過這段時光，在海明威的作品中，我們也發現了悲觀主義、個人主義的超然，以及浮面地牽涉進極為暴力的經驗中：這一切也都在海明威的作品中，不過我們當時或是沒有看到，或是腦子裡想著別的事，然而我們從他身上所學到的教訓，仍然是開放與慷慨的能力，是對於必須被完成的事物之實際承諾——也是技術與道德的承諾——直視，對於自省與自憐的排拒，隨時準備從生活中擷取教訓，一個人的價值在突然的交流或是姿態中被計算出來。可是我們很快就開始看到他的局限與缺點：他的詩意與風格讓我初期的文學作品受益良多，不過它們後來顯得狹隘，太容易流於矯飾主義。他那充滿暴烈觀光主義的生命——以及生命的哲學，開始讓我感到不信任，甚至是厭惡與噁心。可是，十年後的今天，當我評估自己與海明威學習的成果時，我的帳目是盈餘的。「你可沒辦法愚弄我，老頭，」我可以這麼對他說，最後一次沉緬在他的風格中，「你可沒有得逞，你永遠也不會是個差勁的師傅（mauvais maître）。」事實上，這份關於海明威的討論——既然他贏得了諾貝爾文學獎，雖然這不意謂什麼，不過這是一個好機會，讓

我將盤旋在腦海裡已有一段時日的想法寫下來——是試著界定海明威對我的意義，以及他現在的意義，是什麼讓我遠離他，而我又繼續在他的書中，而非別人的書中發現什麼。

當時將我推向海明威的吸引力既是詩意的，也是政治的，是一種朝向積極反法西斯主義的困惑敦促，與純然智性的反法西斯主義相反。其實說實話，吸引我的是海明威與馬爾侯這對雙子星，他們是國際反法西斯主義的象徵，是西班牙內戰的國際前線。幸運的是，我們義大利人有鄧南遮幫我們預防接種，讓我們免於某種「英雄」傾向，而馬爾侯作品的美學基礎很快便變得明顯。（對法國的一些人來說，海明威與馬爾侯的同台演出是個有助養成的因素，例如羅傑·維雍〔Roger Vailland〕，他也是個很好的人，有點膚淺，不過夠誠懇。）海明威的身上也貼著鄧南遮的標籤，而且在某些情況下並非不適當。不過海明威的風格始終很乾燥，他難得會變得傷感或裝模作樣，他腳踏實地（或者說幾乎總是如此：我的意思是，我不能忍受海明威作品中的「抒情風格」：我覺得《雪山盟》是他最糟糕的作品），他堅持處理事物：也就是所有與鄧南遮相反的特徵。無論如何，我們應該小心處理這些定義，如果說要被稱為鄧南遮主義者的條件，便是要喜歡積極的生活與美女的話，那麼鄧南遮萬歲。不過問題不能用這些說法來陳述：海明威這位行動主義分子的神話來自當代歷史的另一邊，與今日更為相關，而且仍然是有爭議的。

海明威的主人翁喜歡認同他所實踐的行動，喜歡在整體的行動中、在手工或實用的靈巧性中顯得自然。他試著不要有其他問題，除了如何把事情做好之外，他不要任何其他顧慮：釣魚釣好、打獵打好、炸橋炸好、內行地觀看鬥牛賽、以及做愛做好。不過在他的四周，總是有某種他試著逃避的事物，一種萬物皆空的感覺、絕

望、潰敗、死亡的感覺。他一心嚴格遵守自身的行爲規範，以及運動規則，他始終覺得應該將這些規則隨地強加在自己身上，而這些規則支撐著道德規範的重量，不管是當他與鯊魚搏鬥，或是被長槍黨黨員[1]包圍時。他緊緊抓住這一切，因爲外頭便是虛空與死亡。（儘管他從未提起：因爲他的頭條規則便是輕描淡寫。）在《雙心大河》的四十五篇短篇故事中，他最好也最典型的一則故事所敘述的，只不過是一個獨自去釣魚的人所做的每一項行動：他溯河而上、找到搭帳篷的好地點、爲自己準備吃的、走進河裡、準備釣竿、抓到幾隻小鱒魚、將牠們丟回河裡、抓到較大的鱒魚，以此類推。只不過是一連串簡單的動作，在這些動作當中有一些飛逝卻清晰的影像，以及對於他的心境一般、不具說服力的奇怪評論，像是「感覺很好」。這是一則非常沉悶的故事，也帶有壓迫感，模糊的痛苦從四面八方包圍他，不管大自然是如何晴朗，而他又是如何專心在釣魚。然而「什麼都沒發生」的故事並不是新鮮事。且讓我們舉一個離家較近的最近例子：卡索拉（Cassola）的《伐木》（*Il taglio del bosco*）（他與海明威唯一的共通處是他們都喜愛托爾斯泰），書中描繪了一名樵夫的行動，背景是他對亡妻無盡的哀悼。在卡索拉的作品中，這則故事的兩極，一邊是工作，另一邊則是一種非常精確的感覺：愛人之死，這樣的情況隨時適用於任何人。這個格式在海明威的作品中也很常見，不過內容則是完全不同：一邊是獻身於運動，在對於工作的正式執行之外，這樣的獻身沒有其他意義，另一邊則是未知的事物，是無。我們處在一個極端的情況中，處在一個非常精確的社會之脈絡中，處在中產思想危機的精確時刻。

海明威不在乎哲學是眾所周知的。不過他的詩意與美國哲學的

---

[1] Falange，長槍黨，西班牙的法西斯政黨，成立於一九三三年。—譯注

關連絕非意外，美國哲學是如此直接與一個「結構」相關，與活動
環境及實踐概念相關。海明威的主人翁忠於運動及道德規範，在一
個未知的世界中，這樣的規範是唯一確定的現實，而主人翁的這種
忠誠符合新實證主義，新實證主義在一個封閉的系統內提供思想規
則，在它之外，它沒有其他效力。行為主義將人的現實與他行為的
典範視為同一，在海明威的作品中，行為主義找到它的對等物，海
明威的風格以一系列簡單的行動與簡短的對話，除去了情緒與思想
中達不到的現實。（關於海明威作品中的行為規範及角色「說不清
楚」的對話，請參考康立夫〔Marcus Cunliffe〕睿智的觀察，《美
國文學》〔企鵝圖書，一九五四年〕，兩百七十一頁。）

　　四周是存在主義虛無的空虛恐懼（horror vacui）。沒有嗯那個沒
有嗯沒有嗯那個沒有（Nada y pues nada y nada y pues nada），〈窗明
几淨〉中的服務生如此想道，而〈賭徒、修女與收音機〉最後的結
論則是一切都是「人們的鴉片」，換句話說，是躲避普遍不適感的虛
構避難所。這兩則故事（都寫於一九三三年）可以被視為是海明威
鬆散的「存在主義」文本。不過我們與其依賴這些明顯的「哲學」
陳述，不如依賴他呈現現代生活負面、無意義、令人失望元素的一
般手法，從《旭日依舊東昇》（一九二六年）的時代開始，包括書中
永遠的觀光客、色鬼與醉漢。空洞的對話中充滿停頓與離題，它最
明顯的先驅一定是契訶夫角色在瀕臨絕望之際的「談點別的」，這種
空洞的對話反映了二十世紀非理性主義的問題。契訶夫筆下那些小
中產階級的角色被一切打敗，除了他們對人類尊嚴的意識之外，暴
風雨迫近時，他們站穩腳跟，並且保持世界會更好的希望。海明威
筆下無根的美國人則是位在暴風雨之內，身心皆然，而他們唯一可
以用來與之對抗的，便是試著滑雪滑好、射獅子射好、建立男女及
同性之間的合適關係，在那個更好的世界中，技術與美德當然會派

得上用場，只不過他們並不相信那個世界。在契訶夫與海明威之間，隔著一個第一次世界大戰：現實現在被視為是大屠殺。海明威拒絕加入屠殺的那一邊，他的反法西斯主義是那些清楚、不容置疑的「遊戲規則」之一，他對生命的概念便立基於此，不過他同意屠殺是現代人的自然腳本。尼克・亞當斯的學徒經歷——這是他最早也最具詩意的故事中之自傳性角色——是幫助他忍受世界殘酷的訓練過程。他的學徒經歷從《印地安營地》開始，在這則故事中，他的醫生父親用一把釣魚用的袖珍摺刀替一名懷孕的印地安婦女開刀，而她先生由於無法忍受看到太太受苦，便悄悄割開自己的喉嚨。當海明威的主人翁需要一個象徵性的儀式，來呈現這個關於世界的概念時，他所能想到的最佳方式便是鬥牛賽，因此，從這條路走下去，便走向原始與野蠻，而通向了勞倫斯（D. H. Lawrence）與某種民族學。

　　海明威寫作的背景便是這個凹凸不平的文化全景，此處我們或許可以將另一位經常被定位於這個背景下的作家拿來作比較，那便是斯湯達爾。這並不是個武斷的抉擇，海明威的確承認欣賞斯湯達爾，而且他們兩人所選擇的冷靜風格之類似也可以證明這一點——儘管在較為現代的海明威身上，這個風格較為巧妙，也較為福樓拜——此外他們生命中的某些關鍵事件與地點也有共通之處（他們兩人都喜愛「米蘭風」的義大利）。斯湯達爾的主人翁位在十八世紀理性主義的清明與浪漫主義的狂飆運動（Sturm und Drang）之間，位在啟蒙主義的情感教育與浪漫主義非道德的個人主義興奮之間。一百年之後，海明威的主人翁發現自己也處在相同的十字路口，這時中產思想已經開始枯竭，早已過了顛峰——取而代之的是新興的工人階級——可是仍然盡可能地發展，一邊是死胡同，另一邊則是偏頗、矛盾的解決方案：美國的技術哲學從啟蒙主義的老幹上分岔出

來，而浪漫主義的樹幹則是在存在主義的虛無中結出最後的果實。斯湯達爾的主人翁雖然是法國大革命的產物，卻仍然接受神聖同盟的世界，而且屈服於他自身虛偽遊戲的規則，以打他個人的仗。海明威的主人翁也看到十月革命所開展的另項偉大可能，卻接受帝國主義的世界，而且在帝國主義的屠殺行動中活動，他也帶著清明與默然的態度作戰，不過他知道這場戰役從一開始就輸了，因為他孤軍奮戰。

　　海明威的基本直覺在於發現一點，也就是在帝國主義時代，戰爭是最精確的意象，是中產世界的日常現實。十八歲時，在美國尚未參戰之前，他便設法抵達義大利前線，只是為了看看戰爭是怎麼一回事，起初他擔任救護車司機的工作，接著他負責軍營福利社的工作，騎著腳踏車往返於皮亞韋（Piave）河邊的壕溝之間（這是我們在芬頓〔Charles A. Fenton〕最近出版的一本書中所得知的，《海明威的學徒經歷》〔Farrar and Strauss出版社，一九五四年〕）。（我們可以寫一篇長論文來討論海明威對義大利的瞭解，以及在一九一七年時，他是如何已經可以認出這個國家的「法西斯」面目，以及另一邊的人民面目，如同他在最好的小說《戰地春夢》〔一九二九年〕中所描述的那般；此外還有他是如何理解一九四九年的義大利，他在一本比較不成功、不過在許多方面仍然非常有趣的小說中描繪了這一點，那便是《渡河入林》；以及他是如何從未理解、從未試著逃離他的觀光客外殼。）他對於第一次世界大戰的記憶，以及他當記者時在希臘所目擊的屠殺，這些記憶設定了他第一本書的語調（出版於一九二四年，接著在一九二五年廣為流傳），這本書名為《我們的時代》，書名本身並沒有透露太多的訊息，不過尖刻諷刺的語調卻彷彿是作者想要模仿《公禱書》當中的一句話：「喔！主啊，請為我們的時代帶來和平。」在《我們的時代》簡短的章節

中，戰爭的氣味被傳遞出來，這樣的氣味對於海明威的發展是決定
性的，就如同在《塞瓦斯托堡故事》中所描寫的印象對托爾斯泰來
說是極重要的一樣。我不知道是海明威對托爾斯泰的讚賞，引領他
去尋找戰爭的經驗，或是因為他想尋求戰爭經驗，所以才欣賞托爾
斯泰的作品。當然，海明威所描繪的戰時舉止與托爾斯泰是不同
的，也跟另一位他所欣賞的作者不一樣，這位作者寫了一本次要的
經典，他便是美國人克萊恩（Stephen Crane）。這是發生在遠方的戰
爭，以外地人漠然的態度被觀看：海明威如此預示了歐洲的美國士
兵之精神。

　　如果說頌揚英國帝國主義的詩人吉卜齡（Kipling），與他移居
的國家仍然有確切關聯，因此他的印度也變成他的祖國的話，那麼
在海明威的作品中（他不像吉卜齡，他並不想「頌揚」什麼，只想
報導事實與事情），我們發現美國的精神，它在世界漫無目的地徘
徊，跟隨著自身經濟擴張的領導。

　　不過海明威更讓我們感興趣的，並不是他對於戰爭現實的證
詞，也不是他對屠殺的指控。就像沒有哪一位詩人會完全認同自己
所呈現的概念，所以海明威也不會只是與他所處環境的文化危機認
同。將行為主義的限制放一邊，人與他的行動的認同，他能否處理
強加在他身上的責任，這仍然是理解存在有效且正確的方式，而這
個方式可能被比海明威主人翁更勤奮的人所採取，這些主人翁的行
動幾乎從不是工作──除了在「異常」的工作中，像是獵鯊魚，或
是在一場搏鬥中負有確切的責任。我們並不真的了解他的鬥牛賽，
因為它們需要許多技巧；不過他的角色在野外點火、拋擲釣竿、安
置機關槍時，都帶著清楚、精確的認真態度，這對我們來說既有趣
又有用。我們可以不需要海明威較俗麗也較有名的面向，反之，我
們需要的是海明威所描繪的以下時刻，也就是人在做事時，天人合

一的時刻，還有人一面與大自然搏鬥，一面在其中覺得安詳的時刻，以及即使是在戰場上，也與人類保持和諧關係的時刻。如果哪一天有人想要詩意地描寫工人與機器的關係，以及工人勞動的精確操作的話，那麼他便必須回到海明威作品中的這些時刻，將它們抽離觀光的徒勞、粗暴或沉悶之脈絡，將它們復原到現代生產世界的有機脈絡中，海明威便是從這個生產世界中取出這些時刻，並且加以隔離。海明威瞭解要如何睜大冷漠的眼睛來活在這個世界上，不帶幻想，也不帶神祕主義，他瞭解要如何不帶痛苦地獨處，以及團體生活如何比獨處好：特別是，他發展出一種可以完全表達他生命概念之風格，這個風格有時雖會洩露它的局限與缺點，在它最成功的時刻（例如在尼克・亞當斯的故事中），它可以被視爲是最冷漠也最立即的語言、最不累贅也最不浮誇的風格，是現代文學中最清澈、最現實的散文。（一位蘇維埃的評論家喀什金〔J. Kashkin〕在《國際文學》一九三五年一期的一篇出色文章中，將這些故事的風格與小說家普希金的風格相提並論，這篇文章被引述在麥凱菲利〔John K. M. McCaffery〕主編的《海明威，其人其作》論文集的討論紀錄裡〔世界出版社，一九五〇年〕。）

　　事實上，與海明威距離最遙遠的莫過於模糊的象徵主義，以及以宗教爲基礎的異國情調，而卡洛斯・貝克（Carlos Baker）卻在他的《海明威：藝術作家》中（普林斯頓大學出版部，一九五二年，最近由安伯索利〔G. Ambrosoli〕爲觀達〔Guanda〕出版社翻譯成義大利文），將海明威與這種異國情調連接在一起。這本書收錄了極爲珍貴的資訊，以及海明威寫給貝克、費滋傑羅與其他人的未發表的書信之引文，此外這本書中也有一分出色的書目（不過在義大利文的譯本中卻不見了），以及有用的個人分析，例如關於在《旭日依舊東昇》中，海明威與「失落的一代」間具有爭議的關係，而不是

忠於他們；不過這本書根據的是薄弱的批評公式，例如「家」與
「非家」、「山」與「平原」之間的對比，而且它還談到了《老人與
海》中的「基督教象徵主義」。

　　另一本較沒有野心、在文獻學上也較不有趣的書，是由另一名
美國人所寫：菲利普・楊（Philip Young）簡短的《海明威》（萊因
哈特〔Rinehart〕出版社，一九五二年）。楊也是個可憐人，他大費
周章地證明海明威從來不是共產主義者，不是個「非美國人」（un-
American），他證明一個人可以不必是「非美國人」，卻還是粗魯與
悲觀。不過他批評方式的概廓，向我們顯示了我們所知道的海明
威，賦予尼克・亞當斯的故事根本的價值，將這些故事置放在另一
本絕妙好書所開啟的傳統中──這本書的絕妙在於它的語言、書中
豐富的生活經驗與冒險、它的自然感、它對所處時空背景下的社會
問題之涉入──那便是馬克吐溫的《頑童歷險記》。

　　　　　　　　　　　　　　　　　　　　　　　　一九五四年

法蘭西斯・彭日[1]

「國王們不會去碰門。他們不了解將熟悉的長方形大門板在眼前推開的樂趣，不管動作是疾是徐，接著再轉過身去將門關好在原位——在手中握著一扇門。」

「……在阻礙進入房間的那些高大障礙物的腹部，抓住瓷質把手的樂趣；在這場迅速的對決中，你霎時躊躇不前，因為你需要時間睜開眼睛，整個身體也需要時間適應新環境。」

「你用友善的手繼續握著它，最後終於將它往後推，然後將自己關在另一間房間裡——把手有力卻滑順的彈簧所發出的喀嚓聲，加強了封閉感。」

這篇名為〈門的樂趣〉的短文是彭日詩作的一個好例子：選擇最不起眼的物品、最日常的行動，然後試著重新加以思索，放棄所有的感知習慣，不用任何陳腔濫調的文字機制來加以描述。而這一切並不是為了與事實不相干的原因（像是象徵主義、意識形態或是審美原則），而僅僅只是為了就物論物，重新建立與事物的關係，包括事物之間的差別，以及一切事物與我們之間的差別。突然間，我們會發現，存在可以是較為緊湊、有趣與**誠摯**的經驗，而不是我們的感官已經無動於衷的漫不經心的例行公事。我想，這是讓彭日變成我們這個時代一位偉大智者的原因，他是少數我們應該求助的基

---

[1] Francis Ponge，1899-1988年，法國散文詩人。─編注

本作家之一，這樣我們才不會繼續在原地兜圈子。

　　如何做？舉例來說，我們可以將注意力放在水果販子使用的木盤上。「在通往大市場的每個街角，它靜靜散發普通木頭謙恭的光澤。它仍然一身簇新，卻有點驚訝地發現自己處在難看的位置，隨著再也回不來的垃圾一起被扔出去，這項物品其實是周遭最迷人的物品──不過我們不該對它的命運深思太久。」最後的這項限制是典型的彭日動作：若是我們開始對這項微不足道的物品心生同情的話，會是無望的，我們會過於強調同情；那會毀了一切，我們才剛積累的一小點真理會立刻喪失。

　　他用同樣的方式處理蠟燭、香煙、橘子、生蠔、熟肉與麵包：這份「物品」清單擴張到植物、動物與礦物，這一切都被包含在讓彭日在法國首次成名的小書中（《物的決定》〔_Le Parti pris des choses_〕，一九四二年）。埃伊瑙迪出版社如今加以出版（_Il partito preso delle cose_），其中包含了賈克琳・里瑟（Jacqueline Risset）所寫的有用且精確的導讀，以及法義對照的譯本。（原文與譯文對照的詩作最佳的功能，莫過於讓讀者也躍躍欲試，想自己翻譯。）小書最適合塞到口袋裡，或是放在床頭櫃上，就在時鐘旁邊（既然這本書是由彭日所寫，這本書身為物品的物質性也高聲疾呼同樣的對待）。對於這位謹慎、內向的詩人來說，這應該是在義大利找到新輔祭的機會。以下是幾項有用的指示：每天晚上讀個幾頁的作法與彭日的方法是一致的，彭日將文字送出去，這些文字就像是觸角，延伸到世界多孔與形形色色的物質之上。

　　我使用輔祭這個詞來表示他在法國與義大利的支持者之特徵，到目前為止，他們無條件且忠實地信仰彭日，在法國，他過去幾年來的信徒包含了與他自己非常不同的人，如果說不上相反的話，從沙特到「原樣」（Tel Quel）的年輕成員皆是；在義大利，他的翻譯

者包括了翁佳雷蒂與畢恭嘉利（Piero Bigongiari）：在好幾年當中，畢恭嘉利是彭日作品最有能力、也最熱中的解釋者，一九七一年，畢恭嘉利在蒙達多利出版社的「明鏡叢書」（Specchio）中編輯了彭日廣泛的作品，題爲《文本的生命》（*Vita del testo*）。

　　儘管如此，我深信，在法國與義大利，彭日尙未聲名大噪（他於一八九九年三月二十七日生於法國南部的蒙泊利耶〔Montpellier〕，剛剛過了八十歲）。由於我的這篇呼籲所針對的，是那些對彭日尙一無所知的許多潛在讀者，所以我應該馬上講一些一開始就該講的事：也就是這位詩人完全以散文體寫作。早期，他寫作短篇文章，從半頁長到六、七頁長都有；不過最近他的作品擴展到反映那個不斷接近眞理的過程，對他來說，那是寫作的意義：舉例來說，他對一塊肥皂或一顆乾椰棗的描述，名正言順地發展爲整本書，而他對於草坪的描述則變成了《製造草地》（*La Fabrique du pré*）。

　　賈克琳・里瑟正確地將彭日的作品與當代法國文學中描寫「物」的另外兩個基本趨勢作對比：一位是沙特，他（在《噁心》的幾個段落中）看著樹根，或是看著鏡中的臉，彷彿它們與任何的人性指涉或意義無關，喚起令人心神不寧、心煩意亂的視像；另一位是霍格里耶（Robbe-Grillet），他建立了一種「非擬人化」（non-anthropomorphic）的寫作方式，以絕對中性、冷淡、客觀的字眼來描繪世界。

　　彭日（在年代順序上先於兩人）則是「擬人化」的，因爲他想要與物認同，彷彿人從自身走出來，以體驗當物的感覺。這牽涉到與語言的搏鬥，不斷拉扯它，又將它摺回去，彷彿一件床單，在某些地方顯得太短，在其他地方又顯得太長，因爲語言不是說得太多，就是說得太少。它讓我們想起達文西的寫作方式：達文西也勤

奮地一寫再寫一些短文，在其中，他試著描述火焰驟升與銼刀刮擦的樣子。

彭日的比例與審愼感——這同時也是他講究實際的符徵——反映在一項事實上，也就是爲了談論海洋，他必須以海岸與沙灘爲主題。無限的空間從未進入他的紙頁中，或者說只有當無限空間遇到自身的邊緣時，才會進到他的紙頁，它也從那時才開始眞正存在（《海岸》）：「海岸相互的距離讓它們無法彼此連結，除非是經由海洋，或是海岸必須蜿蜒曲折，海洋利用這一點，讓每個海岸相信，它正在特別朝它流去。其實，海洋對大家都很客氣，事實上，遠勝於客氣：它可以對每一個海岸表現最大程度的熱忱，與接連的激情，在它的流域裡儲存無盡的潮流。它只會稍微超出自己的界線，它在海浪上強加自身的節制，將水母留給漁夫，當作是海洋自身的袖珍形象或樣本，而就跟水母一樣，它什麼都不做，只是狂喜地拜倒在所有的海岸前。」

他的祕密是確定每項物品或元素的決定性面向，而那幾乎總是我們最想不到的面向，接著他再以這個面向爲中心來建立他的論述。舉例來說，爲了定義水，彭日便將注意力集中在水無可抵擋的「惡習」上，那便是地心引力，水往下流的傾向。不過難道所有的物品不都服從地心引力嗎？例如衣櫥。彭日區分衣櫥與水附著在地面上的不同方式，由此設法瞭解——幾乎是從內在——身爲液體是何種模樣，拒絕任何形式，只爲遵循它自身重力的執念……

身爲各式物品的編目者（這位喜歡輕描淡寫的新盧克萊修，其作品被定義爲《物多樣性論》〔De Varietate Rerum〕），在第一本選集中，彭日不斷回歸到兩個主題上，反覆強調同一群的意象與想法。一個是植物的世界，他特別注意樹木的形狀；另一個則是軟體動物的世界，特別是貝殼、蝸牛及一般的殼類。

　　在彭日的論述中，樹木不斷被拿來與人作比較。「它們沒有手勢：它們只是不斷地增加手臂、手與手指——就像佛陀。它們用這種方式，什麼都不做，就可以直抵思想的深處。它們不隱藏什麼，它們無法藏匿祕密念頭，它們毫無保留，誠懇而且無拘無束。它們不做別的，將時間完全花在讓自己的形狀變得複雜上，讓它們的身體愈來愈錯綜，以供分析……動物可以用言語或瞬間即逝的模仿動作來自我表達。可是植物世界是以無法抹去的書寫形式來自我表達。它不能回頭，不可能改變心意：若是要修改什麼的話，它唯一能做的就是添加。就像將一份已經寫好的文本拿來，加以出版，然後添加一連串的附錄以作修改，諸如此類的。不過我們也必須說，植物並不會無限分枝。每一株都有其極限。」

　　我們的結論難道是，在彭日的作品中，物總是指涉回口說或書寫的論述？總是指涉文字？在每一份書寫的文本中找到書寫的隱喻，已經變成過於明顯的批評練習，因此在這裡並不能提供任何的益處。我們可以說，在彭日的作品中，語言這個連接主體與客體的絕對必要媒介，不斷被拿來與物品在語言之外所表達的事物相提並論，在這樣的比較中，語言被重新評估與重新定義——也經常被重新評價。如果說樹葉是樹木的文字的話，它們只知道重複同樣的字。「春天時……它們以為可以唱首不同的歌，可以走出自己，擴張到整個大自然並加以擁抱，可是在成千上萬的複製品中，它們還是傳遞相同的音符、相同的字、相同的葉子。**我們不能只透過樹木的方式來逃離樹木。**」

　　（在彭日的世界中，一切似乎都獲得拯救，在這個世界中，如果說有什麼負面價值，或是討厭的事物的話，那便是重複：沖擊海岸的浪花全都是同一個名詞的變化，「一千位同名的重要領主與貴婦便在同一天被多話且多產的海洋所接見。」不過多樣性也是個人化

與多變性的原則：鵝卵石「所處的階段，對石頭來說，是個人時代的開始，也就是說，是文字的時代。」）

在關於蝸牛與貝殼的文本中，語言（與工作）作爲人的分泌物的這個隱喻重複出現多次。不過更爲重要的是（在《貝殼筆記》中）他對貝殼與它的軟體居民兩者比例的頌辭，這樣的比例相對於人類的紀念建築物與王宮的不相稱。蝸牛製造自己的殼，爲我們樹立了榜樣：「牠們工作的組成元素不包含外在於牠們、外在於牠們需要的東西。沒有與牠們的身體不成比例的東西。沒有牠們不需要的東西。」

因此彭日稱頌蝸牛品德高尚。「可是在哪方面品德高尚？就在於牠們順從自身的本性。因此，首先要認識你自己。接受自己的樣子。包括你的缺點。要有自知之明。」

上個月，在一篇關於另一位——非常不同的——智者卡羅・李維（Carlo Levi）信仰聲明的文章中，我在最後引述一段文字：那是李維對於蝸牛的頌辭。而在此篇散文的最後，我則是以彭日對蝸牛的頌辭作結。難道蝸牛是知足的終極形象嗎？

一九七九年

波赫士

　　波赫士在義大利受到重要的讚賞，可以回溯到大約三十年前：這開始於一九五五年，是《小說集》（*Ficciones*）的義大利譯文第一次出現的日期，當時由埃伊瑙迪出版社以《巴比塔圖書館》（*La biblioteca di Babele*）的標題出版，今日蒙達多利出版社的「子午線叢書」（Meridiani）出版波赫士的全集，使得他在義大利的聲名達到高峰。如果我記得沒錯的話，當時是索密（Sergio Solmi）在讀了波赫士的法文譯本故事後，興致勃勃地向艾利歐・維多里尼談到它們，維多里尼便馬上提議出版義大利版本，並且找到盧臣提尼（Franco Lucentini）這位熱中且意氣相投的譯者。從那時起，義大利的出版商便爭相出版這位阿根廷作家的義大利譯本，蒙達多利出版社如今已經將這些譯文彙集，其中包括好幾篇先前從未被翻譯的作品。這會是迄今為止，他的「開放作品」（Opera omnia）最全面的版本：第一冊由波赫士的忠實友人波吉歐（Domenico Porzio）所編輯，就在這個星期出版了。

　　波赫士受到出版商的歡迎，伴隨著文學批評界對他的讚揚，這兩者互為因果。即使是那些在詩意方面，與波赫士相去甚遠的義大利作家，也表達對他的欣賞；人們深入分析他的作品，以對他的世界作出重要的定義；尤其是他影響了義大利的文學創作、文學品味，甚至是對於文學的概念：我們可以說，許多在過去二十年間寫作的人，從我所屬的世代開始，都深受波赫士影響。

　　我們該如何解釋我們的文化與波赫士作品間親密的相遇？他的作品包含了廣泛的文學與哲學遺產，有一些對我們來說很熟悉，有一些則非常陌生，波赫士的作品將這些遺產調整到一個調子，而這個調子與我們自身的文化遺產大相逕庭。（至少在當時，與一九五○年代以來義大利文化所踩出的小徑大相逕庭。）

　　我只能憑藉記憶來回答這個問題，試著重建從開始到現在，波赫士的經驗對我的意義。這個經驗的起點，事實上是支點，是兩本書，《小說集》與《阿列夫》（*The Aleph*），換句話說，就是波赫士短篇故事這個特殊類型，接著我又轉到波赫士的雜論作品，雜文作家與敘事者並不易區分，然後是波赫士的詩作，身為詩人的波赫士經常包含敘事的核心，或者至少是思想的核心，概念的模式。

　　我首先來敘述波赫士讓我覺得親近的主要原因，也就是說，我在波赫士的身上發現一個概念，亦即文學是由智性所建造、支配的世界。這個概念與這個世紀的世界文學主流背道而馳，後者往相反方向傾斜，換句話說，本世紀的世界文學試圖透過語言、被敘述的事件之質地，以及對潛意識的探索，來為我們提供混亂的生命潮流之等同物。不過在二十世紀的文學中還有另一股趨勢，是無可否認的非主流趨勢，梵樂希是這股趨勢的最大支持者——我特別是指身為散文作家與思想家的梵樂希——而且這股趨勢支持心理秩序的勝利，勝過世界的混亂。我可以試著畫出一股義大利使命在這個方向上的輪廓，從十三世紀經由文藝復興與十七世紀，然後來到二十世紀，以解釋發現波赫士對我來說，就像是看到一股向來不被認真對待的潛力，如今卻被實現了：看到一個世界被形塑成智性空間的意象與形狀，其中居住著一連串的符徵，這些符徵遵循著嚴格的幾何原理。

　　不過，若是要解釋一位作者在我們每個人身上所引起的共識的

話，我們或許不該從類型的大分類開始，而是從與寫作藝術較為相
關的動機開始。在這些動機中，我會將他精簡的表達方式放在首
位：波赫士是位簡潔大師。他設法將豐富的概念與詩意魅力濃縮在
幾頁長的文本中：包括被敘述或被暗示的事件、頭暈目眩地瞥見無
限，以及概念、概念、概念。在他清澈、樸實、開放的句子中，這
樣的濃度如何被傳遞，而沒有任何阻塞感；這種簡短、離題的敘事
風格如何導致他精確與具體的語言，這個語言的原創性反映在各式
各樣的節奏、句法運動與總是令人意想不到的驚奇形容詞中；這一
切都是風格上的奇蹟，在西班牙語中是無與倫比的，只有波赫士深
諳其中奧祕。

　　閱讀波赫士時，我經常想要草擬一份關於簡潔寫作的詩學，表
明簡潔比冗長優越，並將這兩種心態對比，就性情、形式概念與內
容的明確性來看，這兩種心態被反映在對其中一種趨勢的偏愛上。
目前我只想說，義大利文學的真正使命，就像任何珍視字字皆無可
取代的詩行之文學一樣，讓人認出來的比較是它的簡短，而不是冗
長。

　　為了簡潔地寫作，波赫士的重要發明，同時也是讓他變成作家
的發明，現在回顧起來，其實是頗為簡單的。這個方法幫助他克服
一項障礙，這項障礙讓他幾乎直到四十歲為止，都無法從雜文移向
敘事散文，這個方法便是宣稱他想寫的書已經有人寫了，作者是一
名虛構的不知名作家，是一位來自另一個語言、另一個文化的作
家，接著波赫士再加以描述、概述或評論那本假設存在的書。圍繞
在波赫士周遭的一部分傳說是一則軼事，也就是他使用上述公式所
寫的第一則精彩故事〈向阿爾穆塔辛邁進〉，第一次在《南方雜誌》
（Sur）上發表時，讀者以為這則故事是波赫士對一位印度作家的作
品所作的真實評論。同樣地，波赫士的所有評論家定期指出，波赫

士的每一篇作品都透過引述其他虛構或眞實的圖書館裡的書，來增加它自身的空間，這些書是或古典、或博學的作品，或者只不過是虛構的。我在這裡最想強調的一點是，波赫士讓我們看到被提升至二次方的文學之誕生，同時他也讓我們看到得自自身平方根的文學：「潛在文學」，在此我借用了一個後來在法國變得很時髦的術語，不過它的先驅全都可以在《小說集》中找到，我們可以在其中找到一些作品的概念與公式，那些作品原本可能由波赫士自己假想的賀伯特・奎恩（Hebert Quain）所寫。

　　人們多次指出，對波赫士來說，只有書面文字才具有完全的本體論現實，而這個世界裡的事物只有在它們可以指涉已經被書寫下來的事物時，才算存在。我在此處想要強調的是價值的巡迴，這是文學世界與經驗世界的關係之特徵。經驗的價值只來自於它可以在文學中激發的事物，或是它從文學的原型所重複的事物：舉例來說，在史詩中所描寫的英雄或大膽行動，以及在古代或現代歷史中眞實發生的事件，這兩者之間存在著一種相互關係，讓人想要將書寫下來的事件與眞實事件的插曲與價值視爲一致。道德問題便存在於這樣的脈絡中，在波赫士的作品裡，道德問題一直存在，像是在他那流動與可互換的形而上腳本中的堅固核心。這位懷疑論者似乎不偏不倚地體驗哲學與神學，爲的只是它們在景象或是美學上的價值，對他來說，從一個世界到另一個世界，道德問題以一模一樣的術語被不斷重述，在它基本輪替的勇氣或怯懦中，在被引起的暴力或被承受的暴力中，以及在對於眞理的追尋中。波赫士的觀點排除任何的心理深度，在其中，道德問題浮現時，幾乎被簡約爲幾何學定理的術語，個人命運形成全面的模式，每個人在選擇之前，都必須先將它認出來。然而人的命運決定於眞實生活的瞬間，而不是夢想波動的時間，亦非神話循環或永恆的時間。

　　此時我們應該記住一點，波赫士的史詩之構成元素，並不只是他所讀的古典作品，還包括阿根廷歷史，在某些插曲中，阿根廷歷史與他的家族史重疊，此外還有他的軍人祖先在這個新興國家的戰事中，所立下的英勇事跡。在〈推測之詩〉（Poema conjectural）中，波赫士以但丁的風格，想像了他母親那邊的一位祖先拉普利達（Francisco Laprida）的想法，他躺在沼澤中，在戰場上受了傷，被暴君羅薩斯（Rosas）的高楚[1]牧人所追捕：拉普利達發現自己的命運就像但丁在《煉獄》的第五篇所描繪的柏翁孔特・達・蒙特費特羅（Buonconte da Montefeltro）。鮑利（Roberto Paoli）為這首詩作了詳盡的分析，他指出，波赫士所利用的，與其說是明顯被引述的柏翁孔特之死，不如說是同一篇中的前一段插曲，也就是亞可波・德・拉色羅（Jacopo del Cassero）的死亡。沒有比這更好的例證了，也就是文學與現實事件相互滲透：理想的靈感來源並不是發生在文字之前的某種神祕事件，而是由文字、影像與意義交織而成的文本，是眾多音樂動機的和聲，這些動機在彼此身上產生共鳴，在這個音樂空間內，一段主旋律發展其自身的變奏。

　　有另外一首更為重要的詩，可以用來定義波赫士式連續性，也就是歷史事件、文學史詩、事件的詩意轉化、文學主題的力量，以及它們對集體想像的影響，這種種之間的連續性。這首詩也與我們密切相關，因為它提到波赫士清楚知道的另一部義大利史詩，也就是亞里奧斯托的《瘋狂奧蘭多》。這首詩題為〈亞里奧斯托與阿拉伯人〉。在這首詩中，波赫士扼要重述了融合在亞里奧斯托詩中的卡洛林王朝與亞瑟王朝史詩，亞里奧斯托的詩彷彿駕著鷹頭馬身有翅怪獸，飛掠這些傳統的元素。換句話說，這首詩將這些元素轉化為既

---

[1] gaucho，南美草原地帶的牧人，特別指西班牙人與印地安人的混血者。─譯注

諷刺又悲愴的狂想。《瘋狂奧蘭多》受到讀者喜愛，使得中古時代英雄傳奇的夢想可以傳遞到歐洲文化（波赫士指出米爾頓是亞里奧斯托的讀者），直到查理曼大帝敵人的夢想──也就是阿拉伯世界的夢想──取而代之。《天方夜譚》征服了歐洲讀者的想像，取代了《瘋狂奧蘭多》曾經在集體想像中所佔有的地位。因此在東西方的幻想世界之間發生一場戰爭，這場戰爭延續了查理曼大帝與撒拉遜人[2]之間的歷史戰爭，在後來的這場戰爭中，東方報了一仇。

　　因此書面文字的力量被連結到經驗，這股力量既是經驗的源頭也是終點。它是源頭，因爲它變成事件之對等物，可以說，若非如此，事件便不會發生；它是終點，因爲對波赫士來說，重要的書面文字是對集體想像產生重大影響力的文字，像是象徵性或概念性的符號，是要被人記住的，而且只要一出現，便會被人認出，不管在過去或未來。

　　這些神話或原型的母題在數量上或許是有限的，它們在波赫士深愛的形而上主題所構成的無限背景上顯得突出。波赫士在他所寫的每一篇文章中，會盡其所能地設法談到無限、不可數、時間、永恆，或者說是時間永恆的存在或循環的本質。在這裡，我又回到之前說過的，也就是他在簡短的文章中，集中最大量的意義。舉一個波赫士藝術的典型例子來說：他最著名的故事〈歧路花園〉。表面情節是個傳統的間諜驚悚作品，一則被濃縮爲十幾頁的陰謀故事，這段情節接著被加以操控以達到驚奇的結論。（波赫士所開發的史詩也可能以通俗小說的形式出現。）這則間諜故事包含了另一則故事，它的懸疑較與邏輯及形而上學相關，而且故事背景發生在中國：找尋迷宮。第二則故事包含了對一本沒完沒了的中國小說之描

---

[2] Saracen，十字軍東征時，希臘和羅馬人對阿拉伯人或回教徒的稱呼。─譯注

述。不過在這個錯綜複雜的敘事中，最重要的是對其中包含的時間之哲學思索，或者說是對於先後被表達出來的時間概念之定義。最後我們會發現，在驚悚作品的外表下，我們所讀到的其實是一則哲學故事，或者說是一篇關於時間概念的散文。

〈岐路花園〉中所提出的關於時間的假設，每一個都被包含（幾乎是隱藏）在短短幾行文字當中。首先，其中有持續時間的概念，是一種主觀、絕對的當下（「我瞭解到，發生在人身上的事，都是在當下發生。時間一個世紀一個世紀地流逝，不過事情只在當下發生；芸芸眾生而真正發生的一切，發生在我身上……」）。接著是關於被意志決定的時間觀念，一定不易的行動之時間，在其中，未來就像過去一樣是不能變更的。最後是故事的中心概念：一個多重、分枝的時間，在其中，每個當下都被分為兩個未來，以「形成一個令人目眩的擴張網絡，這個網絡由分歧、匯合、平行的時間所構成」。在這個關於無盡當代宇宙的概念中，所有的可能性以各種可能的組合被實現，這個概念並沒有偏離故事，而是必須的條件，如此主角才覺得有權犯下他的間諜任務強迫他犯下的荒謬可憎罪行，當然這只會發生在其中一個世界，而非其他的，或者說只有在此時此地犯下罪行，他和被害人才會發現他們在其他世界裡是朋友與兄弟。

這種分枝時間的概念對波赫士來說很珍貴，因為這是在文學中佔主導地位的概念：事實上，這是讓文學變得可能的條件。我下面要引述的例子會再將我們帶回但丁，這是波赫士關於烏哥里諾（Ugolino della Gherardesca）的評論文章，更確切地說，是關於飢餓戰勝悲傷（Poscia, piú che il dolor poté il digiuno）這一行，也是關於烏哥里諾伯爵可能食人的「無謂爭論」。波赫士在檢視過許多批評家的觀點後，同意其中大部分人的意見，他們表示這一行一定意謂烏

哥里諾是餓死的。不過他補充，但丁並不希望我們信以爲眞，他必定希望我們「即使不確定且猶豫」，仍然懷疑烏哥里諾可能吃了自己的小孩。接著波赫士列出《地獄》第三十三篇中，所有食人主義的暗示，第一個意象便是烏哥里諾嚙食盧傑利（Ruggieri）大主教的頭骨。

　　這篇評論文章最後的總意見很重要。特別是以下這個概念（這是波赫士與結構主義方法最接近的陳述），也就是文學文本只是由文本中一連串的字所構成，所以「關於烏哥里諾，我們必須說，他是文本的構成物，包含了大約三十個三韻句。」另外還有一個概念與波赫士在許多場合所主張的概念相關，那是關於文學的非人格性，結論是「但丁對烏哥里諾的認識，並不比他的三行連環韻詩（terzine）所告訴我們的還多」。最後我眞正想要強調的概念，是關於分枝時間的概念：「在眞實的時間裡，在歷史中，每當人發現自己面對不同的選擇時，他便會選擇其中一個，而永遠排除其他選擇；不過在模稜兩可的藝術時間中則非如此，藝術時間類似希望與遺忘的時間。在這個文學時間中，哈姆雷特既清醒也瘋狂。在黑暗的飢餓之塔中，烏哥里諾既吞了他的愛子，也沒有吞，而這種搖動的不精確，這種不確定性，便是構成他的奇怪物質。在兩場可能的死亡場景中，但丁便是如此想像他，未來的世代也是如此想像他。」

　　這篇評論文章被收錄在兩年前於馬德里出版的作品中，不過尙未被翻譯成義大利文，這本書收錄了波赫士關於但丁的論文與演講稿：〈深究但丁〉（Nueve ensayos dantescos）。他持續且熱情地研讀義大利文學的奠基文本，對這首詩表現出意氣相投的欣賞，使得他從但丁身上所承傳的事物，在他自己的批判思考及創作中開花結果，這是我們在這裡稱頌波赫士的一個原因，而且絕對不是最不重要的，我們再一次誠摯感謝他仍繼續給予我們智性的滋養。

一九八四年

格諾[1]的哲學

　　誰是雷蒙・格諾？乍看之下，這似乎是個奇怪的問題，因為稍微知道二十世紀文學，特別是法國文學的人，都非常熟悉這位作家的形象。不過若是我們每個人試著將我們對格諾所知道的事組合起來的話，那麼這個形象馬上便會呈現錯綜複雜的輪廓，其中包含了難以結合在一起的元素；我們愈是設法強調界定的特徵，便愈是覺得錯過其他特徵，若是要將這個多面體不同的平面變成一個統一形象的話，那麼這些其他的特徵是不可或缺的。這位作家似乎總是希望我們可以賓至如歸，可以找到最舒服、最放鬆的姿勢，希望我們可以覺得與他平起平坐，彷彿在跟朋友玩牌，事實上，這位作家的文化背景從來也不能被完全探索，我們永遠也不能窮盡這個背景或明或隱的暗示與前提。

　　當然，格諾的聲名主要建立在那些關於巴黎郊區（banlieue）或是法國外省城鎮粗野與陰暗世界的小說上，以及他的文字遊戲，其中包括日常、口語法文的拼寫。他的敘事作品極為一貫與緊密，在《扎姬搭地鐵》（*Zazie dans le métro*）中達到喜劇性優雅的極致。凡是還記得戰後初期聖日耳曼德佩（Saint-Germain-des-Prés）地區的人，都會在這個較通俗的影像中，加進幾首茉莉葉・葛列寇（Juliette Gréco）所唱的歌，像是 "Fillette,fillette" ……

---

[1] Raymond Quenjeau，1903-1976年，法國詩人、小說家，後現代主義先驅。─編注

　　讀過他最「年輕」的自傳性小說《歐蒂勒》（*Odile*）的人，會在這個圖像上添增其他的層次：我們會發現他的過去與一九二○年代圍繞著布荷東的超現實主義團體相關（這分敘述講述他第一次猶豫不決地接近他們，接著又很快與他們保持距離，他們基本上水火不容，這一切都用一系列無情的諷刺文描述出來），背景是這位作家兼詩人相當不尋常的智性熱情：數學。

　　不過或許有人會提出反對意見，若是將小說及詩集擺一邊的話，格諾最典型的書應該是那些在文類上獨一無二的作品，例如《風格練習》（*Exercises de style*），或是《可攜式小宇宙起源論》（*Petite Cosmogonie portative*），抑或是《一百兆首詩》（*Cent mille milliards de poèmes*）。在第一本書中，一段用幾個句子敘述的插曲用了九十九種風格被重複了九十九遍；第二本書則是用亞歷山大體[2]所寫成的詩，講述的是地球的起源、化學、生命的起源、動物的演進與科技的發展；第三本書則是創作十四行詩的機器，由十首押韻的十四行詩所組成，它們被印在紙頁上，然後被切成水平的長條，每一行落在一塊紙條上，所以每一個第一行可能有十種第二行，如此直到一百兆種組合全被完成為止。

　　還有另外一項不容輕忽的事實，也就是在過去二十五年來，格諾的官方職業是百科全書的顧問（他是加利馬出版社的七星百科全書編輯）。我們到目前為止所畫出來的地圖輪廓呈鋸齒狀，而每一塊可以加上去的作家簡歷資訊，只會讓這張地圖顯得更複雜。

　　格諾生前出版了三本散文及應景文章：《符號、數字與字母》（*Bâtons, chiffres et lettres*）（一九五○年與一九六五年），《邊緣》（*Bords*）（一九六三年），以及《希臘之旅》（*Le Voyage en Grèce*）

---

[2] 指法國十二音節詩，起源於對亞歷山大大帝歌功頌德的騎士傳奇。－譯注

（一九七三年）。這些作品以及一些未被收錄進去的文章，可以讓我們對格諾的智性輪廓有點瞭解，這是他創作的起點。他的興趣與選擇全都非常精確，而且只有在乍看之下顯得分歧，從中冒現一個內隱哲學的架構，或者說是一種從不滿足於平順路徑的心理態度與組織。

在我們的世紀，格諾是睿智聰明作家的獨特例子，他總是與他所處時代的主流趨勢背道而馳，特別是法國文化。（可是他從不讓自己因為智性放縱，而講出一些後來讓人覺得是悲慘或愚蠢錯誤的話——關於這一點，他是個少數，或說是獨一無二的例子。）他將這一點混合了對發明與測試可能性的無盡需要（在文學創作的實踐及理論思索上皆是如此），不過只在一些區域中進行，在其中，遊戲的樂趣——這是人性清楚的保證——擔保他不會誤入歧途。

這些品質使得他在法國及世界上仍是個怪人，不過或許在不久的將來，這些品質也會顯示他是一位大師，我們這個世紀充斥太多有瑕疵的大師或只部分成功、不合格、過於善心的大師，而格諾會是少數奮力貫徹始終的大師之一。對我來說，格諾擔任這個權威角色已經有一段時間了，這麼說並不誇張，儘管我始終覺得難以解釋——或許是因為我極度忠於他的概念。我想在這篇評論文章中，我也不會成功地加以解釋。相反地，我希望他用自己的話來予以說明。

我們發現格諾的名字所捲入的首批文學戰鬥，是那些他力爭建立新法文（néo-français）的戰鬥，也就是試圖跨越書面法文（包括（它嚴謹的拼字及句法規則、巨大的不動性、缺乏彈性及敏捷）與口語（包括它的創造性、可動性與表達的經濟）之間的鴻溝。在一九三二年的一次希臘之旅中，格諾確信希臘的語言情況與法國並無不同，其特徵是書面文字分裂為古典化（kathareuousa）及口語化

（demotiké）的語言。從這個信念出發（以及他對美國印地安語言的特殊語法之研究，例如奇努克語），格諾思索著一個通俗法語的出現，那將會是由他自己與塞利納所創始。

格諾並非出於民粹寫實主義或活力而作出這樣的選擇（「無論如何，我既不尊敬也不考慮通俗的事物、未來、『人生』等等」，他於一九三七年如此寫道）。他的動力來自於反對崇拜文學性法文的作法（不過他並不想廢除文學性法文，而是將它依語言的自身權利保存，保留它的純粹性，就像拉丁文一樣），他的動力也來自於一項信念，也就是語言與文學領域的所有偉大發明，都是從口語轉型到書寫的過程中冒現的。不過不止如此：他所提倡的風格革命所源自的脈絡，從一開始便是哲學的脈絡。

他的第一本小說《絆腳草》（*Le Chiendent*）（一九四七年被翻譯爲義大利文 *Il pantano*，儘管書名的字面意義爲「匍匐冰草」，比喻意義則是「麻煩」），這本書寫於一九三三年，就在喬伊斯的《尤里西斯》的養成經驗之後，它並不只是想成爲語言與結構的傑作（根據數字命理學與對稱的結構，也根據敘事類型的目錄），也想成爲存在與思想的定義，可說是對於笛卡爾《方法論》的小說化評論。這部小說的行動強調了那些被思索卻不眞實的事物，不過這些事物影響了世界的現實：一個本身完全缺乏意義的世界。

事實上，格諾爲了向無意義世界沒完沒了的混亂挑戰，所以在他的詩學中建立了對秩序的需要，以及在語言內對眞理的需要。如同英國評論家馬丁・艾斯林（Martin Esslin）在一篇關於格諾的論文中指出的：

　　在詩中，我們才能給予無特定形狀的世界意義與整齊的秩序——而詩依賴語言，若是要得到它真正的音樂，只能回歸到

目前仍使用的本國語中的真正節奏。

　　身為詩人兼小說家，格諾豐富多變的作品（oeuvre）致力於摧毀僵化的形式，並且用拼音及真正的奇努克語式句法來令人目眩。即使隨意一瞥他的作品，也會發現大量這類例子："spa" 的意思是 "n'est-ce-pas"（不是嗎？）"Polocilacru" 的意思是 "Paul aussi l'a cru"（保羅也相信了）"Doukipudonktan" 的意思是 "D'où qu'il pue donc tant"（他怎麼會這麼臭）……[3]

「新法文」是關於書面與口語文字間的新關係之發明，它只是其中一例，顯示格諾需要在世界中插入「對稱的小區域」，如同馬丁·艾斯林所說的，只有（文學與數學的）發明才能創造這種秩序感，因為現實是一片混亂。

　　在格諾的作品中，這樣的目標仍保持中心位置，儘管為「新法文」而戰的戰役已經從他的關懷中心消失了。在語言革命中，他發現自己在孤軍奮戰（激勵塞利納的惡魔是完全不同的），等待事實證明他是對的。不過發生的情況卻剛好相反：法文並不像他所預期的那樣演化；甚至連口語也變得僵化，而電視的出現決定了學術的規範勝過通俗的創造性。（同樣地，在義大利，電視對語言也產生了統一化的有力影響，儘管義大利的方言比法國來得多。）格諾瞭解到這一點，在一九七〇年的一份陳述中（*Errata corrige*），他毫不遲疑地承認理論的不精確性，已經有一陣子，他不再提倡這些理論了。

　　當然，我們必須指出，格諾的智性角色從不只局限在語言的戰

---

[3] 引自John Cruikshank（編輯），《哲學小說家：一九三五至一九六〇年間的法國小說研究》，倫敦，牛津大學出版部，一九六二年，79-101頁。─原注

場上：從一開始，他進行軍事行動的前線既廣大又複雜。在他與布荷東疏遠之後，他最親近的超現實主義成員是喬治・巴岱與米歇・萊利斯（Michel Leiris），儘管他對他們的雜誌及行動的涉入是很邊緣的。

　　格諾持續合作的第一份雜誌是一九三○至一九三四年間的《社會批評》（*La Critique sociale*），又是與巴岱及萊利斯合作：這是波里斯・蘇瓦林（Boris Souvarine）的民主共產黨文藝圈（Cercle Communiste Démocratique）的刊物（蘇瓦林是位「異議」avant-la-lettre〔先驅〕，他是西方第一位解釋史達林主義會變得如何的人）。「我們必須記住一點，」格諾在大約三十年後寫道，「由波里斯・蘇瓦林所創辦的《社會批評》以民主共產黨文藝圈爲中心，它是由前共產黨員所組成的，他們或是被開除黨籍，或是與黨發生爭論；另外一小幫前超現實主義者也加入了這個團體，像是巴岱、萊利斯、賈克・巴宏（Jacques Baron）和我自己，我們全都來自非常不同的背景。」

　　格諾與《社會批評》的合作關係包括他所寫的幾篇短評，難得與文學相關（儘管在其中一篇，他邀請讀者來發現雷蒙・胡塞勒：「他的想像力結合了數學家的激情與詩人的理性」）。他更經常寫的是科學評論（關於帕夫洛夫及科學家韋爾納斯基〔Vernadsky〕，韋爾納斯基後來向格諾提到了科學的循環理論；或是他對一位砲兵軍官所寫的馬飾歷史的書所作的評論——收錄在《符號、數字與字母》（都靈：埃伊瑙迪出版社，一九八一年）的義大利文譯本中，格諾稱讚這本書在歷史方法學上具有革命性）。可是他也與巴岱聯合「發表」一篇文章，後來他加以澄清，「我們兩個都署名了第五期（一九三二年三月）的一篇文章，題爲〈黑格爾辯證法基礎之批評〉（La critique des fondements de la dialectique hégélienne）。事實上整篇文章

是由巴岱所寫的：我只寫了關於恩格斯及數學辯證法的段落。」

　　關於恩格斯將辯證法應用在精確科學上的研究（格諾後來將它收錄在他的論文選集中的「數學」段落，在義大利文譯本中，它出現在這個標題下），只讓我們看到格諾花費許多時間研讀黑格爾的部分紀錄。不過我們從他晚年所寫的一些文章中，可以更精確地重建他研讀黑格爾的這個時期（前兩段引文便是來自這些文章），它們被發表在《批評》（Critique）雜誌紀念喬治・巴岱的專刊中。他在其中回顧故友所寫的文章，〈與黑格爾的初次遭逢〉（Premières confrontations avec Hegel）（《批評》雜誌，195-196頁，一九六六年八——九月號），在其中，我們不只看到巴岱處理黑格爾，也看到格諾處理黑格爾這位與法國思想傳統格格不入的哲學家，而且或許更為熱中。如果說巴岱閱讀黑格爾，主要是為了確信自己並非黑格爾主義者的話，那麼對格諾來說，這則是一趟較為正面的旅行，因為他在其中發現了柯熱夫（Kojève），而且他在某種程度上採納柯熱夫的黑格爾主義。

　　我稍後會再回到這一點上，目前我們只需指出一點，在一九三四至一九三九年間，格諾在高等學院聽柯熱夫講授《精神現象學》，後來他編輯並且出版了這本書[4]。巴岱回憶道：「有無數次，當我和格諾走出那間小演講廳時，感到筋疲力盡：筋疲力盡而且全身無力……柯熱夫的課將我給摧毀、擊敗、讓我全身虛脫。」[5]（事實上，格諾有點淘氣地回憶到他的同學會翹課，而且有時會打瞌睡。）

　　編輯柯熱夫的授課內容當然是格諾最重要的學院與編輯工作，

---

[4] A. Kojève，《黑格爾導讀》，一九三三年在高等學院講授精神現象學之授課內容，格諾彙整出版（巴黎：加利馬出版社，一九四七年）。—原注

[5] 〈論尼采〉，喬治・巴岱，《巴岱全集》（巴黎：加利馬出版社），第六冊，416頁。—原注

儘管這本書中並沒有格諾自己的獨創貢獻。無論如何,在這個黑格爾的經驗上,我們獲得他對巴岱的回憶之珍貴證據,這份回憶也是間接自傳性的,在其中,我們看到他在那幾年裡,參與了法國哲學文化中最錯綜複雜的爭論。我們可以在他的小說中找到這些爭論的痕跡,他的小說似乎經常要求一種對博學研究及理論敏感的閱讀方式,在當時,巴黎的學術刊物及機構對這些研究及理論都很熱中,儘管它們全都被轉化為煙火展示,充滿了滑稽鬼臉與翻筋斗。這三部作品,*Gueule de Pierre*、*Les Temps mêlées*、*Saint Glinglin*(後來被重寫,並且以三部曲的形式被收錄在 *Saint Glinglin* 的書名之下)值得從這個觀點被詳盡分析。

我們可以說,如果說在一九三〇年代,格諾積極參與文學界的前鋒派與學院專家的討論,卻仍保有他穩定性格特有的克制與謹慎的話,那麼要找出他第一次清晰表達自己想法的時候,我們便必須等到二次大戰發生之前的那幾年,那時他在《意志》(*Volontés*)雜誌中發表他的議論,他參與了這份雜誌的第一期(一九三七年十二月)到最後一期(一九四〇年五月的德軍入侵阻礙了這一期的發行)。

這份雜誌由喬治・佩洛森(Georges Pelorson)擔任主編(編輯委員中也包括亨利・米勒),它經營的長度就跟喬治・巴岱、米歇・萊利斯、羅傑・卡洛瓦(Roger Callois)所經營的社會學學院(柯熱夫、克勞索斯基、華特・班雅明與漢斯・梅耶〔Hans Mayer〕也參與其中)一樣長。這個團體的辯論是雜誌中文章的背景,特別是格諾所寫的文章[6]。

---

[6] 關於這個主題,請參考 D. Hollier,《社會學學院》(1937-1939)(巴黎:加利馬出版社,一九七九年)。─原注

不過格諾的論述所遵循的路線，幾乎可以說是他自己的，我們可以引述他在一九三八年所寫的一篇文章來概括這條路線：「另外一個高度妄想卻非常普遍的想法，是在靈感、探索潛意識與解放之間建立等同的關係；在機率、自動反應與自由之間建立等同的關係。這項靈感在於盲目遵循每一股衝動，事實上，它是一種奴役的形式。古典作家遵循一些他所熟悉的規則來寫作悲劇，詩人則是將掠過他腦海裡的事物寫下來，受制於他沒有意識到的其他規則，相較之下，古典作家要自由得多。」

格諾將現代關於超現實主義的爭論放一邊，此處他清楚表達在他的美學及倫理學中的幾個常數：他拒絕「靈感」或是浪漫的抒情主義，也拒絕對於機率及自動聯想的崇拜（這是超現實主義的偶像），相反地，他欣賞一部被建構、完成、完整的作品（之前他曾經發起反對不完整、斷片與速寫詩學之運動）。不只如此：藝術家必須充分意識到他的作品所遵循的美學規則，以及作品的特殊及普遍意義，它的功能及影響。當我們想到格諾的寫作方式似乎只遵循即興及滑稽的奇想時，他的「古典主義」理論便顯得驚人；然而我們正在討論的文章（〈藝術是什麼？〉，以及它的補充文章〈或多或少〉，兩篇皆寫於一九三八年）具有他從未捨棄的忠誠表白地位（儘管挑釁及勸戒的年輕語調在格諾晚期的作品中消失了）。

因此我們更有理由驚訝於反超現實主義的爭議，會導致格諾（偏偏是他！）攻擊幽默。他在《意志》雜誌所寫的初期的一篇文章是對於幽默的責罵，它當然是與當時的議題相關，甚至是與當代的習俗相關（他所反對的是簡化與防禦性的幽默前提），不過在此處，重要的是建設性過程（pars construens）：他稱頌完全喜劇，也就是從拉伯雷延伸至傑瑞（Alfred Jarry）的那條路線。（在二次大戰之後，格諾立刻回到布荷東的黑色幽默〔humour noir〕的主題，以便

檢視在恐怖的戰爭經驗中，黑色幽默如何禁得起考驗；在後來的筆記中，他又注意到布荷東對這個問題的道德寓意所作的澄清）。

　　他在《意志》的文章中反覆攻擊的另一個目標（此處我們應該試著讓這些文章與他後來身爲百科全書編輯的角色協調），便是落在現代人身上那些沒完沒了的大量資訊，它們並沒有形成現代人之存在的完整部分，亦非必不可少。（「一個人與他眞正知道的事物之間的一致性……一個人與他自認爲知道、事實上卻不知道的事物之間的差異。」）

　　因此，我們可以說，格諾在一九三〇年代所發表的議論可分爲兩個方向：反對詩便是靈感，以及反對「僞知識」。

　　因此，我們必須小心定義格諾身爲「百科全書編輯」、「數學家」與「宇宙論者」的角色。他的「智慧」之特徵是他對於全盤知識的需要，同時他也有極限的概念，此外，他對於任何類型的絕對哲學感到缺乏自信。他在一部寫於一九四三年至一九四八年間的作品中，畫出了科學循環的輪廓（從自然科學到化學及物理，以及從這些科學到數學與邏輯），在這個輪廓中，科學朝向數學化的一般趨勢顚倒過來，而當數學與自然科學所提出的問題產生接觸時，數學便被轉化了。因此，在邏輯被當作人類智慧運作模範的地方，這條線可往任一方向延伸，讓自己變成圓圈，如果皮亞傑所說爲眞的話：也就是「邏輯是思想本身的公理化」。關於這一點，格諾補充道：「不過邏輯也是一種藝術，而將事物變成規則是一種遊戲。在二十世紀的前半段，科學家們所建立的理想，並不是將科學呈現爲知識，而是規則與方法。他們提供（無法定義的）觀念、公理與指示，以供使用，簡言之，他們提供的是由慣例所構成的系統。不過這難道不是一種遊戲嗎？就像下棋或橋牌？在檢視科學的這個面向之前，

我們必須深思以下這一點：科學是知識嗎？它會幫助我們知道什麼嗎？就算（在這篇文章中）我們在處理數學，我們對數學又知道些什麼呢？明白地說，一無所知。而且也沒有什麼好知道的。我們不知道點、數字、群、組、函數，就像我們不「知道」電子、生活、人類行為。我們不知道函數與微分方程的世界，就像我們不「知道」地球上具體的日常生活。我們所知道的一切是由科學社群所接受（同意）為真的方法，這個方法還有一項優點，便是與製造技巧相關。不過這個方法也是一個遊戲，或者更精確地說，是被稱為益智遊戲（jeu d'esprit）的事物。因此整個科學以最完整的形式，呈現在我們眼前的，是它既是技術，也是遊戲。也就是說，與另外一項人類活動呈現的方式不相上下：藝術。」

這個段落包含了格諾所有的思想：他的作法是不斷將他自己置於藝術（如同技術）與遊戲的兩個當代面向上，而背景是他激進的認識論悲觀主義。就他而言，這個典範同樣適用於科學與文學：因此他可以從容自在地從一個領域移到另一個領域，而且將兩者包含在同一段論述中。

不過我們不該忘記，前面所引述的那篇發表於一九三八年的文章，〈藝術是什麼？〉，一開始便譴責任何「科學」對文學的壞影響；我們也不該忘記格諾在「幻想科學學會」（Collège de Pataphysique）中佔有榮譽地位（「先驗總督」），這是傑瑞的徒弟所組成的團體，他們遵循師傅的精神，嘲弄科學語言，並加以諷刺。（幻想科學被定義為「幻想解法的科學」。）簡言之，關於格諾，我們可以用他在談到《布瓦與佩居榭》（Bouvard et Pécuchet）時，對福樓拜的看法來定義他自己：「只有當科學是懷疑論的、克制、井然有序、謹慎、有人性，福樓拜才會贊成科學。他憎恨教條主義者、形而上主義者、哲學家。」

　　格諾為《布瓦與佩居樹》寫了一篇序言性的論文（一九四七年），這是他多年研究這本百科全書式小說的成果，在這篇文章中，格諾表達他對兩位可悲自學者的同情，他們是追求絕對知識的學者，格諾也強調福樓拜對這本書及書中主角態度的轉變。格諾已經沒有了年輕時的專斷語氣，取而代之的是謹慎與實用主義的語調，這是他成熟期的特徵，格諾認同晚期的福樓拜，而且似乎在這本書中認出他自己橫越「偽知識」與「沒有結論」的奧德賽般流浪歷程，他在追求的是循環的智慧，指引他的是懷疑論的方法論羅盤。（此處，格諾發表一項概念，也就是《奧德賽》與《伊里亞德》是文學中二選一的選項：「每一部偉大的文學作品若不是《奧德賽》，便是《伊里亞德》。」）

　　荷馬是「所有文學與所有懷疑主義之父」，而福樓拜瞭解懷疑主義與科學是一致的，在這兩者之間，格諾將寶座首先賦予佩特羅尼烏斯[7]，他將其視為同代人與兄弟，接著他將寶座授予拉伯雷，「儘管他的作品表面上看起來混亂，他卻知道自己要去哪裡，而且將他的巨人引向最後的神瓶（Trinc），卻沒有被它所壓服」，最後他則是將寶座授予布洛瓦（Boileau）。這位法國古典主義之父出現在這份名單中，而且格諾認為他的《詩藝》是「法國文學的大師之作之一」，這一切都不令人感到驚訝，因為我們該想到，一方面，古典文學的理想便是意識到應該遵循的規則，另一方面，則是布洛瓦在主題及語言上的現代性。布洛瓦的《讀經台》「終結了史詩，完成了《唐吉訶德》，引進了法文小說，而且是《憨第德》與《布瓦與佩居樹》的先驅。」[8]

---

[7] Gaius Petronius，?-66年，古羅馬作家，著有歐洲第一部喜劇式傳奇小說《薩蒂利孔》，描寫當時羅馬社會的享樂生活及習俗。—譯注

在格諾的詩文聖壇上，在現代作家當中，我們可以看到普魯斯特與喬依斯。普魯斯特讓格諾最感興趣的是《追憶逝水年華》的「建築」，這從他發起支持「佳構作品」運動時便是如此（請參考《意志》，十二期〔一九三八年〕）。喬依斯則被視為是「古典作家」，在他的作品中，「一切都被決定了，包括全面結構及各個插曲，儘管沒有什麼顯示強制的符徵」。

儘管格諾總是隨時準備承認他受惠於古典作品，他卻也不吝惜對沒有名氣及受到忽略的作家感興趣。他年輕時著手進行的第一篇學院作品，是一篇關於「文學狂人」（fous littéraires）、「異端」作家的研究文章，這些人被官方文化視為瘋子：他們發明了不屬於任何學派的哲學系統、發明了缺乏邏輯的世界模式、以及在任何風格分類之外的詩意世界。格諾選擇這類的文章，想要組合一部《不精確科學百科全書》；不過沒有任何出版商願意加以考慮這項計畫，作者最後便將這些材料使用在他的小說《黏土的小孩》（*Les Enfants du limon*）中。

關於這項研究的目標（及令人失望之處），我們應該看看格諾所

8　《名作家》，第二冊。在為加利馬出版社編輯《七星百科全書》之前，格諾為出版商 Mazenod 編輯了三大冊對開本的《名作家》，也編纂了一份〈名作家歷史書目評論〉，作為附錄。每位作家的章節都委託專家或著名作家執筆。格諾自己選擇寫作關於哪些作家是意味深長的，他選擇了佩特羅尼烏斯、布洛瓦、史坦茵。他也為最後一節寫了引言：〈二十世紀大師〉，他在當中討論了亨利·詹姆斯、紀德、普魯斯特、喬伊斯、卡夫卡、史坦茵。格諾從未將他在這部作品中的文章收錄在他的散文全集中；我在義大利文譯本中插入了關於佩特羅尼烏斯的文章及〈二十世紀大師〉。另外一項格諾在編輯上的典型創舉是他作了一份《理想書房》的調查（巴黎：加利馬出版社，一九五六年），他加以組織並編輯成書：最有名的法國作家及編輯都受邀提供一份理想書房的書單。─原注

寫的一篇作品，他在這篇文章中介紹他在這個領域裡的唯一「發現」，而他所發現的這名作家後來也受到他的支持：那就是科幻小說的先驅德‧封特內（De Fontenai）。不過他始終保有對「異端」的熱中，不管是六世紀的文法學家土魯茲的維吉爾（Virgil of Toulouse），或是十八世紀的未來主義史詩作家葛蘭維勒（J. B.Grainville），抑或是夏納勒（Edouard Chanal），這位作家並不知道自己是路易‧卡羅爾的法國先驅。

　　而空想社會主義者夏勒‧傅利葉當然也來自同一個家族，格諾好幾次對他表示興趣。這些評論文章中有一篇分析的是他的「系列」中奇怪的計算，那是傅利葉的和諧社會計畫之基礎。格諾的目的是想要證明，當恩格斯將傅利葉的「數學史詩」與黑格爾的「辯證史詩」置於同一水平時，他在想的是空想社會主義者傅利葉，而不是他的同代人約瑟夫‧傅利葉（Joseph Fourier）這位著名的數學家。他累積了許多證據來支撐他的論點，結果他的結論是，或許他的論點根本站不住腳，而恩格斯所談的實際上是約瑟夫。這是典型的格諾作風：與其說他感興趣的是自己論點的勝利，不如說是在最矛盾的論點中找出邏輯與連貫性。接著我們會發現自己自然而然地認為，恩格斯（他寫了另一篇關於恩格斯的論文）也被格諾視為與傅利葉同類型的天才：是百科全書式的修補者（bricoleur）或塗鴉者，魯莽的宇宙系統發明者，這些體系是他用他可以利用的文化材料所建構而成的。那麼關於黑格爾呢？是什麼讓格諾受黑格爾吸引？以至於他準備花好幾年的時間去聽柯熱夫講課，甚至編輯他的授課內容？重要的是，在同樣的那幾年當中，格諾也在高等學院聽布許（H. C. Puech）講授諾替斯教與摩尼教。（還有，在巴岱與格諾交好的時期，難道沒有將黑格爾主義視為諾替斯教派二元宇宙起源論的新版本？）

在所有的這些經驗中，格諾的態度是想像世界探索者的態度，他帶著幻想科學家頑皮的眼光，小心撿起這些世界最矛盾的細節，不過卻還是在這一切當中，注意到真正詩意或真正知識所發出的閃光。他帶著同樣的精神，出發去發現「文學狂人」，並讓自己沉浸在諾替斯教與黑格爾的哲學中，充當兩位卓越巴黎學院文化大師的友人及門生。

格諾（以及巴岱）對黑格爾感興趣的起點是他的《自然哲學》，這一點並非偶然（格諾對於用可能的數學公式來表達這本書，展現特殊的興趣）；簡單說，他感興趣的是發生在歷史之前的事物。如果說巴岱感興趣的始終是負面無法壓抑的角色的話，那麼格諾則是斷然瞄準公然宣稱的終點：歷史的勝利，發生在歷史之後的事物。這已足以提醒我們，根據黑格爾的法國評論者，特別是柯熱夫，黑格爾的形象是如何遠離流傳在義大利超過一世紀之久的黑格爾形象，不管是理想主義或馬克斯主義的化身，也遠離德國文化那一邊所背書的形象，這個形象廣為傳佈並且繼續在義大利廣泛流傳。如果對義大利人來說，黑格爾永遠是歷史精神的哲學家的話，那麼格諾這位柯熱夫的門生，在黑格爾身上所尋找的，便是通向歷史終結的道路，以及通向智慧的道路。這是柯熱夫自己在格諾的小說中所強調的母題，他提議對格諾的三本小說進行哲學性的閱讀：《我的朋友皮耶侯》（*Pierrot mon ami*）、《遠離律埃》（*Loin de Rueil*）以及《生命中的星期天》（*Le Dimanche de la vie*）（《批評》，六十期，一九五二年五月）。

這三部「睿智小說」寫於二次大戰期間，是德軍佔領法國的那殘酷幾年。（那幾年像是括號一樣地被度過，在那段期間，法國文化也展現了非凡的創造活動，而這個現象似乎並沒有得到應有的注

意。）在那樣的期間，脫離歷史似乎是我們所能擁有的唯一終點，因為「歷史是關於人類不幸的科學」。這是格諾在一本奇怪的小論文一開始所下的定義，這本論文也寫於那段時期（不過直到一九六六年才發表）：《模範歷史》（*Une Histoire modèle*）。這本書提議讓歷史變得「科學」，方法是將因果的基本機制應用在歷史上。只要我們是在處理「簡單世界的數學模式」，那麼這項企圖可以說是成功的；不過「我們難以讓指涉更複雜社會的歷史現象放進那個網格」，如同羅馬諾（Ruggiero Romano）在義大利版本的引言中所指出的。[9]

我們再回到格諾的主要目標，也就是在一個完全缺乏秩序與邏輯的世界中，引進一點秩序與邏輯。除了「脫離歷史」之外，我們還能如何成功做到這一點？這是格諾所出版的倒數第二本小說的主題：《藍花》（*Les Fleurs bleues*）。小說一開始便是一名角色由衷的感嘆，他是歷史的囚犯：「『這個亂七八糟的故事，』歐居公爵說，『這個亂七八糟的故事，只是為了一點雙關語與時代倒錯：簡直不值得。難道我們永遠找不到出路嗎？』」

從未來或過去的觀點來看待歷史模式的方式，在《藍花》中相遇且互相重疊：歷史的終點是西德羅蘭嗎？這個在塞納河的駁船上混日子的前科犯？或者歷史是西德羅蘭的夢？是他潛意識的投射，以填補一段在他的記憶中被壓抑的過去？

在《藍花》中，格諾嘲笑歷史，否認歷史的進展，將它簡約為日常存在的本質 ；在《模範歷史》中，他試著將歷史轉化為代數，讓它服從公理的系統，將它從經驗現實中移除。我們可以說這是兩個對立的過程，不過它們完全互補，儘管屬於不同的數學符號，代

---

[9] 格諾，*Una storia modello*，R. Romano（編輯），米蘭，Fabbri出版社，一九七三年。—原注

表格諾的研究在其中移動的兩極。

　　更仔細地檢視之後，我們會發現，格諾在歷史上所實行的操作，完全符合他在語言上所進行的操作：在他爲新法文（le néo-français）所進行的戰鬥中，他駁斥文學語言聲稱不動的說法，以將它帶近口語的眞理；在他與數學（流動卻忠實）的戀情中，他不斷嘗試用算術及代數的方法，來實驗語言與文學創作。「將語言視爲可以減約爲數學公式般地來加以處理」，這是另一位數學詩人賈克・胡波[10]爲格諾最在意的事所下的定義，格諾提議透過代數矩陣來分析語言[11]，他研究阿諾・丹尼耶勒（Arnaut Daniel）六節詩中的數學結構，及其可能的發展[12]，而且他推動烏力波（Oulipo）的活動。事實上，他便是在這種精神下於一九六〇年成爲潛在文學工場（Ouvroir de Littérature Potentielle，縮寫爲 "Oulipo"）的共同創始人，另一位則是他晚年的摯友，數學家及西洋棋專家弗蘭索瓦・勒・里雍內（François Le Lionnais），他是一位討人喜歡的人物，是位睿智的怪人，發明無數的事物，它們總是介於理性與矛盾、實驗與遊戲之間。

　　與處理格諾的發明時相同的情況是，我們總是很難在嚴肅的實驗與遊戲之間劃一條線。我們可以看出我先前提到的兩極：一邊是對於一個既定主題予以不尋常的語言處理所獲致的樂趣，另一邊則是在詩意發明上應用嚴謹的公式化處理所獲得的樂趣。（兩種趨勢都是朝馬拉美的方向點頭招呼，這是典型的格諾作風，而且在二十

---

[10] Jacques Roubaud，〈格諾方法中的數學〉，《批評》，359期，一九七七年四月。─原注

[11] 引自《量化語言學筆記》（一九六三年）。─原注

[12] 引自 *Subsidia Pataphysica*，二十九卷。─原注

世紀所有向馬拉美這位大師致意的表現中，格諾的作法顯得最突出，因爲它保有格諾基本的嘲諷本質。）

　　在第一項趨勢中，我們發現：一份韻文體的自傳（《橡樹與狗》），在其中，韻文的高超技巧提供了最令人愉快的效果；我們還發現《可攜式小宇宙起源論》，它聲稱其目標是要將最惱人的科學新字，放進詩文的慣用語中；我們當然還發現《風格練習》，這本書或許可以說是他的傑作，而這正是因爲它簡單的計畫，在這本書中，一段稀鬆平常的軼事以不同的風格被報導，產生了高度多樣化的文學文本。另外一項趨勢的例子是：他對韻文形式的喜愛，它們是詩意內容的產生器，此外他有野心想要成爲新的詩意結構的發明者（像他在最後一部韻文作品中所提出的結構，《基本道德》，一九七五年），以及當然還有《一百兆首詩》（一九六一年）中的詭雷。簡單說，兩種趨勢的目標都是從一個抽象公式出發，盡可能增生、分枝或繁殖出作品。

　　賈克‧胡波寫道：「對格諾這位數學概念的製造者來說，他最喜歡的領域是組合體系的領域：組合體系來自非常古老的傳統，幾乎跟西方的數學同樣古老。從這個角度來分析《一百兆首詩》，可以讓我們將這首詩置於以下的脈絡，也就是從純粹數學轉移到數學作爲文學。我們來回想《一百兆首詩》的原則：他寫了十首十四行詩，全都押相同的韻。每一首詩的文法結構可以在無需強制的情況下，讓每一首「基礎」十四行詩的每一行，與其他十四行詩位在相同位置的那一行互換。因此，對於任何一首新十四行詩的每一行來說，存在著十種獨立的可能選擇。由於在一首十四行詩中有十四行，因此實際上會有十的十四次方首十四行詩，換句話說，會有一百兆首詩。

　　「……讓我們試著透過類推，用一首波特萊爾的十四行詩來做類

似的嘗試：例如，我們將詩行互換（同一首或不同的十四行詩皆可），同時尊重十四行詩所「做」的事（它的結構）。我們會突然碰到一些困難，這些困難主要是句法本質上的，而格諾先前便已經對句法免疫了（因此，他的結構是「自由」的）。可是，十四行詩的結構事實上在**對抗**語意或然率的限制之下，透過尊重結構的代換機制，從一首十四行詩創造出所有可能的十四行詩，而這正是《一百兆首詩》所教給我們的。」

結構是自由，它製造出文本，同時也製造可以取代這個文本的所有文本之可能性。這是存在於「潛在」多樣性的概念中之新奇事物，暗含在他所提倡的文學中，這樣的文學是從它自己所選擇、並強加在自己身上的限制所發展而來的。我們必須指出，在烏力波的方法中，最重要的是這些規則的品質，包括它們的巧妙與優雅；如果說結果──也就是用這種方式所得到的作品──馬上便具有同樣的品質，包括巧妙與優雅，那最好，不過不管成果如何，結果的作品只是這種潛在性的一個例子，而只有穿過這些規則的窄門，才能獲得這樣的潛在性。透過這種自動機制，文本從遊戲規則中產生，這與超現實主義的自動機制相反，超現實主義的自動機制訴諸機率或潛意識，換句話說，它將文本交給不受控制的影響力，我們只能消極地予以遵循。每一個根據確切規則所建構起來的文本，為讀者提供「潛在」多樣的文本，這些文本可以真的根據這些規則被寫出來，如此建構起來的文本，也為讀者提供閱讀這類文本的所有可能方式。

如同格諾在他初期對自己的詩所作的表述中所宣稱的：「有一些小說形式在小說的題材上強加『數字』的所有優點」，方法是發展「一個結構，這個結構可以將宇宙之光的最後微光，或是『世界和諧』的最後回音傳遞到這些作品中。」

　　「最後微光」，請注意：「世界和諧」遠遠地出現在格諾的作品
中，就像那些手肘靠在鋅製櫃台上、凝視著杯中茴香酒的飲酒者所
瞥見的那般。「『數字』的優點」似乎將自身的光輝強加在自己身
上，特別是當它們設法透過活人緊密的肉體性而透明地出現時，伴
隨著它們無法預測的情緒，以及它們齜牙咧嘴所發出的現象，它們
曲折的邏輯，個體面向與宇宙面向的悲劇性相遇，這只能透過傻
笑、嘲笑、譏笑或是抽搐性的大笑來表達，頂多也不過是透過放聲
大笑，人們笑著死去，史詩規模的縱情大笑……

一九八一年

帕韋澤[1]與活人獻祭

　　帕韋澤的每一本小說都圍繞著一個隱藏的主題，某件未言之事其實是他真正想說的，卻只能透過不予提及被表達出來。他在這項事物的周遭建構一系列可見的符徵，一些被說出來的話語：而每一項符徵也都具有一個祕密面向（一個多價或無法表達的意義），這個面向比它明顯的面向更重要，不過這些符徵真正的意義存在於它們與那個未言明主題的關係中。

　　《月亮與營火》（*La luna e i falò*）是帕韋澤的小說中，充滿最多象徵符號、自傳主題與專斷陳述的。或許過度了：彷彿從他沉默寡言與輕描淡寫的典型敘事風格中，浮現大量的溝通與呈現，將短篇故事轉化為小說。不過帕韋澤寫作這部作品的真正野心，並不只是創造出一部成功的小說：書中的一切匯合在單一的方向，意像與類比強調的是單一的執念：活人獻祭。

　　這並不是一時興起。將人種學及希臘羅馬神話與他自身的存在自傳及文學成就連繫在一起，始終是帕韋澤計畫的一部分。他對於人種學作品的熱中，源自於他年輕時讀過的一部具有強烈吸引力的作品：弗雷澤（Frazer）的《金枝》，這部作品已被佛洛依德、勞倫斯與艾略特證明為重要之作。《金枝》可以說是尋找活人獻祭與火

---

[1] Cesare Pavese，1908-1950年，義大利作家。義大利1930年代文化過渡到大戰後新民主文化階段文人投入政治、社會的代表人物。終其一生都在對自己及與他人的關係的分析中掙扎。1950年自殺。為埃伊瑙迪出版社中堅分子。

焰慶典根源的世界之旅。在帕韋澤的《與雷烏寇的對談》(*Dialoghi con Leucò*)裡,這些主題會再次浮現在他對神話的重新呼喚中:這部作品中關於鄉間儀式與死亡祭儀的段落,爲《月亮與營火》鋪路。帕韋澤對於這個主題的探索也以《月亮與營火》結束:這本書寫於一九四九年的九月至十一月間,在一九五○年的四月出版,四個月之後,作者便自盡了,在那之前,他在最後所寫的其中一封書信裡回憶了阿茲特克的活人獻祭。

在《月亮與營火》中,第一人稱的敘事者在美國致富後,回到故鄉的葡萄園;他在尋找的不只是對於那個地方的記憶,或是重新融入那個社會,亦非爲了報復成長過程中的貧困。他在尋找的是一個村莊之所以是一個村莊的原因,也就是將地方與名字及世代連繫在一起的祕密。這位我(io)沒有名字並非偶然:他是收容所裡的棄嬰,被貧農當成廉價勞工帶大;長大之後,他移民到美國,在那裡,「現在」有較少的根在過去,每個人都只是過客,他毋需解釋自己的名字。現在,回到他故鄉那個未曾改變的世界,他想要發現在那些鄉間影像之後的眞正本質,這些影像是他所知道的唯一現實。

帕韋澤作品中低覆潛在的宿命論只有在以下的意義上是意識形態的,也就是他將宿命論視爲不可避免的終點。他出生在下皮埃蒙特(Lower Piedmont)的山丘地帶(la Langa),這個地方不只因爲葡萄酒及松露而聞名,這裡具有地方性的絕望危機也是著名的,不斷折磨著農家。我們可以說,每個星期當中,都靈的報紙總會出現農夫上吊或投井自盡的報導,或者是(像在這本小說中間所敘述的插曲)農夫放火將農舍給燒了,他自己、他的家人和家畜全在裡面。

當然,帕韋澤並不僅僅是在人種學中尋找這種自毀性絕望的原

因：帕韋澤在小說中將這些山谷中獨立小農的社會背景，以不同的
階級描繪出來，並且帶有自然主義小說的社會完整性（換句話說，
這是帕韋澤覺得與自己的小說全然相反的文學類型，他以為自己可
以避免或是併吞它的領地。）這名棄嬰的成長過程是農工（servitore
di campagna）的成長過程，沒有多少義大利人瞭解這個詞，除非是
住在皮埃蒙特一些最貧困地區的居民──我們希望他們可以很快不
再需要瞭解這個詞了。這名男孩位在有薪工人之下的階層，在小農
或佃農的家裡工作，只有膳食，而且只能睡在穀倉或馬廄裡，再加
上極少的季度或年度紅利。

　　對帕韋澤來說，認同一個和自身經歷全然不同的經驗，只不過
是他主要詩作主題中許多隱喻的其中之一：也就是他被排除在外的
感覺。這本書中最出色的幾個章節，描述兩個不同節慶的經驗：有
一次他絕望地待在農場，錯過了歡樂，因為他無鞋可穿，另一次經
驗則是，年輕的時候，他必須駕馬車送主人的女兒去參加節慶。存
在的活力在節慶中被稱頌，並且被釋放，社會的侮辱現在要求報
復，這些都讓這些段落顯得生動，其中混合了帕韋澤所研究的不同
層次的知識。

　　對於知識的渴望驅使主角回到他的村莊；在這場追尋當中，我
們可以區分出三種層次：記憶的層次、歷史的層次與人種學的層
次。帕韋澤立場的一個典型特徵是，在後兩個層次中（歷史政治的
層次與人種學的層次），只有一名角色充當敘事者的指引。木匠奴托
是當地樂團的單簧管手，是村裡的馬克思主義者，他注意到世界不
公，而且知道世界可以改變，不過他也繼續相信月亮的圓缺對於不
同的農業活動來說是必要的，還相信在聖約翰節可以「重新喚醒土
地」的營火。在這本書中，革命歷史與這個神話的、儀式的反歷史
具有同樣的臉孔與聲音。這個聲音只從他的齒縫間喃喃發出：奴托

是最封閉、緘默與難以捉摸的人物了。這與公開表白正好相反；整部小說就在於主角試著從奴托嘴裡擠出話來。可是只有透過這種方式，帕韋澤才真正說話。

帕韋澤提到政治時的語氣總是有點過於唐突與犀利，彷彿他正在聳肩，因爲一切已經明白，不需要再多費言詞。不過沒有什麼是真的被瞭解的。帕韋澤的「共產主義」與他對於人類史前及不受時間影響的過去之尋回，這兩者的匯流處一點也不清楚。帕韋澤清楚意識到，他所處理的主題，已經被二十世紀的頹廢主義嚴重損害了：他知道，如果說有一樣東西是不能拿來開玩笑的，那便是火。

戰後回到故鄉的這個人，將影像記錄下來，遵循的是一條隱形的類比之線。在他同代人脆弱的記憶中，歷史的符號（河流仍然偶爾會將法西斯主義者與游擊隊員的屍體帶到河谷中）與儀式的符號（每年夏天營火在山丘上燃起）失去了重要性。

他主人那位漂亮卻粗心的女兒桑堤娜怎麼了？她真的是法西斯主義者的間諜？或是站在游擊隊那一邊？沒有人可以肯定回答，因爲驅使她的是耽溺於戰爭深淵的曖昧欲望。尋找她的墳墓是沒有意義的：游擊隊員在射殺她之後，用葡萄的嫩枝將她埋葬，並且放火燒了她的屍體。「到了中午，全都化成一堆灰燼。大約一年前，它的痕跡還在，就像是營火堆。」

一九六六年

大師名作坊⑱

為什麼讀經典

作　者──伊塔羅‧卡爾維諾
譯　者──李桂蜜
主　編──葉美瑤
編　輯──黃嬿羽
執行企畫─陳靜宜
校　對──李桂蜜、余淑宜、黃嬿羽

總編輯──余宜芳
董事長──趙政岷
出版者──時報文化出版企業股份有限公司
　　　　108019台北市和平西路三段二四○號三樓
　　　　發行專線─（02）2306-6842
　　　　讀者服務專線─0800-231-705　（02）2304-7103
　　　　讀者服務傳真─（02）2304-6858
　　　　郵撥─一九三四四七二四 時報文化出版公司
　　　　信箱─10899台北華江橋郵局第99信箱
時報悅讀網─http://www.readingtimes.com.tw
電子郵件信箱─liter@readingtimes.com.tw
印　　刷─勁達印刷有限公司
初版一刷─2005年8月8日
初版五刷─2021年11月17日
定　　價─新台幣三二○元
（缺頁或破損的書，請寄回更換）

為什麼讀經典／伊塔羅‧卡爾維諾著；李桂蜜
譯. -- 臺北市：時報文化, 2005〔民94〕
　面；　　公分. --（大師名作坊；918）
譯自：Why read the classics?
ISBN 978-957-13-4338-9（平裝）

1.文學－評論

812　　　　　　　　　　　　　94012347

時報文化出版公司成立於一九七五年，
並於一九九九年股票上櫃公開發行，於二○○八年脫離中時集團非屬旺中，
以「尊重智慧與創意的文化事業」為信念。

ISBN 978-957-13-4338-9
Printed in Taiwan